U0853143

红　棉

——海南热带海洋学院中文系学生散文集

主编　孙少佩　陈智慧　吴　艳

湘潭大学出版社
XIANGTAN UNIVERSITY PRESS

图书在版编目（CIP）数据

红棉 : 海南热带海洋学院中文系学生散文集 / 孙少佩，陈智慧，吴艳主编. -- 湘潭 : 湘潭大学出版社，2024.3

ISBN 978-7-5687-1412-9

Ⅰ. ①红… Ⅱ. ①孙… ②陈… ③吴… Ⅲ. ①散文集—中国—当代 Ⅳ. ① I267

中国国家版本馆 CIP 数据核字（2024）第 065063 号

红棉——海南热带海洋学院中文系学生散文集

HONGMIAN——HAINAN REDAI HAIYANGXUEYUAN ZHONGWENXI XUESHENG SANWENJI

孙少佩 陈智慧 吴艳 主编

策划编辑： 丁立松
责任编辑： 丁立松 蔡林翰
封面设计： 文海宏远
出版发行： 湘潭大学出版社
社 址： 湖南省湘潭大学工程训练大楼
电 话： 0731-58298960 0731-58298966（传真）
邮 编： 411105
网 址： http://press.xtu.edu.cn/
印 刷： 长沙创峰印务有限公司
经 销： 湖南省新华书店
开 本： 787 mm×1092 mm 1/16
印 张： 14.5
字 数： 289 千字
版 次： 2024 年 3 月第 1 版
印 次： 2024 年 3 月第 1 次印刷
书 号： ISBN 978-7-5687-1412-9
定 价： 59.80 元

长于南国听涛声

没有北方的严寒，12 月的南国温润如此，捧着这本集子，我们人文学院的一位位青年学子的身影浮现在眼前，尽管有的同学面庞清晰，有的可能略有漫漶，但能确定的是大家那如朝阳夏花般明朗美好的笑容与青春，感染了老师们的日子，激荡了校园的晨昏。在平时教学、交流的过程中，常常被他们勇于突破的思维所打动，我以为，这种思维背后蕴蓄的“野心”恰是少年心境最可贵的灵光。沉甸甸十六万字，百余篇文章，青年学子丰沛的情感、灵动的巧思与卓越的才华并涵其中。

二十多岁的年纪，正是大学生们意气风发之时，他们的文字里蕴涵了“男儿立志出乡关”“万类霜天竞自由”的开阔胸怀，也昭显着一个寻觅自我、找到自我、确立自我的过程，从北国风光到南海滨涯，揽山海世事于心胸，以各式各样的笔端与心绪进行着理想自我的表达。

“中国少年，胸怀大志，风华正茂，胸襟开阔，修学储能，思想激荡，胆识超凡，少年之志，少年之思，少年之目光。”（洪驷立《少年游》）

“少年振衣，岂不可作千里风幡看？少年瞬目，亦可壮作万古清流想。少年此路长歌且行，愿尽吾辈之力，揭未来之破晓……看袅袅浮生，与时代卷舒，莫弃文明之根，焕发人文之源。”（邹希晨《袅袅浮生，与时卷舒》）

“我曾有个想法，像电视剧里的游侠一般，骑一匹老马，浪迹天涯，腰悬着三尺剑，不说为斩楼兰，徒增侠气罢了。看遍天下，首先要去的便是长安。”（刘俣萧《长安行》）

三千里送学子行舟，思乡之情无论多远，都随着同天风月，入梦绕匝乡梓故里。总有与亲友之间的种种温情，如甘霖暖阳，润照寸草；也如冰心玉壶，映照彼此。

“起身，给父亲倒了一杯水，将喉咙的苦涩抑住：‘爸爸，喝水。’”（谭飞雪《父爱》）

“每每想起它们，一丝丝悲哀如同青萍滑过心间。到底人世间都是来去匆匆，来不及思考，等回过头来的时候，已经走了很远很远。”（刘红玉《死去的花》）

“十年过去了，这条路上如今只有我一个人孤独地穿行着。好像只有漫天星辰停滞在

夜空中，微笑着看着我们走走停停。星空浩瀚，余途漫漫。”（夏大鹏《十年》）

歌颂世间的大爱与美德，一如青年作者们内心的赤诚。我们欣慰地看到，一些同学们立于天地与众生，孜孜不倦地探寻着真理与真知。在这个过程中，洋溢的个性汇成青春的盛大交响曲，青年人的梦想如同燃烧的星星之火，将长夜照耀，一如白昼。

“世间活法万千，每一个朝圣者都有自己的过往，或活力四射或眼底有霜。总是一个人苦行，一个人朝圣。没有一种活法不是应该，没有一种选择没有结果。”（张禄奇《成长是必经的溃烂》）

“让一切都能有转折的余地，让原本的天地变得宽阔，让破旧的道路能长出一道风景来。”（吴多超《给自己一片天地》）

“热爱不熄，赤心不失，轻装上阵，奔赴山海。”（陈冲《以勇为灯，寻路叩门》）

以世间万物为镜，明察并彻悟事物发展的规律与至简大道，我们看到了他们寄情怀与志向于彼岸，从中照见内心。一组组诗性的符号形成情景交融的意境，正是他们对身边美好的发现与记录。

“星星睁开眼，我仰望星空舍不得睡去；星星休眠时，我随之入梦。”（宁桥红《好想和一颗星星私订终身》）

“落日下的美是因为沉淀了一天才美丽，所以人们都喜欢安静地看着、想着、念着，回忆这一天或某段时间，看着落日温柔的颜色，人的心也变得柔软起来。”（孙晓钥《落日》）

“这自然造物本无拘无束，又怎能以人的意志为转移呢？我们呀，只可增上一盏华灯，唱着一出曲儿，又怎能随心所欲要求月圆月缺、去阴盼晴呢？”（徐千千《夜游秦淮》）

生于新时代的热土，青年人的身心勃勃竞发，让思考生根，让文字发芽。在他们的书写中我们触摸到微小朴实的故事背后的情深义重，师生情、亲情、友情，这些炽烈的情感再现了他们对所历人生阶段的真实感受。

“校有椰林苍苍，白鹭飞翔，梅开三朵，四溢飘香。漫步于此，愚儿不敏，已闻大学之风貌，师生之涵养。醉于此间深处，不由神怡心旷，畅想来日四岁之韶光。”（刘俣萧《禀上书》）

“又是一年冬天，程意坐在复读班的教室里，扒着一瓣橘子送到嘴里。啧，这橘子真酸。”（王弈程《橘子》）

“在熹微的晨光里，她看见了奶奶的笑容，对她说：‘不要害怕，你是最棒的。’”（向钰萱《在向日葵开满的地方》）

长于南国听涛声，飞瀑而下的情思诉说着这些作者们在热海大的成长史。我想，四年的青春年华留在了这里，他们必将传承和弘扬“担当、包容、阳光”的学院文化精神，以开放的姿态蓄力，把其中蕴含的丰富内涵抽丝剥茧、娓娓道来，不断发力在自我突破的前行道路上，从容不迫而又精进上行。

以上是我读青年学子文集的感想与所获。是为序。

海南热带海洋学院人文社会科学学院院长

王志峰

2022 **年** 12 **月**

目　录

林海之间 …… 1

好想和一颗星星私订终身 …… 3

你的志愿，我们的心愿 …… 5

我的军旅梦 …… 7

猫的被爱 …… 10

南国随想 …… 11

撑一支长篙，漫溯故乡文海 …… 13

绽放生命之花 …… 15

曲中闻折柳，起我故园情 …… 17

禀上书 …… 19

落　日 …… 21

以勇为灯，寻路叩门 …… 23

月是故乡明 …… 25

橘　子 …… 26

二十七岁的优雅 …… 29

在向日葵开满的地方 …… 31

大　山 …… 36

又忆旧时 …… 39

未来，总在那片新天地间 …… 40

薪火试新茶，诗酒趁年华 …… 42

谈　鱼 …… 44

天涯岂是无归意 …… 46

龙将不在，故桂依开 …… 48

舌尖上的乡愁 …… 50

经　过 …… 52

他的自述 …… 53

请别吝啬心底的那一份善良 …… 54
成长是必经的溃烂 …… 56
夜游秦淮 …… 58
永远的花样年华 …… 60
季节，是海的儿子 …… 62
今宵别梦寒 …… 66
老　林 …… 68
满船清梦压星河 …… 69
融进生命中的“盐” …… 71
《皮囊》书评 …… 73
《一天》：一面哭泣、一面追求着的人 …… 76
风景的“风” …… 79
父　爱 …… 80
海棠依旧 …… 81
新冠病毒感染疫情日记 …… 83
思　念 …… 85
猫引起的鸡毛蒜皮 …… 89
给自己一片天地 …… 91
古　堡 …… 93
野　草 …… 95
潘阳街 18 号 …… 97
读书之益 …… 99
难说再见——MAMBA …… 102
逆行者 …… 105
《尘埃落定》读后感 …… 107
兰　姨 …… 109
勇　气 …… 111
玫瑰丛浪漫的舞会 …… 115
爱情树 …… 117
老　屋 …… 119

虚度光阴，此恨无穷 …… 121
关于他的献身 …… 122
十　年 …… 124
竹　林 …… 126
另一个世界是她 …… 129
镜　子 …… 132
故乡的秋 …… 133
“你” …… 135
一只猫的告别 …… 137
月是故乡明 …… 140
伤　愈 …… 142
无　题 …… 144
入　夜 …… 145
一月有感 …… 146
铭记与反思 …… 148
理丝入残机，何悟不成匹 …… 150
一阳来复 …… 151
死去的花 …… 153
童年之路 …… 155
隔壁有棵柿子树 …… 157
你好啊 …… 159
你和春天，都要归来 …… 162
此去经年 …… 164
打开新“视”界 …… 172
长安行 …… 174
金陵漫记 …… 176
梦回汴梁 …… 178
积跬步，守碧水青天；聚小流，建美丽家园 …… 180
寄往远方的一封信 …… 182
离家求学小记 …… 184

琼学小记 …… 187
袅袅浮生，与时卷舒 …… 190
我家的“跨界”达人 …… 192
清晨蜡梅香 …… 195
晓风残月，应是良辰好景虚设 …… 196
孤独的月光　寂寞的流浪 …… 198
哑嗓的落幕 …… 199
梦　回 …… 201
夜游所思 …… 203
不平凡的 2020，平凡的我们 …… 205
寻李白 …… 206
燕赵赋 …… 208
稚　语 …… 210
少年说 …… 211
汇如炬火如骄阳，以照青春 …… 213
不负韶华，逐梦华夏 …… 214
苏轼的人生态度 …… 216
怀　念 …… 217
修伞匠 …… 219
少年游 …… 221

林海之间

我走过北方家的林，游到南方校的海。

而今天我将游过海……

海上皎洁无比的蔚蓝色，糅合着冬日暖阳，招惹多少有心人。我的手扬起那微风中的叶子，在荡起的浪花落下、海浪溅起时，浪带着叶子启航。霎时浪无拘无束，回到海的唯美珊瑚上；霎时我被拖入洋，在冬阳美人鱼的歌喉中，我与海洋辅车相依。对海的依恋，与贝壳撒在山坡上化树成林一般，与汹涌的潮水簇拥着一叶扁舟一般，依恋的声似雷霆万钧，势如万马齐腾。

我所在的南方的那片海是佩斯的诗："这是一支不曾唱过的海歌，是大海为我们而唱的歌。"今天，我将游过我的南方的海，在浪花飞扬的蔚蓝色下，观海天一色，行三千里，携以海的依恋而离别。冬日暖阳初现，海万里碧波浩浩荡荡，南方的海携我的依恋，玉碎乱溅的浪花与礁石相撞，海面波光给予它霓虹色彩。

南方的海，我很充实，让我们携依恋再相见。

如果我在归途遇见美妙的歌声，那是一边走一边哼唱的歌，我会沉浸在其中，根本不会惊讶于环境。那时，我听得出那是走过的北方林的歌声，是一颗颗水晶，跳动着滴入我风平浪静的海，在我感知的四周而落。我真是一个幸福的人啊！

我踏入北方家的林，我很幸福，这时候的你会是怎么样的？

林地上堆满了厚厚的松叶，踩在脚下软软的、滑滑的，不会发出"稀稀拉拉"的声响。空气中弥漫着淡淡的松香，依稀可见的鸟影带着清秀的歌声。落叶松高大的树干，舒展出坚挺的树梢，如红色战士一般直指天际，傲视苍穹，有着淡定的、豪爽的、不惧生死的品质。走近，清晰的纹理，勾画的纹路，俨然一副诗人美诗中的画。

北方家的林依旧如此温柔，她怀抱着我，她的香沁入心脾，她的根拖着疲惫的我，她的一切都有我要的记忆。曾经，夏日的初阳刚刚滑下山坡，林子如酣睡的婴儿，溪流是披散的秀发，玲珑的丘陵像极了南方姑娘。我踏步于林间，和依旧很美的北方家的林喃喃低语。那一棵松，翠绿色松叶抚摸我黑发，述说我儿时的调皮；那一丛灌，柔软的枝扣住我衣缘，高傲的语气一看就知道有无尽的不满；那一株花，害羞的脸蛋背对着我，不争气的我不自觉地抚摸了那含羞的脸蛋。我与那林，是秋天候鸟南飞，是春天万物复苏，如今我的心随叶子一般落了。

北方的林，你依旧常绿，让我们青春激情再相聚。

我的南方是海，碧空万里，广阔无垠，浪卷起我，在海的“镜面”上漂过，海风螺旋上升，带我直入碧海的蓝天深处，一探碧海的样貌；我的北方有林，是铺在群山万壑、峡谷之巅、悬崖峭壁、房前屋后的……

我在，林海之间。

2019 级秘书学　廖志源

好想和一颗星星私订终身

好想和一颗星星私订终身，它不似烟火般转瞬即逝，而是永恒的亘古不变，而我只想拥有它这一世，一世便好。

——题记

凌晨了，我还没睡，困意还未出现，潜意识里也并不想睡，这么静谧美好的时刻，睡过去就浪费了呀。

全身心放松地躺在床上，望着天花板，不禁想，要是没有这屋顶就好了，没有屋顶的阻隔，展现在我面前的应该是星河天悬、星华涌动吧？

农村的夜很静谧，只偶尔有两三声犬吠；农村的天空很清澈，它没有被城市的霓虹掩盖，抬头便可望见星辰漫天。

脑海里关于星空的记忆，星罗棋布。

幼年与父母在工厂住时，因为夏夜酷热，爸爸妈妈便在屋顶铺上凉席，一家人拥着满天星辰入睡，任星轨在天上如何翻涌，吵不醒底下人的香甜美梦。

小学时期的某一个夏夜，因为地震预警，全家人拿着凉席到户外天井上睡觉。躺在清凉的席子上，面对天空干净明朗，承载着星辰漫天，那是双眸装不完的浩瀚星海。不时三两颗星一闪而过，带起一道道亮痕，小时候以为那是流星降临，闭上眼默默许下儿时天真的梦想。

刻在心底从未忘却的，是第一次出远门坐长途汽车时，车窗外那颗陪伴了我一路的、夜空中最闪亮的星星。车开过大山，它被隐匿于大山之后，我以为它躲起来了，不稍一会，它又从树影中现身，折射而来的光亮驱散了我旅途上所有的迷茫和害怕。

我好像很喜欢仰望星空，与星空的故事，皆是那般美好。走夜路时，漫天星辰点点微光为我照明，陪伴我走过漆黑、让人害怕的路段；难过想要落泪时，抬头仰望漫天星辰，眼中闪烁的泪花折射出道道星华，那般美好光景，让人忘记哭泣、忘记烦恼，只想沉溺于这一片星华之中；孤独寂寥时，抬头有满天星河相伴，所有伤心失意皆被驱散。

扬起头，星星们以自己独特的美给予世界最恬静的景图。为夜空抹上别样的魅力，给乡村增添一份独特的风味。让星空下的人沉醉在唯美的遐想之中。

我喜欢望着星空发呆，任思绪肆意探索，任想象无边无际。

天上为什么那么多星星？是因为星星没有看清路，所以撞碎得满天都是。

我望着星星，星星上是不是也有人在望着我？

我最爱的那颗星星啊，它是否也爱着我？

这满天星辰，哪颗才是我的守护星星？

你知道吗？我曾梦到过星空，它离我是那般近，触手可及的距离，我欣喜万分也小心翼翼，不敢触碰。漫天星河萦绕在身边，我可以清楚地看到每颗星星的形状，它们是那般美丽。星河流转，我可以看到滚烫星河在涌动、看到北斗七星如线组成不同的形状、看到梦醒时触不可及的星星近在眼前闪闪发光……

好想把一颗星星带出梦境，让它照进现实，我想自私地拥有一颗星星，想把它摘回去，偷偷藏起来，想对它说悄悄话，想让它只属于我、只为我一人照明。但我知道自己不能摘星，摘星会摧毁一切。其实摘星很简单，拆下星星，卷起天空，然后放上货车，这样做会熄灭我最爱的星光，那是噩梦的开始。知道我为什么那么喜欢星星吗？因为我爱在深蓝夜幕中闪耀的它。

我喜欢世界寂静只剩我与漫天星河的时刻，所以漫天星河是我喜欢夜晚的原因。每当夜幕开始降临的时候，那深蓝深蓝的帷幕上就开始一颗一颗地缀上闪闪发亮的“宝石”，像一双双明亮的眼睛，不停地闪动，与你对视。它陪伴你，度过每一个岁岁年年。

好想和一颗星星私订终身，它不似烟火般转瞬即逝，而是亘古不变，而我只想拥有它这一世，一世便好。

星星睁开眼，我仰望星空舍不得睡去；星星休眠时，我随之入梦。

晚安！

2018 级秘书学　宁桥红

你的志愿，我们的心愿

志愿者是治愈社会伤口的一道创可贴，哪里需要就会在哪里出现。

——题记

还记得，第一次体会到帮助人的乐趣是什么时候吗？

也许是作为学生帮老师擦黑板被夸赞后美滋滋地绽放笑容时；也许是给同学讲解疑难题目得到对方一句的“谢谢”时；也许是随手捡起地上的垃圾扔进垃圾桶得到周围人赞许的眼神时……明明是很小的一件事情，却可以收获满心的欢喜。小时候不明白为什么会这样，长大了才懂得，这是人的自我价值得到了他人的认可，这是作为社会中一员的最大满足所在。

第一次以志愿者的身份为社会服务，是高中时作为学生会代表去烈士陵园扫墓。在那样神圣庄严的地方，听着一个个令人动容的英雄故事，感受这如今的太平盛世皆是这些英勇先人用血肉为我们铺就，满心敬仰。我们无以为报，唯有祭以我们深深的缅怀之情，为他们清扫陵园，献上亲手制作的花圈。可是，这些还不够，先烈为我们打下了如今国泰民安的根基，我们要做的就是维护这太平盛世，让祖国富强，如他们所愿。从此，发扬社会主义奉献精神，尽自己的一份力去为社会服务、为祖国做贡献的念头在我心底打上了深深的烙印。

我去给烈士陵园扫墓；去敬老院、福利院送物资慰问；去参加“禁赌”义务宣传活动；去给各种公共活动维持秩序……我以一名光荣的志愿者身份为社会做贡献，从中获得可以实现自我满足的个人社会价值的认可。从为社会做贡献中获得快乐的源泉，这就是我成为一名志愿者的意义。

志愿者是无私为社会施以人道主义贡献而不求回报的人，是正能量且伟大的。他们走进生活，为杂乱无序的车道站点带去秩序，提高人们出行效率；他们深入山区支教，体验贫瘠之地生存的艰辛，破除万难，为那里的孩子带去走出大山的希望；他们驱散养老院、孤儿院的寂寥，为那里的人们带去热情与温暖……志愿者是治愈社会伤口的一道创可贴，哪里需要就会在哪里出现。

什么是志愿者？志愿者是炎夏里的一阵风，给酷暑难耐的人们送去清凉；志愿者是旱季里的一场雨，为干涸裂缝都填补上清凉的水气；志愿者是暗夜里的一颗星，在无边黑暗中奋力发光只为指引迷途的人们找到归家的路……

当志愿者有什么好处吗？当志愿者有很多好处。作为一名志愿者，可以在为社会服务的过程中获得个人的满足感；可以在为社会服务的过程中结识许多志同道合的朋友；可以获得他人对你的赞许，实现自己的社会价值……

怎样才能成为志愿者？志愿服务源于心，奉献爱心在于行。只要你有一颗为社会贡献的心就可以成为一名志愿者；只要你将为社会贡献的心展现在为社会服务的行动上就可以成为一名光荣的志愿者。

雷锋的故事我们从小便听说，助人为乐的道理我们了然于心，成为一名志愿者是社会所需。一起来成为一名光荣的志愿者吧，用自己闲暇的时间，去做一些有意义的事情。帮助别人解决困难和痛苦，是人生中最大的幸福和快乐所在。每一个善良的人呐，奉献你的爱心，并将它付诸行动，你的心灵同时也能得到满足和净化，这就是为社会服务、帮助他人的魅力所在。

你的志愿，我们的心愿。让我们一起为社会服务，为祖国做贡献，一起去探寻作为一名志愿者的快乐源泉吧。

2018级秘书学　宁桥红

我的军旅梦

大家好！我叫黄韦潇，现在是海南热带海洋学院大二的一名学生。我于2018年由学校应征入伍，服役于南部战区陆军某合成旅部队。2020年9月份履行完两年义务兵役，退出现役，返校复学。在这两年多的时间里，我完成了由一个普通在校大学生到合格军人，如今再到退役大学生士兵的蜕变。今天非常荣幸有机会能够在此把这两年的军旅经历和思想变化，以及得到的锻炼和成长，和大家分享。

2018年9月21日，带着武装部老师那句："同学们放心地去部队，不要有什么顾虑，学校里有什么问题，我们给你解决。"我们毅然决然地踏上了火车，等下次在床上醒来时，听到的已经是响亮的军号声和班长严厉的催促声，我的世界变成了军绿色。这不就是我梦想中的地方吗？随着对部队一日生活制度的逐步了解和实践，我明白我已经完全和过去的生活说再见了。

从我们开始，新兵训练由三个月变成六个月，前三个月为共同科目的训练，主要是学会基础的军事技能，打好体能基础。我喜欢跑步，跑步一直是我的强项，也正因如此，在进行体能训练的时候，班长都要我带着跑步较弱的同志，同年兵里面好多人都被我带过。虽然带人很累，但看到战友们一次又一次的进步时，我的辛苦都是值得的。前三个月结束时，我作为主力代表连队参加新兵团军运会，为连队取得荣誉。

后三个月里，我们主要进行专业训练，体能训练也加大强度。其间，中国人民解放军陆军司令员韩卫国上将到我们新兵旅，与我们每个连队合影，司令员的接见讲话，带给我不小的震撼。这让我对未来的军旅充满希望和无限遐想。

在新兵连的生活很快就结束了，我所在单位是有着"塔山守备英雄团"称号的荣誉旅队。因为表现出色，下连以后，我被分到红色连队。当时从班长口中得知连队的悠久历史和诸多成绩时，我是既高兴又担心。高兴的是自己能够加入这么优秀的连队，同时又担心自己会不会拖单位后腿。不久下连后在全旅的第一次教育上，我对于这个问题有了自己的认识。在旅史馆面前，全旅官兵一动不动在雨中听完政委的第一课"塔山，我们共同的胎记"。那天刮着风，雨水打在身上很凉，但是我感觉我们的身体在发烫，因为我们流着的是塔山的血脉，骨子里刻着的是先烈们用生命换来的"顾全大局，严守纪律，勇于牺牲，敢打必胜”的塔山精神。我们只有时刻牢记，并投入到日常的训练和生活中去，我们才能成为一名真正的塔山人。

部队有趣的地方在于，你永远不知道你明天会出现在哪里，下一秒会发生什么。上级一个命令下来，无论大家之前计划得有多么好、多么完善，所有人都得服从命令的安排，军人的天职就是这样体现的。

六月的某一天清晨，我们的车队离开营区，然后踏上了开往云南边境的火车。我们义务兵怎么也不会想到，直到退伍，我们再也没回到军旅梦开始的地方。

在云南边境高原上，顶着六月份的紫外线干着活，那段时间我们每个人的头发和手臂上的汗毛都被太阳烤卷了，像是被火烧过一样。就是在这种天气下，两个星期后，一座初具规模的军事驻训点位出现，一个多月之后，我们迎来了战区前指的首长们的检查验收工作。

任务时常很突然，边境国家地方武装和政府军动作频繁、摩擦不断，并时有流弹落入我境，伤我边民。上级随即命令我所在点位，启动预案，整编武器装备开赴边境国门口岸，武力震慑双方。这次巡边任务，令边境国民振奋。我们有数十辆装备车队，每台装备都插上大面的五星红旗，一路上对面车道的司机有的打招呼、有的鸣笛致意、有的挥手，路边的男女老少，人多的地方无不欢呼雀跃。我们虽然听不懂他们的方言，但这不阻碍他们传递给我们的自豪感和幸福感。

在我驻守云南边陲的一年多时间里，每次见到老乡，我们都能够感受到他们的喜悦和安心。可能由于久居动荡的边境，老乡们对环境有着不安感，解放军在他们眼里就是安稳与和平的象征，他们对我们的友好和尊敬是发自内心的。这种感觉在和平年代的内地是十分少见的，这也让我们惭愧我们做得还不够好。

军人一直以来都是个特殊的职业，人们说我们身前是战争，身后是和平，大家都说我们是英雄。但我认为从来都没有什么英雄，只不过是一群年轻人默默穿了和一般人不一样衣服、默默去了一般人不愿意去的地方、默默干着一般人不愿意干的事、默默守着一般人不愿意待的环境，任劳任怨，出现在任何需要出现的地方，刻苦训练，坚决捍卫着祖国的每一寸河山，愿意用自己的血肉之躯铸成国家最稳固的长城。

大家可能都会问当兵苦不苦，我用部队一句顺口溜回答大家：“苦不苦，想想长征两万五；累不累，想想革命老前辈。”总有人比我们更辛苦更累。但是在受到表彰得到荣耀的时候，一切都是值得的。

退伍不褪色。现在的我经常问自己为什么当兵，“不到长城非好汉”，有些事其实没有那么多为什么，就是想去体验一下。记得参加五公里考核时，我在有支气管炎的情况下，忍着缺氧带来的难受跑完了全程。吃过苦才知道自己从前的日子有多幸福，但是人不可能一辈子都是平平坦坦的，现在所吃的苦是为了以后更好的生活。

部队的教育和生活不只会让我们练就强壮的体魄、严谨的作风、雷厉风行的工作态度，当你穿上军装，手持钢枪，为守卫人民幸福生活而站岗时，母校和家人都会为你骄傲，最重要的是自己的生命被赋予了新的意义。

热血儿郎意志坚，戎马扛枪守边关，立下报国宏图志，今年定要把军参。愿我们坚守住本心与良知，做一个俯仰无愧于天地的新中国青年，希望我们能在回首往事时，无悔于这一生的所作所为！

我是中国人民解放军退役大学生士兵，若有战，召必回！

2019级秘书学　黄韦潇

猫的被爱

我不爱猫。但周遭是密集的爱猫者。他们的猫被爱着，但这究竟是什么样一种爱呢?

也许，这会是短暂的爱，而后却延绵长久。宁宁是我的朋友，现在养着一只小橘猫妮妮，小橘猫也不小了，日渐肥硕。妮妮是宁宁在雨夜里抱回家的猫崽，起初只有男人手掌般大小，在狂风暴雨的夜里显得着实可怜。动了恻隐之心的宁宁，决定将它抱回家暂养一晚，躲避一下街头风雨，谁知这一暂养却是一年多乃至妮妮的整辈子。宁宁常说："谁知道我最后会养了这拖油瓶。"我们都知道在这相处岁月里，宁宁多爱它。宁宁爱她的猫，这种爱是突然被激发的，出于同情。

在肯德基享受美好时光，一位女生抱着一只猫款款在一张桌边坐下并放下它，原本吃鸡翅的孩子们顿时被吸引了目光，纷纷前来观看这只猫，女主人倒也很温柔大方地允让。猫咪害怕，不愿被陌生人触碰，孩子还小不懂事，面对反抗触摸的小猫，竟伸手抓向小猫的尾巴。女主人适时制止，赶紧抱起小猫意在安慰这个小东西，并带有些许愠怒地对孩子说了些话。孩子走了。小猫依然余惊未了，女主人不断心疼地抚慰小猫。女主人爱她的猫，这种爱源于拥有、源于占有，因为是她的猫。

当然，有温柔如女主人的养猫者，自然有爱猫心切不愿他人接近自己的猫的人。他们会因为旁人对自己爱猫的触碰而大发雷霆。也有人会在猫种上攀比，认为自家的猫是高贵品种而摆出一副傲人姿态。这些人一样爱他们的猫，这种爱却好似一种自满和得意的爱。

一切世间万物皆有命数，猫猫也会生老病死，也会在某一天离去。爱它的主人亦悲伤难欢。爱猫的人们也许会拥有下一只猫，这只猫不是上一只猫，而你依然爱它。

有人特别爱猫，但是什么是特别爱呢?我想，应该是特别的人特别地爱着他的猫。

猫的被爱，这种爱，是宠爱。

2019 级秘书学　管海艳

南国随想

天晓吾友：

展信安！

在这写一封寄不出的信，但你一定会看到。带着它回到曾经属于我们的阳光里，想来不论是谁，都能得到一丝慰藉。

南国的天气实在焦躁得很，我开始怀念龙首原上的乾雨，不似北国那般肆虐，将将好给宫阙城墙、江流儿的寺塔都添一份不可靠近的白，还有梅花儿，跟长安城里的一样，我都喜欢。

这大概是我人生中最后一次集体生活，乏善可陈。我明明刚逃出来，却又想着逃往别处去，我想了想，去到哪都不能安分，或是我应该一直走下去。

我遇到了一个女生，熟悉又陌生。我羡慕她对生活的热情又不过分热情、认真又不过分认真，不像是没有心绪的人，但我不好再细细揣测。原来还有这样让我钦佩的女生，像我又比我更像我。

我用什么才能留住她？我给她寂寥的街道、失落的残阳、古城里的月亮。我给她一个久久地望着孤月的人的哀伤。

只有不安的时候我才写得出东西，想想看最近好像很不安，说不清也道不明的，四年前就有过，但也不都是痛苦。当我卧在床上，那种泛黄的浓稠的光晕让我短暂地抽离这个世界，声音在这个时候显得尤为重要，斟酌再三的汉字缓慢构成满意的模样，此时身心都得到极大的欢愉，我很安心，也认可自己的价值。

你肯定感兴趣，我对《将进酒》的把握终于初窥门径，虽然略显青涩，但也进步长足。很大程度上要归功于学长的指点，他是少有的君子，一个真正有内涵、精神深厚的挚友。你无法想象，能在这遇见一个这样让人感到舒服的人是多么难得。我能感觉到，他向我侃侃而谈的时候，一定也憋坏了。

我喜欢小雨，这儿却总是大雨倾盆；我喜欢阴天，这儿却常常晴空万里；我喜欢冬雪，这儿的夏天却久久不愿离去，但我不时地还会觉得幸福。

这儿藏着自由。

今天我混在下课的人潮中，阳光不打折扣，生命肆意生长。但我听不见，什么都听不见，我偶遇了一曲、一个有灵魂的歌者，我笑了起来，有那么一刹那，我拥有全世界。

祝好

顺颂文祺

钟离

2021级秘书学　钟天放

撑一支长篙，漫溯故乡文海

轻轻地，我走在三月小阳春的粉墙黛瓦间。这是春风蹑足敲门的时节，天气像晨荷巨大叶片上浑圆的露珠，晶莹而明亮。静悄悄的风，将从绿草丛里探出头来的花骨朵儿轻柔抚摸。于是，倚着和风作篙，漫溯在这片故乡文海里。

我来，我渴望游遍她每一块土地，走过每一条青阶石板，看尽她四季万物的婀娜，倾听她每一次呼吸和心跳，以此去感受这片沃土的深厚博大。然而，我刚踏上这片土地，她便牵引着我，挪不开脚步。她无声无息地在我耳边诉说着上百年的故乡故事。

夜雨后的清晨，远山还躲在白纱帐里，青石小路光润如镜，沿途的青苔鲜翠欲滴。我走在巷子间，贪婪地吮吸着清晨的露珠。偶尔，见几户人家点起灯火，依稀听见轻微的细碎声响。我循着声音，推开了那扇半掩的门扉。灯光下，一位篆刻艺人正专注地雕刻着手中的那块印章。他执刀有力，运刀迅速，刀随意动，意指刀达，刀中有笔，相得益彰。印上的书法与手上的刀篆浑然一体。顿挫跌宕、气势磅礴间，一气呵成。在起伏纵横里和欹斜错落中，感受它的深邃意蕴和篆者淋漓雄浑的手法。这就是故乡徽州的篆刻，方寸之间，气象万千。

推开柴门，远处的云的边缘染上了金黄色，天际缓缓变亮，朝日从云间拱出来，霞光无声蔓延，直到红日升起。此时，阳光正正好，暖洋洋的，软绵绵的。日光先是照到泛霉的墙角，又慢慢向上移动，普照着这片高耸的马头墙。

女人们晾洗过衣服，便端着小板凳坐在自家的门口，做起了竹编。她们大多编制菜篮子、格席子、酒葫芦。有的更细致的，会编篋盒、礼盘、果盒。这里，有技术精湛的篾匠，他们往往把不到一寸宽的竹片分成 10～140 根头发丝细的篾条，软似丝绵，细如发丝。再用编花、透空、夹筋等手法编制成的山水草木、鸟兽虫鱼，皆呼之欲出。随着时间的推移，有些百年竹器已经有了枣皮色，有些也越来越温润可人，这是时光沉积的美感。屋檐下，阳光掠过翻飞的篾条，在白墙上掩映着变幻莫测的形状。这就是徽州竹编，千丝万缕，栩栩如生。

渐渐，日头到了头顶，该吃午饭了。村落里户户升起了炊烟，饭香钻出好几里，馋得在外贪玩的小孩赶紧跑回家吃饭。孩子们总是有肚子饱了，嘴还想吃的贪婪劲儿，所以总吃得肚皮圆滚滚的。午饭过后，太阳正强，人们盖着毛毯躺在床上小憩。孩子们睡不着觉，坐在自家的门槛上逗狗玩。

一觉过后，农人们下田干农活，练家子则摆开文房四宝，研磨练字绘画。徽墨、歙砚、澄心堂纸、汪伯立笔是必不可少的徽州文房四宝。然后，再焚上一炉檀香。顺着时针清浅研磨，墨香就出来了，干净的笔尖微微蘸墨，沿着砚边略去饱和的墨汁。提笔，在黑白之间灵动婉转。或刚劲雄浑，或小字簪花，皆如流水行云。搁笔，一下午的时光就凝聚在这白纸墨色间了。晚风卷着一串一串稀碎的光，翻起了整个黄昏。于是，在晴窗下，以夕阳落款，情系于此了。

在这片徽州土地上，时光过得很快却又很慢。快得墙角从白色变得染上了霉斑，瓦片都碎裂；慢得在日升日落里看见天际从暗色变成亮色又变成暖色。时间还在走，继续无声诉说着道不尽的徽州故事。

胭脂一般的天色，铺在明晃晃的石板路上。我轻轻地走，作别西天的云彩。心儿揉碎在这宁静恬谧的时光里，撑一支长篙，向着她更深处漫溯。

2017 级秘书学　朱海峰

绽放生命之花

万物皆有生命，它可以是自由飞翔的小鸟，可以是芬芳馥郁的花儿，也可以是坚如磐石的钢铁等等，而人也不过是其中的一种罢了。

每朵花，只能开一次，只能享受一个季节的热烈或者温柔的生命。每个人只有一次生命，只有一次体验这个美好世界的机会，就好比昙花一现，因为你不知道自己的生命会在哪一个时段或者时刻结束。

世间之活动，缺点虽多，但仍是美好的。我们常常会在社交平台上看到有些人因生活压力或者家庭因素又或者因个人因素而选择终结自己的生命，虽说有些网友还在泼冷水，但绝大多数人都在为他们感到惋惜，人生还有这么长，万一熬着熬着就出头了呢？怎么就不再体验体验这个世界了呢？

生命之诚可贵，人的一生不过短短数十载，而我们要思考在这数十载里如何生如夏花，绽放生命。

绽属于自己的花。每个人都是独一无二的存在，都是爸爸妈妈手心里的宝贝。你不必为了迎合别人委屈自己，也不要为了跟谁抗争而伤害自己，更不要让自己从光明走向黑暗。如此，万物皆有裂缝，那就努力让光照进来吧！虽然每个人都是爸爸妈妈爱的结晶，但是也不乏没有父母疼爱的孩子，我们不能因此自甘堕落，更不能觉得这个世界毫无意义，毫无留念，我们不能向命运低头，把命运掌握在自己手中，努力创造出属于自己的一片天地，为自己也为下一代。只有珍惜自己，珍惜自己的生命，属于自己故事才能书写下去。

生命之花是耀眼的。风吹得树叶沙沙作响，雨打得树干隐隐作痛，可是风雨过后，彩虹出现之时，远处的那棵大树依旧耸立在那里。生，就应该如这棵树般耀眼。在我们受到欺负时，勇敢地进行反抗，不屈服、不退缩。蔡依林有一首歌叫作《玫瑰少年》，是专门为一些受到性别歧视的群体写的歌，希望借由这首歌曲带给这些为自己该有的权利奋斗的群体一点希望与力量。而这首歌背后故事的主人公是台湾省一位因举止女性化而遭受校园霸凌致死的男生叶永志。由于性格的软弱，他遭到了同学们许多的欺负。先是让叶永志帮他们写作业，后来变本加厉，出于好奇，他们强迫叶永志脱裤，要验证他的性别。这种事情不止一次，甚至对他们而言，已成为家常便饭。他的生命最后结束在美好的十五岁。可以说没有那些同龄孩子的欺辱，叶永志的生命应该会像彩虹一样绚烂。

生命之花是热烈的。有的人活着，他已经死了；有的人死了，他还活着。很多人活在世上只是为了活而活，白白的蹉跎岁月。人活着要充实而有意义，像文天祥“人生自古谁无死，留取丹心照汗青”为国家；像先辈，像英雄们熄灭自己的月亮，照耀别人的太阳；像身上残疾仍旧微笑面对生活的人一样去热爱生命。

生而为人，辛辛苦苦来世上走一遭，总不能带着遗憾离开。我们要生如夏花之绚烂，死如秋叶之静美。

2020 级秘书学专业　邢少语

曲中闻折柳，起我故园情

小时候，只知道乡愁是余光中先生手中一枚小小的邮票、是他注目远眺的海峡浅湾；是李太白脍炙人口、千年传唱的床前明月光；是王维重阳登高遍插茱萸少一人；是莫言家乡的红高粱，风吹的时候不停摇晃……年少不知愁滋味。而如今，我背井离乡，来到祖国南端求学，也算是真切知晓了思乡情浓。

乡愁，是“暧暧远人村，依依墟里烟”。我自小生活在南方的农村，是被黑黢黢的烟囱熏烤出来、被连片连片的水稻田养育出来、被蓝天白云和青草花木滋润出来的。记忆中，每逢傍晚，家家户户陆陆续续开起灶台烧火做饭。划起的洋火、土灶中噼里啪啦燃烧的木柴不仅照亮了我的脸庞，也温暖着我的心灵。小时候，妈妈说我是个野孩子，因为我不喜欢待在房间里安安静静的，喜欢跑出去和其他孩子“鬼混”：比赛爬竹竿啦、拿家里吃的肉去钓小龙虾啦、跪在地上玩纸片和弹珠啦、拿爆竹炸邻居伯伯家的茅坑啦……白天是永远属于我的热闹，因为我知道，不论我在哪里，不论我在外逗留到多晚，妈妈永远会站在家门口张望，呼唤着我的名字，等待我回家吃饭。而如今相隔两岸，远在他乡，再也难以听到厨房里传来熟悉的锅碗瓢盆声响；每到饭点时，也再没有人会笑吟吟地等在桌前、或轻声或微带愠怒地说上一句“吃饭了”。

乡愁，是“停船暂借问，或恐是同乡”。离开了熟悉的地方，离开了相知相伴的亲朋好友，只身来到人生地不熟的地界，最最亲切的莫过于遇见同乡了。小时候听大人们说“老乡见老乡，两眼泪汪汪”，丝毫不以为然，只觉不必如此。但当飞机落地的那一刻，当我举目四顾皆茫然的那一刻，当我和同乡激动握手、久久不放的那一刻，我才真切感知了“君家何处住，妾住在横塘”的那般殷切心情。

乡愁，是“我们的生长、我们的忧愁，是某某山坡的一棵松树，是某某城上的一片浓雾”。故乡总是那么大，有着那么多的人，走在路上，几棵树苗几株花草都能心中有数。走在路上，简直想张开双臂，期待无数种生活的可能性纷至沓来。

在那片亲爱的土地上，一条路、一道水，都有丝丝缕缕的关联；一阵风、一片云，都有分分秒秒的呼应。我脚下曾走过的每一条弯曲的小路、我头顶曾飘过的每一朵彩云，都随着岁月的吹拂，化作了我的生命。那些岌岌无名的小路，原亲吻了无数行人的步履，但现在我心中原野的小路，却几近荒芜。

我站立在南海之滨，只望见一片青山默默。

2021级汉语言文学　曾可可

禀上书

父亲、母亲大人钧鉴：

见字如面，儿在校一切安好。琼州宝地，来此已三月有余，天南海北，千里之遥，所思甚切，又念儿之大学，皆赖亲友之恩，此去经年，思绪万千。谨以拙文叙过往之事，感亲友之恩。

凭栏远望，回首来路，鲜衣怒马，壮志天涯。三生有幸，九世之荣，终以渺渺之身习于巍巍凤凰之上。

七月流火，八月未央。携清风而自往，踏流霞于云上。临琼岛之鹿城，诣热海之明堂。城有南山巍巍，东海汤汤。凤凰于飞，于彼高冈。校有椰林苍苍，白鹭飞翔，梅开三朵，四溢飘香。漫步于此，愚儿不敏，已闻大学之风貌，师生之涵养。醉于此间深处，不由神怡心旷，畅想来日四岁之韶光！

时光荏苒，白驹过隙。懵懂孩童，今已成人矣！咿呀学语，犹在昨日，蹒跚学步，似在眼前。每念及此，余亦感所谓光阴似箭岁月如梭矣。余之成长，幸得全家之庇佑，过往疏狂，幸得家人之疏导。祖母之良言，足以正余身，常记心间。祖父之忠告，足以修余心，常鸣耳畔。更得父母之关怀，姑母兄弟之陪伴，使余夏凉冬暖，顺风扬帆，得此家人，余之所幸。

余自癸未年降世以来，深得家中长辈关心，众亲所望，待余成材。众亲之恩，高于长白之巅，深于北海之渊。余之生也，余母十月怀胎，忍钻心之痛，将余诞下，其间无数辛苦，虽余母不言，儿亦知。又兼余父之劳，育余成人，余父母初为人父母，常以教余正身报国为己任。常言："不求吾儿日后飞黄腾达，富贵荣华，但愿其自立自足，无忧终余年。"父母所望，儿知也。犹记吾母工作，未尝有要事而不休假，暮至家，腰酸背痛，甚者不能自立，吾母手足，常受创伤，每观吾父为吾母治其创伤，心如刀绞，常欲落泪而恐其见也。父母如此，吾复何言？

家中长辈，于余之恩无以言表。余之祖母，甚感谢之。自余一岁零三月有余，父母工作无暇顾余，幸有祖母，足以成余身，家中之事，事无大小，祖母使之井井有条，祖父患病多年，力不从心，得祖母照顾，悉心之至。余曾年少疏狂，幸得祖母管教，姑母疏导，幸不至入歧途。姑母长亲，亦余友也。常助余学业，使余明理，疏余心理，成余今日。家中子弟，余为其长，应立身为其榜，修身作其样，使其效余且优于余也。念及过往，吾尝于余弟有失，其皆愚兄之过也，然愚兄仍望其修身明理，光耀门庭，此乃兄之衷，望余弟解其意，以使余心安。

十八，人生一分界线也。人之十八，当修身弘毅，笃行致远，心怀家国，以彰其人生价值也。余之今日，思过往之所学，兼生活之所历，更知余成人之意义所在也。弃狭隘，丢戾气，离狂傲，方成大道坦途，念古今贤明之子，皆如此也。

自成人礼日起，余身负又一重任矣。为人子，为人亲，当孝亲奉上，躬行善道，余为中国之公民，当正身以明德，检身以自戒。正如张载横渠四句所言“为天地立心，为生民立命，为往圣继绝学，为万世开太平”。每读此句，心中思潮起伏，澎湃万千，更明余以天下志为志，为国为民矣。今日之中国，已非列强肆意瓜分之中国，更非任人宰割之中国，其屹立东方，傲视全球，现中国力量于世界，亮中国之自信，书中国之华章。生于今日中国，余所幸也。国父孙中山曾言：世界大势浩浩荡荡，顺之者昌，逆之者亡。观今日大势，和平发展并驾齐驱，战争已为世界人民所唾弃，故天下安定，海晏河清，更知余辈发展之潜力无穷，振翅翱翔于广阔天空。

好男儿志在四方，世界之大，非亲至所不能知，故欲广视野，开眼界，必用双脚丈量世界，唯亲至方可知其无疆。华夏大好河山，无不令余心驰神往，余之大学，至此远方，孑然一身独闯荡。无家中之庇佑，无亲人之在旁，生活学习，待人接物，皆需自给。此乃余入社会前一大考验也。历此磨炼，方可行稳致远。

余虽成人，但仍有不成熟之处，望家中亲人谨以鞭策，纠余错，长辈阅历甚丰，为人处事之类，望不吝赐教。

今余成人，非余一人所成，凡为过往助我者，励我者，教我者及众多于余有恩者，余当谢之，另有不利我者，欲害我者云云，余亦当谢之，正因有其，更知艰难困苦，玉汝于成，兼素未相识予吾以温暖者，余一并谢之。

书之有尽，致意难穷。谨以拳拳之心以表诚诚之谢。文末搁笔，涕零至极。致悠悠之岁月，敬来日之方长！

敬颂钦安

儿拜上

辛丑年仲冬于鹿城

2021级汉语言文学　刘保萧

落　日

夕阳在古代有很多种叫法：落日、残阳、余晖、斜阳等，其中落日我最为喜欢，每当读到这个词，我都不禁暗暗佩服古人的取名能力，充满诗意而又不俗气，光是透过这两个字，我都已经可以看到那令人如痴如醉的无限风光了。

落日大抵是世间最美的景色了吧！那在哪里观看落日最好？海南便是一处。其他地方的落日观赏性较弱，但在海南却可以看见紫、蓝、粉、黄、橙等颜色，就像开盲盒一样，永远也不知道明天的落日是什么颜色的，其形状也是千奇百怪，百遍而不腻，且出现频率高、时间持续长，更重要的是随处可见，并不用专门上山下海，就可以看到落日。每一处落日在不同的场景都有不同韵味，让人不禁深深折服于大自然之魅力。

天空渐渐变暗，在下午六点左右，到了落日的主会场，它踏着晚霞而来，只见它缓缓拖着精致而充满艺术感的长裙走上舞台，停留片刻给观众欣赏的时间，又优雅地拽着裙摆离开，只剩下观众望着干净的天空回味，可好在落日小姐是个热情的人，经常出来让人大饱眼福，观看了无数场落日小姐表演的我丝毫不会觉得腻，更别提初见落日的人了，一定大为震撼。大片大片带颜色的云朵在眼前炸开，且是一些认知中不该出现在天空的颜色，但现在它们就这样出现，大张旗鼓毫不掩饰地出现，初见者一瞬间不知是该相信自己的眼睛还是多年的认知，常人没有亲眼见过这种景色是绝对不会相信的，他们一定会觉得这是滤镜或是特效，只有真正身临其境的人才能感受到，这也是落日的魅力之处。

落日仿佛有种魔力，只要看到它便能扫清一切烦恼，人生不顺、情场失意、生活窘迫、学业压力，它都能让人得到一瞬间的释放，至少在那一刻心旷神怡，只记得欣赏它的美，除此以外的一切都抛之脑后。站在高楼上，看着车水马龙，人来人往，行人身上仿佛都披上了黄金战甲，有人行色匆匆，有人驻足观看，人世间的一切仿佛已没有谜底。抬头是梦想，低头是生活，有梦想才能支撑着人继续生活的勇气，有人穷途末路，夕阳西下，却有人是新的起点，旭日东升，苦闷时，就看看落日，用大自然的魔力来打败困境，这也是落日的魅力之处。

落日，不同于清晨的太阳，它拥有独特的光芒；落日，不同于正午的烈日，它舍弃强烈耀眼的光芒。当我们平视远方，就能看到夕阳，它没有攻击力，没有温度，但却给人们带来了温暖，治愈人们心灵。每回观赏落日时，浮躁的我却可以心平气定地看着余光散去，看着天空颜色变淡到慢慢陷入黑暗，在这件事上我有着用不完的耐心。落日对于我来说更像是一个和煦的老朋友，它不会每一天都来，但是我每一天都在等着它来，哪怕是夕阳西落，它仿佛也在安慰我：别害怕，天总会黑，黑暗里发生的一切都不过是破晓前的点缀，不要缅怀昨天，也不要害怕明天，大步大步地往前走吧。

从古至今有很多描写夕阳的诗句，但大多诗人都把夕阳写作悲景，用此来抒发忧伤之情，在黄昏时刻，触景生怀，感慨万千，如夕阳西下，断肠人在天涯；青山依然在，几度夕阳红；送飞鸟以极目，怨夕阳之西斜等，以至于很多人只要一看到夕阳、落日等词就断定这首诗的语境是忧伤的，从而误解诗人原想表达的感情，这对于古诗鉴赏是一个非常大的误区，像“日落西山头，人约黄昏后”。这句就是写夕阳的美好，但如果是按固定思维的话，它就又变成了悲伤的诗句，与作者原意不符。落日，被多少诗人写入诗中，流传千百年，每当人们看落日时，回想起几句好诗好词，这也是落日的魅力之处了。

落日下的美是因为沉淀了一天才美丽，所以人们都喜欢安静地看着、想着、念着，回忆这一天或某段时间，看着落日温柔的颜色，人的心也变得柔软起来。这，就是落日的魅力之处吧！

2021 级汉语国际教育　孙晓钥

以勇为灯，寻路叩门

卢梭有言："人生而自由，却无往不在枷锁之中。"这个枷锁，不但来自外界，更来自人类的心灵。重重叠叠，叠叠重重，压得好多人喘不过气来，压得好多人没有了声息，仿佛世界就此沉寂。当规则成了禁锢，我们应跃出枷锁，向外奔去。而这期间，自然也需要勇气与毅力。

"久在樊笼里，复得返自然。"陶潜猛地挣脱他不喜的官场俗世，逍遥自在地在人间寻欢，走出了自己的路子，成了一代隐士大家，时至今日仍让后人感慨、艳羡万分。时常有人笑侃说还好当初陶渊明的俸禄才区区五斗米，不然隐士要少上一个。而这五斗米，便是枷锁的一部分罢，是官场的浮沉阴暗坏了精神上的清明，物质的艰难羞涩伤着了陶潜的自尊。兵家常言穷寇莫追，而穷寇为何为寇，又有几个将军细细想过？终是在一次又一次的悲愤下看清了现实，转弯从荒草里离开，踏入了豆苗稀疏的南山，开辟出了强大的精神家园。

铁一般的规则，有人逃、有人砸，他们都在用自己的方式去叩开这扇门，前往新的世界。

麻雀被俘获后不吃不喝向往自由，我们被困住后不眠不休寻找出路。革命者一次次地打砸着旧社会，最后逝去的、尚存的、成功的、失败的，都是破开禁锢的。科研者质疑铁律，无数时间精力寻找一个细微差异之缘由。诸子百家在稷下学宫得到的才是真融合，思想自由和兼容并包是多么伟大的字眼。当规则鼓励你去寻找新世界，精神上的礼赞是多么令人欣喜。

痛苦唤醒智慧。一旦我们突破了固守的，看清了顽固的，便听到了柳林风声，抓住了无数美好和机会。大一新生入了高校，大家都在有意或无意地摸索着自己未来的路。我也被困惑缠绕、被欲望压迫、被快乐洗脑。可是有时候静下心来想一想，用一根网线接连校园以外，向站在高处的人询问，猛地会有所顿悟、体会。这个不行，还有那个，那个难争，还有其他。大学的生活如此丰富多彩，找到自己想要的，坚持下去就够了。何必顽固地追逐着使自己不喜的，就因为他人口中的一句好呢？减少标签，感受自我，轻轻地跨出脚下纠缠着的丝线，踏入另一方不知是好还是坏的空间，开启一场新的体验，觅得各样的时机运气。脚触大地的那个瞬间，也是一种新的美好。热爱不熄，赤心不失，轻装上阵，奔赴山海。

人多敢，孤身就不敢；白天敢，天黑就不敢。成长也是锻炼自己的毅力勇气。用勇气为钥匙，勇敢地推开门走进去，一人独立。先走上那么几步，再环顾四周又会发现，人潮之中又是新的联系。

走吧，向前走吧，去积累力量和勇气，去一次又一次地推开那一扇又一扇虚掩着的门，崭新的天地就在那里，追寻自我的路就在那里，成功就在那里。

2021级汉语言文学　陈冲

月是故乡明

“露从今夜白，月是故乡明。”

——题记

晚霞渐近，月色渐浓，晚风徐徐，湖面荡起阵阵涟漪。闲来无事，湖边暂歇，听蝉声呜呜，望小舟荡泊。夜微凉，拢衣裳，持酒敬明月，漫步月色中。捧一缕月色，轻叹醉意朦胧。嗟乎嗟乎，思绪执笔勾勒出的，是乡愁。

又是一个不眠夜，感叹世间不安定，战火纷飞，哀声连天。感叹自己不争气，怀才不遇，未能功成名就。脚下土地明明宽阔，却无一处可供我停歇。身处异乡，流离在外，纵有再多情怀，怕也难以抒叙出来，袅袅相思焚青烟，寄于玉盘月，月儿托着我的思绪，带我回到往日的故乡。

月明星稀，柳叶沙沙，终是生活偷流芳，又忆起少时乡。自年少起，便已远离故乡，四处悠游，后又载着满腔抱负，回到故乡参加科举，从此再难回到故乡，终日于官场中游荡，看遍人间冷暖，尝遍人间四味。于后，终是官场不得意，流离人世间。身为游子，也曾踏过许多土地，叹无故乡之温软；也曾饮过多缕泉水，叹无故乡之香甜；也曾望过多轮明月，叹无故乡之柔情。年少总为轻狂，抱着满腔热血，便想远走他乡，待到暮年之时，又无时无刻不多愁善感，怨难以归于故乡。“昔我往矣，杨柳依依，今我来思，雨雪霏霏。”我心念啊，心念故乡的一草一木，心念故乡的乡缘至亲，心念故乡的风土人情。同看一轮月，本应有声，却无奈过于遥远便又寂静了。故乡之景、故乡之人、故乡之情，离愁的思绪如线，不断缠绕，交织在一起，编织成了一幅我心心念念着的、热爱着的，故土。

这是，给予我的慰藉吗？呜呼，我想应该是吧！烈酒入肠，驱了寒意，惊醒了这半梦半醒的我。“吊影分为千里雁，辞根散作九秋蓬，共看明月应垂泪，一夜乡心五处同。”我似那纷飞千里的孤雁，唯能孤影自怜，又似那深秋断根之蓬草，随风飞逐，四处寻家。

月啊，你也有说不清的忧愁吧？是乡愁吗？我轻捧月光，乡愁掉了满地。

彼时，似柳叶轻拂，银波微醺，月光中埋下眼睛。静听，乡愁的声音。故乡悬檐南，是一笼细沙掩月。长夜漫漫，是乡愁，禁不住叫人掉泪。

2021 级汉语言文学　纪洋洋

橘　子

窗外的树枯了，又干又脆的树枝苍老成灰色。程意掰开一瓣橘子，往嘴里送去，讲台上语文老师讲着诗人李清照的一生。程意一转头看见门口站着巡查老师，她和巡查老师对视了，“不会被查到上课吃零食了吧?”程意手里还拿着没吃完的橘瓣，有点不安地想着。

冬天的橘子很甜。

她果然违纪了，这是本月第二次了，不过她不在乎。去年级部领违纪通知单，一开门看到了一个瘦高身影，肩膀处随意挎着一个书包，手掌撑在桌子上，看着集部老师的电脑屏幕，骨节分明，手指修长，指尖处因为充血而泛红，是邢宇衡。“这才回家反思不到三天，怎么就又回来了?”程意心里嘀咕，手上却不停，拿了违纪通知单，走了。

“可以啊，程意上课吃零食，你眼里还……”又是班主任老套的训斥，程意也不反驳，因为她压根没听。前些天调考成绩出来了，她看了一眼成绩单，烦躁地将它扔在一边，进步幅度小到可以忽略。“过两天又该换座位了，但是看在你学习勤奋的份上，我就不叫家长了。”“谢谢老师，老师，那我走了。”“哦对了，我把你和邢宇衡的座位安排到一起了，他和别人坐的时候老是说话，耽误事儿，我看你……”“老师，我可以拒绝吗?”

终于还是没能战胜班主任，不过她和他坐到一起倒也清净，他一天都在睡觉，她一天都在学习。北方冬天的风又干又冷，席卷而来，还带着雪的味道，吹在脸上如同凛冽的刀子刮着人的额头，吸进去的气又如同凝结在空中阻滞的冰，叫人打颤。一次早晨，程意在背书时瞥见邢宇衡趴在桌子上，她懒得理他，可过了一会儿，她发现不对劲，他好像胃痛，左手紧紧拽着校服上衣，右手紧握，指尖泛青。算了，同桌一场，程意翻出胃药又接了热水，敲了敲他的桌子，“是不是胃痛？起来把药吃了。”他懒得抬头，只将一只眼睛从臂弯里露出来，看了看药，又看了看程意，才缓缓地将药拿起，放到嘴里直接咽了。

“谢谢。”

“不用谢。”

自那以后，两人便慢慢熟络了。邢宇衡睡觉次数也没有那么多了，他盯着她写笔记的侧影，程意注意到他的目光，说道：“看什么，没见过学习的人啊?”没想到他太不要脸，说：“你这样天天学习不枯燥吗?”“那你天天睡觉不枯燥吗?”“那不一样，睡觉可以延长寿命，让人年轻养生。”他一本正经地盯着她低垂的眼睛瞎编。听了这话，程意斜着眼看了一下他的痞样，放下了笔慢吞吞而又认真地说：“也对，睡觉可以延长寿命，毕竟千年王八万年龟嘛，你少说也得活一千年。”他眼皮一跳，撑得起身：“你说谁王八？”“我可没说你，别对号入座啊。”他无力反驳，只得讪讪地拿出笔，开始学习。快乐的日子总是过得很快，正如班主任所意料的，程意绝对不会和邢宇衡闲聊、玩闹的，每次他想引起话题时，都会被程意怼回去，邢宇衡不解地问道：“你为什么不和我说话呀？”程意不耐烦地说道：“你太烦了。”邢宇衡又问：“那你为什么不敢看我，是我太好看了，让你自卑了吗？”程意听了这无耻的话，无奈地转过头去，却没料正对上了他的目光，他的眼睛清澈明亮，有着这个年纪该有的活力，可他的单眼皮又显得这双眼睛慵懒痞气。“他好像确实很帅，不然为什么那么多女生喜欢？”程意心里这么想，嘴上却一寸也不让：“对丑人来说，细看都是一种残忍。”

班里慢慢传开了绯闻，扰得程意心神不宁：他到底是不是喜欢我呢？一切都太过顺利，邢宇衡向她表白了，在微信里，她觉得自己应该矜持，应该以学习为重，便和他约定毕业再在一起。那个夜晚，程意几乎像是在蜜罐中睡去的，她期盼毕业，幻想着与他一起后的点滴，幻想着第一次给他送礼物，送什么好呢？花？太娘了。领带？太老了。

在情窦初开的年纪，遇到了阳光的他，程意觉得自己简直是幸运儿。

后来她在打水时听到，隔间后面传来的声音：“哎呀，又是宇衡赢了，你说你怎么魅力那么大呢，连程意都能拿下，每次打赌都是我们输，真无趣。”水已经漫出来了，程意还停在原地，她在等那个熟悉的声音，等他开口说话，反驳这群男生的无中生有，她不相信自己所期盼的一切美好，不过是场男生间的赌约游戏。

邢宇衡开口了：“唉，这没什么，不过你们可不要出去乱说，咱们打赌这件事啊，是兄弟就别出去乱说。”果然是熟悉的声音，一字一句刻进她的心中。

她打完水走了：“呵，原来如此。”

这个年纪是最看重面子的时候，邢宇衡当然也不例外，那程意也绝对不能脱俗，他们仿佛陌生人一般了。

年少轻狂，容不下一点委屈，可程意后来不顾一切向他表白自己的心意，不顾女孩的矜持与自尊，换来的却是一份幼稚的回答：“算了，就这样吧。”

窗外的树抽芽了，冬天不甘落败地走了，日子还在继续。程意多了个追求者，是个小学弟，天天等她，找她问题，照顾她，给她买红糖，送暖宝宝，送她小礼物，程意不为所动，学弟倒也坚持不懈。

记不清什么时候，反正是一个深夜，程意被铃声吵醒，烦躁地接通，电话那头响起熟悉的声音，沉寂了好久的那份情感如同洪水冲得她睡意全无，她没有回答，邢宇衡一连串的问题："你喜欢他吗？你们什么时候在一起的啊？他很乖是不是，他学习好吗？你们准备考一个大学吗？"程意打断了邢宇衡："你是不是喝醉了？"过了片刻，邢宇衡低声说道："我只喝了点，我想，给你打电话，因为我清醒的时候不敢。"邢宇衡几乎快哭了。程意听到手表上分针走过了一格，"我真的喜欢你，我发誓从来从来没有这么想念，这么在乎一个人，因为你，我畏首畏尾像做贼一样偷偷看你，不舍得删我们的聊天记录，我看到你和那个男生走在一起，我怕你和他在一起，不敢再怂了，我不想失去你。"邢宇衡哭着说，在电话的另一头气喘吁吁地等待她的回答，落在衣服上的眼泪慢慢变冷。"无所谓了。"寂静的房间将声音无限放大，她心想："邢宇衡无所谓了，这件事已经翻篇，一切都过去了，我已经不喜欢你了，早就，就不喜欢了。"电话那端连喘气的声音都没有了，许久沙哑的声音传来："好，我挂了。"

高考很快来了，也很快走了。邢宇衡考出了极好的成绩，他托多位同学打听程意报考的学校，却没有打听到，后来他考上了一所好大学。

又是一年冬天，程意坐在复读班的教室里，扒着一瓣橘子送到嘴里。

啧，这橘子真酸。

2021 级汉语言文学　王弈程

二十七岁的优雅

九月的风还是热的，灌进医院大门，大厅熙熙攘攘，吵闹询问交谈声交杂。穿着防护服的医护人员面前排起长队，患者们等待登记测量体温。屋内电脑界面一遍遍刷新，键盘熟练地敲击，打印机吐出长长的处方笺。药斗抽屉拉出又推进，各种饮片噼里啪啦洒在片子上，牛皮纸中的药袋一份份被递出又被不同的人取走。早上八点钟，窗口后面穿着白大褂戴着口罩的我开始了一天的工作。

一年后，我坐在远离家乡三千公里的大学教室里，身边是比我小十岁的同学，大家来自五湖四海带着不同的乡音，讲台上老师们激昂指点古今文章和历史，而台下的我也如新生般好奇懵懂，求知求索。窗外，三亚的空气新鲜潮湿，天空透彻湛蓝，热带的阳光下万物茂盛，催发着我全部的激情和幻想、憧憬与渴望。

决定辞职高考复读的那一刻，是一个普通的工作日，坐在电脑前的我仿佛一瞬间找到了通向未来迷宫的出口，心情平静而澎湃。二十七岁，周围的同龄人在恋爱、在结婚生子、在考公考编、评职称、在异乡打拼，在忙忙碌碌，追求各自定义的“成功”。而我也学着每天奔波劳碌，家和医院两点一线，休息日准备执业医考试，得闲去健身、参加聚会、社交，看上去充实得不得了。但是时不时地，脑子里却闪出一些想法，我问我自己：“这究竟是我想要的生活吗?”

一个月内完成工作的交接，又一个月过去，我的名字出现在普通高考的报名名单里，半年时间每天在家自学、参加培训、高考体检，直至六月八号走出考场，查分的紧张，收到录取通知书的欣慰，一切都那么顺理成章，我像盲人看见了光，顺着那个方向义无反顾地冲刺。开学后，和父母兄弟姐妹以及好朋友分享，他们惊异于我的笃定坚持和如今的改变，原来的顾虑烟消云散，我用实际行动证明了自己。因为我知道这是我想要的生活，从我决定摆脱现状走出第一步时，我就已经取得了属于我的小小成功。

人生每个阶段身边都不乏一些“人生导师”，我们被教导在合适的时间做合适的事。当身边催我恋爱结婚的声音越来越多，我随声应和也恐惧紧张；同辈的成绩和人生轨迹让我焦虑迷茫，庸庸碌碌却对未来不知所措。可拨开这规劝和思虑的迷雾，我才发现前方的路不止一条，有通衢大道，也有鲜有人迹的幽深小径。曾经我被遮蔽了双眼，被推入摩肩接踵的人潮，走上不属于我的一条路。现在我才发现，勇敢地去寻找，成功的定义和方式不止一种，去冲破既定的人生轨迹，前方是属于我的花园小径，盛开着我二十七岁的优雅，二十七岁的成功之花。

2021级汉语言文学　李凌月

在向日葵开满的地方

林春雨出生在一个春天。那天正好是惊蛰，下着小雨，万物苏生，因此便得了个名字叫春雨。名字是奶奶取的，说是寓意好，老人说的话一向有分量，取名这件事就这样敲定了。

她其实并不喜欢这个名字，听起来一点也不好听，从小到大一直被嘲笑，同学们都说土里土气的，上小学的时候，还因怕被嘲笑躲在家里不肯去学校，挨了家长的一顿骂，问过缘由后更觉得林春雨小题大做，又被说教了一番。

这是她不喜欢奶奶的其中一个原因。

奶奶是个大嗓门，每次带着林春雨出去的时候，都会很大声地说话，如果林春雨不在她的视线范围内了，就会到处喊着林春雨的名字找她，使得街上的人都频频回望，看向声音来源，林春雨尴尬地只想找个洞钻进去。

再比如奶奶有个三轮车，平日里用来送林春雨上学，但是为了赶时间，她经常不遵守交通规则，林春雨提醒了很多次，可是她也从来不听，依旧我行我素，马路上就经常会有人气势汹汹地恶言相向，林春雨坐在后座，捂着脸生怕路上有同学认出自己来。

可是她没得选择，父母外出务工，这个小县城里就只剩她和奶奶，爷爷去世得早，她从小就和奶奶长大，她又是那种天生叛逆的个性，没少因为这样或那样的事情和奶奶吵过架，也挨过不少打，但是最后还是不会悔改，依旧调皮。

几周之前，奶奶把自己养的向日葵给拔了，这件事让她生气了好几天，一句话也不想和奶奶讲。

事情的起因是这样的，某一天林春雨得来了一把生瓜子，她想起在课上学到的，把瓜子埋进土里，就能长出向日葵来。于是便照做了，把瓜子埋进了奶奶种植山茶花的花盆里。

没想到向日葵真的长出来了。她看见一抹新绿从土里探出头来，第一次感受到了生命的奇妙，小小的幼苗给了她无数的幻想，开花结果后，她就能吃到好吃的瓜子了。

随着时间的流逝，向日葵幼苗越长越大，一直长到了结苞开花。她这天刚刚观察完向日葵的生长情况，第二天再去看的时候，就不见了。

林春雨愣住了，在屋里到处寻找着花的踪影。最后她在奶奶的口中得知了花的下落：已经被连根拔起，扔掉了。她觉得自己的心忽然就变得空落落的了。她问为什么要拔掉自己的花，而奶奶的解释是向日葵的存在吸取了山茶花的养分，山茶花已经变得快快的了。

林春雨非常难过。她没有保护好自己的花，让它轻易地被人摘了去。与此同时，她和奶奶的矛盾也就更大了，她更讨厌这个不懂自己的老太太了。

林春雨上了初中后，矛盾终于爆发了。那是初三的暑假，积怨已久的林春雨因为一件小事和奶奶大吵一架，最后负气出走，晚上也没有回家。奶奶急得全城去找她，最后总算是在小区后面的小路上，找到了她。

她一言不发地把林春雨带了回去。林春雨跟在后面，心想这次肯定免不了一顿打了，一副死猪不怕开水烫的样子，恹恹地回到了家。

但是奶奶并没有再骂她、再打她了。她沉默了一晚上，一句话也没有和林春雨说。林春雨觉得很奇怪，今天奶奶的表现有些反常。

半夜里，她起来上厕所，依稀听见奶奶的房间里有说话声，似乎是在打电话。似乎有“送走”之类的词语。

林春雨安静地站着黑暗里，抿了抿唇，没说话，只是慢慢地回到了房间，拉上了被子继续睡觉。

果不其然，第二天林春雨就接到了父母的电话，说送她去外地读高中，全日制的寄宿学校。他们说了一大堆理由，比如锻炼自己的自理能力，外面的教育质量更好之类的，为的就是说服她。

林春雨听了很久很久，最后终于动了动嘴唇：“好。”

九月份，林春雨就去了陌生的城市读高中。临行前，奶奶给她买了很多零食装进行李箱，又絮絮叨叨地叮嘱了很多话，林春雨默默地收着衣服，听她说。

“小雨啊，去了那边可不要不听话呀，你这性格就是这样，很容易和同学相处不好。”奶奶说着，叹了口气，把行李箱的拉链拉上了。

她又把箱子立了起来，靠在了墙角，没了往日的大嗓门，林春雨还有些不习惯，紧接着她又继续说：“你也不喜欢我这个老婆子一天啰啰唆唆，刚好，你这就有机会出去了。我之后也不会在城里待了，和你姑婆住乡下，清净。”

林春雨张了张嘴想要说些什么，但是很久都没有发出一个音节。最后她也只是嗫嚅着应了一句“好”，失去了往日的气势。

新的学校也是新的旅程，一切都要时间去熟悉。林春雨在“兵荒马乱”中度过了第一个月，她觉得好累，课业繁杂，生活的琐事也很多，这里谁也不在，只有她一个人，难过了也没处诉说，躲在被窝里偷偷地哭是唯一的发泄途径。

奶奶给她打过几次电话，每次都是问她身体好不好，有没有适应那边的生活，每次吃饭有没有好好吃。林春雨每次都回答自己过得很好，不用担心。

人的成长往往只需要一段时间。林春雨的成长也就在新学校的第一年。她很想家，很想自己的奶奶。

以前总是会将目光着眼于那些看起来不可解决的矛盾上，但是现在回望，一路上日常的温暖却被忽视得彻底。

其实奶奶对她很好，非常照顾她。可是年少的她却从来没有发现，一直以为她们之间除了激烈的争吵就再无其他。

高三那年的中秋节，林春雨留在了学校。宿舍里也就剩她一个人，她像往常一样收拾完东西，洗完衣服，然后打开了笔记本准备背书，却忽然看见了天上的月亮。

古人总会以月寄托思念，她总觉得自己仿佛透过月光看见了年少的故事。画面一帧一帧地展开在了她的眼前，安静的情绪细细地包裹住了她。

很小的时候，奶奶会在夏天晚上带着她出去散步，坐在公园的长椅上，给她唱家乡的童谣，哄她开心。被她遗忘的声音忽然被她在记忆的角落里找到了，穿过时光长河，在她的耳畔响起。

又比如每次自己磕着、碰着了，在外面玩，滚了一身的伤痛回来，奶奶都会细心地给自己上药消毒，虽然口里依旧念叨着训斥的话语，可是其中的关心却是不假。

始终记得林春雨爱吃什么菜，每次寒暑假回去，奶奶就一个劲地做那道菜，还特意地将盘子放在自己面前，让林春雨稍微一伸筷子就能够到。

还有……还有好多好多的小事，一件一件地累加，最终搭成了林春雨思念的地方。

她倏地又想起，奶奶没怎么读过书，以前她在的时候，电视机上播放着带有字幕的影片时，奶奶还会问她那个字读什么呀，是什么意思啊。起初她还会讲一讲，后来问的次数多了，她也就不耐烦了起来，奶奶也察觉到了这一点，便没有再提了。其实奶奶是很想读书的，她想着，奶奶之前说过的，因为家里没钱，供不起女孩子念书了，所以没读多久就辍学了。

不过奶奶还是向她炫耀着，自己以前念书的时候，可是班上的第一名。想到这里，林春雨忍不住笑了起来，眼泪却也不知怎么地落了下来。

明明和奶奶一直生活在一起，林春雨却像是今天才认识了她一样。她以前也是一个拥有美好青春的女孩子啊，只不过后来时间流逝，她就成为奶奶的这个角色，被固化了。

林春雨胡乱地抹去眼泪，又想起奶奶对她说过的话。

上次见面的时候，已经有银丝爬上奶奶的鬓角了，林春雨才惊觉时间飞逝，记忆里的老人在缓缓变化着。她也受课业的压力，一直郁郁寡欢，生怕自己做不好给家里人丢脸。

但是奶奶却和她说，不要太辛苦了，小雨，你看你都瘦了。咱们尽力做好就可以了。

林春雨鼻子一酸，差点不争气地哭了出来。她只是笑着点了点头，说：“好的”。

她的思绪又飞到了自己离开家读书的那一天，奶奶给她收拾好行李，对她万般叮嘱。她那天没能说出口的话其实是自己并没有不喜欢奶奶啰唆，只是自己很多道理都懂了，不用再次重复。

她将回忆细细咀嚼，品出了几分乡愁的思念来。林春雨很想念她的家乡，更想念自己的奶奶。其实古往今来，游子的心情都是共通的，那些诗词中的句子，也是她此时心情的写照。

不久后，高考结束，她回到了家里，又一次看见了奶奶。一大家人齐聚一堂，都在讨论哪个学校哪个专业就业前景好，只有奶奶悄悄地把她拉到一边，问她说，喜欢哪个学校，喜欢哪个专业。

林春雨喉咙仿佛被什么卡住了一样，半天没有说出话来。她最后也只是弯着眼睛，嘴角带笑，以轻快的语气说道，自己会选喜欢的。

后来呢？后来啊，林春雨去了很远的地方读大学，一年也回不去几次。每一次回去奶奶都会苍老几分，她按捺下心里泛起的酸涩，笑着把礼物拿出送给了老人。

给奶奶带礼物已经成为她的一个习惯，有时是一条丝巾，有时是一件衣服，每次奶奶都会很高兴，林春雨也高兴。

这一年奶奶告诉林春雨，明年夏天有东西送给她。林春雨很好奇，问是什么，而奶奶却只是神秘地笑了笑，并未言说。

这些年过去，林春雨和奶奶的关系也悄悄地变化着，两个人没有了小时候的那种剑拔弩张，她忽然就只觉得时间过得好快，一晃神自己长大了。

可是奶奶的身体却越来越差劲了。以前中气十足的老太太，和林春雨说话的时候总是会时不时咳嗽一下，体力也大不如前，发丝已全是银白了。

某天在公交车上，林春雨看着佝偻着腰的老人，忽然想起了自己的奶奶。又是很久没有见过她了，林春雨很想她。在外面的日子多数是苦涩的，可一旦想起自己的家，想起自己的奶奶，思念就会轻轻地吹散那些不快乐。

这一年夏天，林春雨得了空回去了一趟。奶奶领着她到了乡下一块小小的土地上。那是一片灿烂的金色，映在林春雨的眼睛里，好像是永不熄灭的金色火焰。

那是一片向日葵地。今天也恰好是一个大晴天，奶奶站在旁边，颇有几分得意地说：

“小雨，你喜欢什么奶奶都记得的。”

是啊，都记得。就像是永远记得自己喜欢吃的那几个菜，记得自己喜欢有阳光的日子，记得那株向日葵。

她站在向日葵的中间，眼泪“啪嗒啪嗒”地滚落下来，掉进泥土里。她偷偷地别过头抹去泪迹，努力绽出一个漂亮的笑容来，说自己特别特别喜欢。

以后无论在哪里，她总会有一个地方存着她的愁绪，也总会有一个人惦念着她。正是有了这些的存在，她更有勇气去面对生活的种种。

奶奶并不是一个完美的人，她也是一个市井老太太，她会为了一块钱和别人争执不下，会在公交车上抢占座位，也会扬着大嗓门在公共场合嚷嚷。可是，她也会在林春雨和父母吵架的时候说：“没关系，奶奶最爱你。”会在林春雨考试不如意的时候说：“这次没考好，咱们下次考回来就是了。”

林春雨想起很小的时候，她放学冲出人潮，就看见奶奶早已在那里等候多时，两个人的脸上都是带着笑的。

如今也是，她在外面奔波，而奶奶就一直在这里等待着她，给她开出了一片向日葵。

林春雨的假期结束了，回到学校。每一次难过和不如意的时候，她总是会想起那开满向日葵的地方，她站在这里，却仿佛被春日和阳光环绕。

在熹微的晨光里，她看见了奶奶的笑容，对她说：“不要害怕，你是最棒的。”

2021级汉语国际教育　向钰萱

大　山

我叫张云，是一名即将毕业的大学生。我的家乡在大山里，在上大学之前从来没有看过大山外面的世界。小时候看山，觉得山好高，长大了看山，山依旧很高。阴天的时候，山被雾气环绕着，山顶笼罩着一层云，看不见山顶的山更高了。上学时，我常常希望我能和我的名字一样，轻飘飘的，能一下飞到山顶，能一下就飞到家。

说到我的家，我的家在半山腰上，是一间土坯房。一个小房间、一个驴棚、三只鸡、一头驴、我父母和一个弟弟，还有我，这就是我家的全部。煮饭养鸡都是在院子里，房间里有两张床，我们就睡在里面。学校在山脚下，离家里很远，每天要走四五个小时才能到学校。有时候下雨了山路更难走，因为是土路，一下雨路就变得泥泞起来，很滑。我和一起上学的小伙伴大都是深一脚浅一脚走到学校，滑倒了就起来擦擦身上的泥土继续走，磕到石子流血了就摘片树叶贴在伤口处继续走。

我上学上到高一。高中学费很贵，是我家一年的收入，我也没办法和初中一样一边打工一边上学了。爸妈和我说，刚刚好，弟弟上初中需要钱补习，我也大了可以出去打工供弟弟读书。我不愿意，我还是想读书。我坐在房间里偷偷抹眼泪，但就算不愿意我还是交不了学费。不再去上学的我在家里和爸妈犁地，有时候在草地上放驴，有时候到镇上打工。但不论我走到哪，抬眼看去，四面总围绕着山，很高、很宽，层层叠叠像个笼子。

有一天，我正在犁地，村里的老乡突然来喊我说："你老师来带你回去啦!"我很奇怪，我已经不上学了，哪里还会有老师。我带着疑惑走回家里，一进门就看到有几个人，他们鞋子都沾满了黄色的泥土，脸上是疲惫的神情。其中有一个非常瘦小的阿姨，短发戴着眼镜，背有些佝偻。那阿姨看到我后，脸上疲惫的神情增添了些光亮，她急忙走过来拉住我的手问我是不是叫张云，我不知所措地点点头。她又接着问我还想不想继续读书，我愣了一下，读书？想读啊，可是没钱怎么读。我低下头，摇了摇头说："不想读了。"阿姨有点担忧又有点急迫，她揽住我的肩膀问："怎么就不想读书了呢？你告诉老师，你有什么困难老师都会帮你解决。"一股酸劲涌上鼻子，眼泪也不争气地往下掉，我轻轻地回答老师："家里没钱供我读书了。"这时妈妈也凑过来说："对对，她还有个弟弟上初中，她高中学费那么贵还不如回来打工赚钱供她弟弟读书。"老师听了着急地回答妈妈："你糊涂啊！你闺女可是上了高中的，你怎么让上了高中的闺女回来打工供初中的弟弟读书！”老师搂得我更紧了，老师双手握住我的肩膀，看着我的眼睛说：“闺女，钱的问题你不要担心，你只管和我走，我给你书读。”接着老师又搂住我的肩膀，转身回去向妈妈说：“今天我就要带她走，谁来拦都不管用，她现在必须要读书，钱的问题我解决。”老师坚定的眼神中闪烁着泪光。

最后我和老师一起回到了学校。老师姓张，我和她的姓氏一样。她是女子高中的校长，在这所女子高中读书的女孩子的家庭状况都差不多，有的是家中只能供得起哥哥或弟弟读书而被迫辍学的，有的是家里父母生病需要钱看病没钱上学的，有的是孤儿。这些女孩子有的是知道这所学校，来找张老师申请的，有的是张老师一个个村子去找去问的。我属于后者，张老师到我原来上初中的学校向老师了解情况，哪个女孩子上了初中没上高中，是什么原因，家住在哪里。张老师就依照记下的名单一个个家访。

这所高中是免费的，我们吃住都在学校。不用报名费、书本费，学校每个月还会发两百块当伙食费。但大家为了省钱打饭通常只打一两块钱，张老师常常到食堂里看我们吃饭，会问我们为什么只打菜不打肉，我们说：“想省点钱。”老师无奈地笑了笑，转身去打餐台问厨师怎么饭和菜都打这么少，厨师说：“按瓷实啦。”张老师才满意地点点头。

学校坐落在山脚下，教学楼很高，我爬到楼顶看山，山好像也不是很高了。站在楼顶上，好像可以看到山那边的世界，我常常幻想自己能够爬上山顶，越过山顶，山顶后的那边会是什么景象呢？我想象不出来。

在学校学习的生活很辛苦，我们早上五点钟起床打扫卫生，早操上课。中午只有十分钟吃饭，我们像一阵风，下课铃声一响我们就呼呼地飞到食堂，不一会儿又呼呼地跑向寝室。晚上十一点三十下完最后一节课，我们跑向寝室，不是为了睡觉，而是在走廊中找自己的位置接着做题，直到凌晨才能休息。“我们很笨，基础比别人薄弱，所以更要争分夺秒，能拿一分是一分。我们就是硬考，不需要同情分。”这是张老师的原话。我们学习如同爬山，很困苦、煎熬，进步非常缓慢，但一步一个脚印，走得扎实。这所女子高中的发展也是一样。学校的教学资金主要来自社会各界的捐赠，张老师在办学之初为了筹集经费，她将自己所获得的奖、所被报道的事迹在街上一一展出，她只想筹到开办学校的资金。但得来的却是他人的谩骂和诋毁，成为别人眼中的“疯子”。后来学校勉强办了起来，张老师开始寻找失学在家的女孩。有时候学校的资金不够用，老师还会自掏腰包资助学生。无数个日日夜夜，张老师总比学生起得早，然后一层一层打开教学楼的灯，我们新的一天从这时候开始。张老师伴学校发展，陪我们成长。她的腰不再挺拔，有时候因为病痛需要人搀扶。我们拥抱她那瘦小的身躯，很轻，但又像大山那样宽广沉稳，我们感到安心，她把我们保护得很好。

高考结束之时或许是张老师最坐立不安的时候，她给我们定的目标是清华北大，但我知道，她最终的目标不是清华、北大，而是我们能通过读书找到出路，摆脱愚昧。成绩公布，我们那一届全部上本科线。老师们热泪盈眶，互相拥抱着，张老师更是开心得像个小孩，不断地说："好！很好啊！"窗外的杜鹃花开得很是热烈。

高考确实改变了我的人生道路，如果没有读书，我或许还在镇上打工。高考结束后，我报了外省的学校，走出了大山。没有大山遮挡的世界好广阔，我增长了见识，可以飞到更远的地方了。可是我常常想起在山脚下的女子高中，每年假期回去，张老师又比前一年衰老许多。这么多年她还是守护在这里，她依旧五点起来一层层打开教学楼的灯。老师桌前摆着一张合照，是我们那一届的几个同学和老师的合影，老师双手环抱着我们，就像大山环抱着女子高中。

毕业那一天，我坐上回家乡的车。车在公路上驰走，山往车后奔去。以前我觉得这些山是我的牢笼，现在这些山给了我依靠。几年过去，虽说山里修了公路，但里面的世界和外面的世界依旧相隔得很远。经过几个小时的车程，我终于到达女子高中。我拖着行李向张老师办公走去，一进张老师办公室，张老师看到我就扶着桌子慢慢地站起来，一时说不出话来。我喊了声："张老师！"急忙过去搀扶她，她紧紧握着我的手看着说："哎哟，你又回来啦！这里可苦着啦。你没苦够啦？"我摇了摇头："不苦！我愿意！"她笑了笑搂住我，像当时她把我带到学校那样。

"我生来就是高山而非溪流，我欲于群峰之巅俯视平庸的沟壑。我生来就是人杰而非草芥，我站在伟人之肩藐视卑微的懦夫。"这是张老师作的诗。张老师是座大山，我也想成为大山。

2020 级汉语言文学专业　许志鑫

又忆旧时

周作人曾写道：“我的故乡不止一个，凡我住过的地方都是故乡。”对此我深有体会，虽然我人生的小路旁只可看到青涩果实，但仍有着因地域上的变换而散发着别样的芬芳。无论是出生地还是成长地，总会留下生活片段刻在心上，那么就成了心有寄托的地方。

小时，总会有许多身影跟在我的身后，在温暖的家，在热闹的商店，在清丽的公园，无不是因为在这小小的身体里藏着那般旺盛的好奇心。才会走路，小手就迫不及待地去触碰所能触及到的地方，阳台上的小盆栽周围四散的泥土，床单上的小黑手印；商铺前，小桥流水间，转眼间就不见的身影，和最后被逮着赔偿道歉的小委屈。

就这样闹腾着，我随我的家人来到海口，曾经撒欢的我一下子没反应过来，望着陌生的滨海城市，心倒也恬静了下来，可当我面对宽广的海洋和连绵的浪花，心中的那双翅膀仿佛可以带我飞到海的中央去了。

渐渐，成长的身躯可以跑了，可以跳了，我的脚印几乎可以遍布沿岸沙滩。记得海边一艘废弃的“海盗船”，好奇心驱使着我走向它，小心地推开船舱，竟发现内部大有乾坤，精致的桌椅和装饰，栩栩如生的人像，却被时间封存在阳光照耀的船舱里，光束下反光的粉尘也变得那般的美好，我小心翼翼地又合上门，记住了地点便又蹦蹦跳跳地离开了。

随着时光推移，海边也变了样，潮起潮落地慢慢冲刷，将海岸线变了模样，而我也真正长大了，曾经简简单单的快乐变成了经过时一眼的观望。那片荒凉空旷的海滩给我留下了珍贵的回忆，而修建后形成的公园给了我些许感伤，不知是消失的小半岛还是不见了的“海盗船”，总归是失去了。一栋栋伫立起的高楼和更多新鲜的面孔，为这片土地注入更加鲜活的血液，这时间的列车也越跑越快了。

随着时代技术的发展，记录和承载变得简单，上学时望着变化不断的天，斑驳的树影，“咔嚓”声像是怎么也不满足。所以如今再看看自己的手机相册，总是不禁要往下翻翻，看到的是那片成长的天，心底才会真正的赞叹。地域上的区别，无非是一张小小的交通工具的票据，但时间里的故乡，我将永远也回不去了，就让我站在原地，站在这座永远不会有来车的站台，看着，看着现在，看向将来。

2020 级汉语言文学专业　刘芊妙

未来，总在那片新天地间

从中国千年历史来看，我们从未对“旧”保持过积极的态度，封建制度的存在是历史的必然，正因为它千年尚未改版，导致了百姓千年苦不堪言的生活。千年未变的制度终究会被历史淘汰，不能变得先进，终归会被抛弃。

单就“改变”而言，它是突破性的：打破陈规，突破原本。因此它会受到“陈旧”的压制，甚至迫害。但它终究是顺应历史而生的，顽强的生命力能够对抗“陈旧”势力。历史的滚滚车轮是不会停歇的，而这车轮之上可能就是“改变”。

在中华大地上诞生的印刷术是我们骄傲的事，毕昇也应该是我们铭记的人，但是千年的“铅与火”魔法敌不过外国的科技革新，国外的先进科技始终领先国内一步。这时候，王选站了出来，出任“748 工程”总负责人，花费数年，没日没夜地研究，每日的高强度工作。千难万苦换来了领先世界的“激光照排系统”，摆脱“铅与火”，走进“光与电”。这一科技创新，直接使中国成为世界印刷技术的领头羊，再造辉煌，他也被称为“汉字激光照排系统之父”，当之无愧的“当代毕昇”。

对创新的坚定意志是王院士成功的重要原因，也是成功不可或缺的条件。

1900 年，普朗克教授提出了量子力学假说和普朗克公式。令他沮丧的是，这一发现削弱了牛顿的完美理论，他一直崇拜并虔诚地相信这是权威。他终于宣布取消他的假设。人类从权威中获益，但同时也受到权威的折磨，物理学理论停滞了几十年。

在 25 岁的时候，爱因斯坦敢于突破权威的神圣圈，钦佩普朗克的假设并将其延伸到一定的深度，提出了光的量子理论，奠定了量子力学的基础。然后，他决心摧毁牛顿的绝对时间和空间理论，创造了震惊世界的相对论，作为一个新的，甚至更大的权威而声名鹊起。

这是一个极其鲜明的对比案例，在量子这一领域中，普朗克教授毫无疑问是其中的先驱，但是对于“偶像”牛顿的崇拜和以其为信仰的态度，最终影响他不能继续坚持自己的前沿理论，然而同样的事放在爱因斯坦身上却有着截然相反的结果：爱因斯坦在面对这一可能对自己崇拜的前辈——牛顿的“经典力学”理论产生巨大冲击时，毅然决定继续研究下去，在当时来说，牛顿可以说是近代物理学的开创者，但爱因斯坦不在意，他，只想研究物理。爱因斯坦的敢于创新、推陈出新使他成为物理学界伟大的人之一。

这样的事例数不胜数，在国内的“五四运动”“辛亥革命”等，无一不是对“陈旧”的巨大冲击；在国外“文艺复兴”“启蒙运动”“宗教改革”等更是近代世界“突破陈规，打破落后”的典型事例。

因此，进步总是存在对于前事的总结、突破之中，仅仅靠对前代的总结也不可能成功的，只有不断地学习、进步，在过往中突破自我，才会成功。坚定信念、坚持不懈，拼尽全力，走出自满、舒适、落后的环境、处境，那么，往往成功而又美好的未来，就在那片新天地中。

2021 级汉语言文学　柳天尧

薪火试新茶，诗酒趁年华

世俗的规矩重要吗？答案是可以重要，亦可以不重要。公序良俗、道德底线、法律规则，这些无疑是重要的，是不能打破的；但是又有很多是可以打破的，例如世俗的偏见、大家看似约定俗成的眼光等。

没有人规定满是荆棘的道路，不能走出康庄大道；没有人规定高才生一定要被世俗裹挟，选择自己不热爱但高薪的职位；就像没有人能定义爱情的规则……趁着年轻，珍惜自己的热爱，少年人，鲜衣怒马，薪火试新茶，没有什么门是不可以推开的，突破禁锢，才有新鲜的血液，有创新，才能打破死循环般的人生追求。

在挟裹中不失守。当朝九晚五越来越普遍时，当高才生们都追求高薪高职时，总有这么一些人，遵循已有的趋势，融入宏大的中国愿景。在宏大中，保持自己独特的创造性，保持自己与众不同，用自己独特的贡献，造福人类一点一滴，就不枉此生，不负青春。能抵住世俗的潮流，坚定地选择自己内心的方向，是万里海疆书写无悔青春的中国首位女舰长韦慧晓，也是北大考古系的留守女孩钟芳荣。他们都在认清热爱之后，不在乎他人的看法，用自己的一生书写着“什么是路”“什么是门”，就是从没路的地方践踏出来，就是把现有的门打破，推开荆棘，打开新的大门。

如果我们在短暂的人生中匆忙而过，对超出我们视觉的宏大和微小的世界毫无了解，每天的思想都在生活和工作的范围里徘徊，那就等于在精神上一辈子没走出过家门，这无疑是人生的一大遗憾。精神上的封闭自守，就代表了一个人的眼界被限制，例如就业观，别人眼中低配职业，可能是对的人眼中尚未开发的宝藏，唯有拥有敢于遵从内心的勇气，才可能推开束缚，带来革新性力量。

双语女硕士，放弃年薪 30 万，去应聘做保姆；中科院博士后当辅警从事 DNA 物证检验……这样的事近年来俯拾皆是，乐见多元新鲜职业的出现与发展，这既体现了对自我追求的尊重，又往沉寂的基础性职业注入了新鲜血液，推开了虚掩的门，打破传统的偏见，成功就在眼前。一味固守，错过的不仅仅是成功，更是创新的缺失，成功的门永远被轻纱掩盖。

我不愿只是轻松地融入，成为面目模糊的那一个，明明每个人都是明朗独特的；我不愿只能被时代操控，不愿只能变得八面玲珑，明明每个人都有自己的脾性，友好随和不是标配，只有个性鲜明的每个人组合在一起，才是一个成熟的社会。所以努力跳出规则的封闭，去嗅细雨中泥土的气息，初绽的蜡梅的馨香，暗夜里不忘仰望星辰。

薪火试新茶，诗酒趁年华，当代年青，不必拘泥于世俗，只要秉承着道德和人性，任何“门”都可以通向成功的彼岸。

2021 级汉语言文学　孙千惠

谈 鱼

中国人对食物的评测，讲究“色、香、味”俱全。

客居他乡的游子，在偶然间吃到自己家乡的美食，是否会有一丝淡淡的忧愁，浮上心头。

云南省，位于中国最西南端。低纬度、高海拔、大落差，在北回归线的青睐之下，了然成为一座“动植物的王国”。但由于地形的限制，大规模粮食种植作业无法实现，于是乎，古老的先民在此穷山恶水中开辟出属于自己的生存之道。

云南之先民——飞花草木，皆可下锅，油炸，翻炒。

虫鱼鸟兽、狼豺虎豹，烧烤油炸、清炖红烧。

当然，先民们这样做却也是无可厚非，他们的目的很单纯，仅仅是想在恶劣的环境中活下去，为了“活着”本身而“活着”，为了生存，无可厚非。但如今的人却为了所谓的高质量“生活”而效仿，却也是些牛鬼蛇神罢了。

古人对鱼的食用历史悠久，无论是半坡氏族公社时期的鱼图腾彩陶，鸿门宴中的“人方为刀俎，我为鱼肉”，乃至一直流传至今的年年有余（鱼）的传统，无一不能说明中国人对鱼的喜爱。

云南地处内陆，远海。以降水补给与河流补给为主，鱼类自然也以河鱼为主，但河鱼味腥，为饕餮者所恶，因此如何处理鱼之腥味，也是美食界的难题之一。

以清蒸鲈鱼为代表的原汁派，主张食鱼之鲜嫩，封鱼之原汁，粗略而烹，即熟即食。或以芭蕉叶裹之，以地火焖制，以芭蕉叶的清香入肉，以鲜提鲜。

而去腥派门派林立，南北有别。蘸料派以潮汕派独树一帜，在酱料方面，以料酒，耗油，葱姜蒜末去腥，加以潮汕特产花生油、花生酱、花生碎与干沙茶酱、白糖混合。筷尖轻点，白玉入口，却如香脂软膏，入口即化而口感绵厚。将蘸料的作用发挥得淋漓尽致，此为蘸料界典范。

而入味派常以奇料烹之，以重庆烤鱼、酸辣鱼、糖醋鱼为代表。以猛料制，将“入味”二字奉为圭臬。

随着仕业而迁，客居琼州，慕鱼而来，轻品——为蘸料派。琼州之鱼为海鱼，却也味腥，琼人另辟蹊径，以药金橘汁为主，辅以生抽糟粕醋，酸甜爽口，去鱼之腥，性可乐也。

双江——全称双江拉祜族佤族布朗族傣族自治县。

双江臭豆腐煮鱼是烹鱼蘸料派和入味派的结合，迄今已有二十多年的历史，其创始人为县标口阿英，打小便随父母入县，生居此地。随着二十余年发展完善，亦延伸出柠檬江鳅、豆豉鱼等多个变种，双江臭豆腐煮鱼亦随着声名的远扬，传播至临沧八个县。

食材选取山间鲜嫩罗非鱼，味腥而柔嫩。双江臭豆腐煮鱼的食用分为两个阶段——前道与后道。前道鲜鱼入锅，以臭豆腐、莴苣、白菜、土豆、粉丝粉条炖之，而蘸料以小米辣、葱姜蒜末，混以鱼汁而成，臭豆腐精选于石屏豆腐，以猛料而去腥，方显肉之稚嫩，米饭鱼肉的交欢，为前道。

随着小火的烹饪，早已不辨彼此的鱼肉与臭豆腐，默默消融于汤汁之中，懂行之人早已放下碗筷，吃尽碗中饭粒，向锅中撒下一把香菜，一把辣椒。静候片刻，便以勺盛汤。此时，一锅的精华全融入奶白的汤汁之中，客人们放下手中的米饭，忘却了绵软的鱼肉，将砂锅里早已被忘却的粉丝粉条，连汁带水地送入嘴里。甜鲜之滋应有，辣爽之味亦存。食客们满头大汗地狼吞，伴随着被辣刺激后发出嘶溜声的虎咽。此中人亦云，嗦粉的快乐，不足为外人道也。此乃后道。

初中毕业，如愿以偿地考上了市区院校，我离开了县城，离开了故土。他乡，也有本乡客所开设的“双江臭豆腐煮鱼”之门面，食之，却也无悲喜也无晴……

我想，中国人对食物所讲究的色香味俱全中的“色”，并不单纯是食物本身的外貌。“色”所代表的，应是享用菜品时的大环境。是后街上熙熙攘攘的嘈杂，是隔壁烧烤摊人们避之不及的浓烟，是筷子戳破塑料套的轻响，是那磕人的矮凳，指尖上的油腻——抑或是，亲朋的陪伴。

虽然，双江臭豆腐煮鱼可能并不像我笔下所描写的那么完美。但，“色香味”俱全中的“色”，并不是食品外貌的本身。而我对食物的思念，也永远不会是那件食物本身罢了。

2021级汉语国际教育　陶诗剑

天涯岂是无归意

也许花落无春，席散茶凉，纵使是丹青妙笔之作也难经岁月的洗礼，然，故乡的房，故乡的羊肠小道，却将镌刻成永久的记忆。

登楼远眺，倚靠栏杆，角落里的砖头瓦房，使我的目光凝滞住了，想念那抹蓝，想念那抹绿，更想念外公慈祥的笑容和老房、羊肠小道。

曾几何时，精神饱满的外公牵着年幼的我，穿过那条泥泞的羊肠小道，从村头到村尾，看牌，听戏……夕阳西下，枯萎的藤蔓、老树、昏暗的乌鸦、小桥流水、古道西风和瘦马，把我俩的身影拉得好长好长，老远便看见外婆在张望着，回到老房中，我便扑向外婆，撒着娇，从口袋中掏出胜利品——各种各样的糖果，一一向外婆展示着，外婆温柔地抚摸着我的头，外公也在一旁含笑地看着我，月至当空，搬一个小板凳，闲坐庭院，萤火虫环绕，枕着外婆的腿，听着虫鸣，数着星空，在歌谣声和蒲扇的拍打中沉沉睡去。

然而不久后，外婆的身体日益衰弱，一日不如一日，外公仿佛也失去了精气神，脸上的笑容逐渐减少，而那泥泞的羊肠小道改头换面成了水泥路，老房也跟着刷新了一遍，焕发新的气息，外婆却闭上了眼，永远地睡着了，一切似乎都不一样了，再也没有人亲切喊我“囡囡”，再也没有人可以给我哼唱歌谣，再也没有人在夕阳下守候着我……外公也不再牵着我的手从村头至村尾地闲逛，总是闷在老房中，刷新过的老房看似华丽，但缺少了温馨的气息，缺少了欢声笑语，显得格外冷清、空荡。

过了很长一段时间，老房才恢复了些许的热闹，羊肠小道也有人踩踏了，外公也走了出来，但总有哪里不一样了。

叹如今，枫叶红透深秋，纵然瓜果飘香，邻家人已旧，我，却不能回，不知外公身体可好？亦不知那老房、那羊肠小道是否又有了新的变化？

莫登危楼，故乡渺邈，归思难收；莫登危楼，寸寸柔肠，盈盈粉泪；莫登危楼，自知是客，无饷贪欢，翠减红衰，芳草无情，绵绵愁丝无缠休。

莫倚危阑，只余天地一沙鸥；莫倚危阑，只余好梦留人醉；莫倚危阑，佳酒入肠化作泪，微风吹细草，明月高楼相思人。

明月本无价，高山皆有情，路遥千里，难断相思，人虽不至，心向往之。

一夜的月影三人，待到黎明，窗外的花，开得正艳。

天涯岂是无归意，争奈归期未可期？

2021级汉语言文学　徐蕾

龙将不在，故桂依开

入夜后，乡愁是一道低矮的城墙，我在这头，故都在那头。

——题记

是夜，人在断壁残垣中大口吞咽着酒水。西北的战事已经持续多久了？人不知，只知道自己已经三年没见过家中老爹。人本是个京畿大汉，但对着八月十五的圆月到底还是想起了家乡。

那是个位于京畿道的不足挂齿的小村，人口不多，但还算富足。人是在幼时与老爹逃难至此的。那时也是战乱，烧、杀、抢、掠，遍地都是战场，人命比一匹老马都贱。而现如今，人也成了其中的一员。人又满不在乎地喝了口浑酒，不远处营地中飘来断断续续的几句歌声。家乡，家乡，人细细咀嚼着，这词还是上次激战中战死的秀才告诉自己的。这日子什么时候才是个头，人有些惆怅。人想起了愈来愈多家乡的琐事。

现在该是开桂花的时节。黄色的、小小的、热烈地缩成一团，直压得枝丫弯折。如水的月光洒在上面，那是只属于家乡的景象。鼻尖仿佛又能嗅到淡淡桂香，人醉了。

为何当初要离开家乡？醉眼蒙眬中，人有些后悔了，三年的思念如潮水般袭来。李广大将军呀，如果你当年没有战死，那是否现在早已安宁，自己也不必受这相思之苦？

可惜没有如果。

面前废墟与心中明朗金桂的对比，把人浇醒。不对，我该是不悔的！面对仇敌一步也不能退！就算思乡断肠又怎样？身后是月桂故土，身前是满目疮痍。贪婪的恶敌呀，就算是没有英魂李广，你们也休想踏入我的祖国，我的故土一步！

我的家乡呀，你是那么可爱、温暖、明朗、坚固而蓬勃生春。你可听到了我的思念？原谅我的不辞而别，请让我就如这战场上的无数个我一般散尽自己的全部血肉。我虽不如李广英勇善战，却也想为你战至最后一刻。

故乡呀，我不后悔。尽管我是如此炽烈地思念着你，但我更希望能看到你日后无数个丹桂飘香，无数个霞光万道。长夜总会过去，而光明终会挥洒在这片我挚爱的故土之上。到那时，我便能回到家乡，折桂枝以抚慰万千英魂。

但使龙城飞将在，不教胡马度阴山。

龙城飞将今不在，吾嗅故桂定国安。

2021级汉语言文学　张佳骐

舌尖上的乡愁

在之前的十八年时间里，我从来没有真正意义上地离开家乡，直到十八岁那年，我独自一人背起行囊，跨越大半个中国，来到北纬 18°的这座浪漫城市。

这一年，我成了地理老师口中真正意义上的流动人口；成了朋友眼里那个勇敢的人；也成了父母眼里那个叛逆出逃的小孩。我以为，我对外面世界的向往，会抵消我对家乡的思念，可我错了，大错特错。对于思念，我从不用星斗转运的标杆去衡量，也不以声音去探测它的深度，而是用舌尖，去慢慢品味乡愁的滋味。

我才十八岁，人生经历少，也没有太多或太长的离家体验，自然比不上名师大家对乡愁的理解，可我却用着独特的方式，咀嚼乡愁。

在来之前，我觉得我只是从南方来到了更南的地方，饮食和气候不会有太大差异。确实，气候一样的湿热，口味一样的偏甜。刚入学那会，我还乐此不疲地探索着食堂美食，可这样的快乐，到中秋节，戛然而止了……大多数月饼都有真空包装可售，可唯独苏式鲜肉月饼不同，只有刚烤出来热乎的才好吃。当所有人早早地吃起月饼，感受中秋盛宴时，我却独馋那一口鲜肉月饼。我也并非接受不了其他月饼，只是即使尝过了所有月饼，也依旧只有吃到家乡的那口才算真正过了中秋。我也曾试过在外卖软件上搜索三亚所有可售月饼的店铺，也曾痴心妄想想让妈妈寄两个来尝尝，可终究还是落下了遗憾。这种感觉，就好像爱情里那样："得不到的永远在骚动，得到了的却不珍惜。"中秋和妈妈视频的时候，她刚好在烤鲜肉月饼，看着那扁扁的酥皮在烤箱中逐渐膨胀，原先白白的表面也逐渐透出金黄，我突然想明白了，我想念的不仅仅是家乡的鲜肉月饼，更是妈妈亲手做的"鲜肉月球"，因为那是家独有的味道。

"人们懂得用五味杂陈形容人生，因为懂得味道是每个人心中固守的乡愁。"嘴上虽然倔强地说不想家，可味蕾不会骗人。尝遍了食堂不同种类的面食，虽说各有千秋，但终究抵不上家乡的炒浇面。早起找一条人迹罕至的拜香路上山，去虞山奔赴一场浪漫日出。悠哉悠哉下山去兴福老面馆吃一碗蕈油面或炒浇面。饭后去兴福寺听一听钟磬音，去看看唐代诗人常建所写的"曲径通幽处，禅房花木深"。再去山脚的茶室，喝上一杯新鲜刚炒好的虞山绿茶。这大概就是琴川人的惬意。可我却只能在这里幻想着，思念着……

两天前，我曾发过这样一条简单的朋友圈：“好想吃：生煎包、小笼包、煎团、鲜肉月饼、小馄饨、炒浇面、桂花糕、定胜糕、鸭血糯、桂花鸡头米、松鼠鳜鱼、山前豆腐干、萝卜丝饼……”没想到却勾起了无数人舌尖上的乡愁，无论是早已出去工作的哥哥姐姐还是和我一样刚上大学的朋友。美食是人最深的乡愁，一个人长大后，总有些滋味，停留在回忆里。无论一个人在外闯荡多少年，即使口音变了，但对故乡的食物，仍怀无限思念。

离别后，乡愁是一棵没有年轮的树，永不老去。年少无知的我曾以为，乡愁是那些甘于平淡，不愿出门闯荡之人才有的情感，甚至那时候以思乡为耻，觉得自己要去看看更大的世界，就不该想着家乡。可短短两个月，我的态度完全变了。家乡是根，唯有乡愁才能让我们扎住根，才能让我们出门闯荡的枝叶更加茂密。

2021级汉语言文学　张嘉玥

经　过

云长在河流上，它仍在我心上。

一纸通知书让我从重庆飞到了祖国的最南端，带着对新生活的期待和向往，但事与愿违，短暂的两个月的独立生活让我留存在心底的想念之情如密麻的丝线般缠绕难解。

重庆是雾都、是山城、是火城、是世人眼中的开放包容与火辣热情……但在我眼中，它并不具体，但又无处不在，它永远存在于我心里的那块伊甸园，不管我走多远，始终令我牵挂。

经过宿舍，脑中回想的是奶奶亲手铺的被子。那是一种什么味道呢，经过阳光的充分晾晒，混合着新雨后的泥土和青涩的橙子味，铺上之后，整个人陷在云朵般松软的被子里，耳边还有爷爷奶奶的温柔絮叨，老屋里面昏黄的灯光和火炉里噼噼啪啪燃起的火星，不远处电视机里面经典的武侠打斗片段，这一切组合在一起，竟不觉得矛盾，只有温馨和直达心底的热流，那种感觉让人着迷又想念……

经过食堂，舌尖涌起的是家里的味道。重庆最出名的是火锅，九宫格、鸳鸯锅，还有各式各样的汤底，在夏天时候，傍晚时分，来一场火锅之旅是让人幸福的事情。翻滚的红汤，涌起的雾气，还有辣到冒汗的鼻尖……每每当我看到食堂里面那寡淡无味的饭菜，很好，心里的思乡之情又浓烈了几分。当然，奶奶做的饭菜也是让我魂牵梦萦，还有老屋春天时的冰雪初融、夏天时的冰镇西瓜、秋天时的柳絮纷扬、冬天时的团圆之夜……它们总在深夜时分显现出来，我以前从来没发现那些东西是那么深刻而清晰，当它翻涌出来时就会发现感情的浓烈。

经过长满花的小路，眼前会出现老屋前那片花海。一棵桂花树，一棵李树，还有一片不知名的红色小花。整个春天，直至夏天，都是生命力独享风流的季节，长风沛雨，艳阳明月，那时花坛被喜悦充满，它们生长，绽放，整个空气里都充满了生的豪情，因为它们知道，秋天尚且遥远，所以无所畏惧，无比奔浪。

情字很具体，可以是“衣带渐宽终不悔，为伊消得人憔悴”；也很抽象，可以是“唯有门前镜湖水，春风不改旧时波”。而于我来说，仅仅是家里的一盏灯、一碗饭、一句温声细语、一天闲暇时光……

2021级汉语言文学　周雪莲

他的自述

不想把这个世界想得那么黑暗，不想把人性想得那么丑陋，不想把阿谀奉承的话说得越来越圆滑。当人心彻底成了黑色，当天空不再是蓝色，当花失去了颜色。把亲情，友情看得越来越淡，把利益看得越来越重，变得越来越自以为中心，变得不再顾及旁人的感受时，这样的自己连自己都感到陌生和害怕。

他承认，他是孤独的，他渴望被爱，他也想要得到别人的认可和关心，而不是一张嘴就在指挥他人。曾经的那个无忧无虑的他去了哪里？这是个值得深思的问题。他不断地长大，慢慢地，他也就看清了这世界，不是说这个世界多么复杂，你多么地简单，而是在这个错综复杂的关系中，你也变得不再简单。在这个世界中，会慢慢地认识到、了解到，真真假假，是非难以辨别。

渐渐地，他变得很敏感，他变得从一句话语中、一个笑容中，知道旁人对他是不是真心的。他有很多可以说得来话的朋友，但他知道，没有多少个是值得他付出真心的，更没有多少段关系是可以维持长久的。他也很爱笑，每次一见到他，都看见他脸上挂着笑容，但仔细地看，笑容里总是夹杂着苦涩，夹杂着悲伤。他也慢慢地变得不再轻易情绪外露，而是将自己的所有情绪隐藏起来。

他也想不去在意别人的眼光，也想不去在意别人的看法，他也想做自己想做的事，但现实呢，不知什么原因，他就是做不到，也许是自己内心深处过不去一道坎，也许是自己根本不愿意去面对现实。在家人的眼中，他是个好孩子；在老师的眼中，他是个好学生，可谁知道他的心里面想的是什么，他真正想要的是什么没有人知道，不知何时，夸奖和赞扬的话也变成了一种压力。

他是一个遇到什么事都会偷偷地躲起来哭泣的人，他是一个处在陌生的环境下变得异常安静的人，他是一个会在无奈时躲起来却也希望有人来安慰的人。人本身就是一个矛盾的集合体，想做的事，想尝试新鲜事物，却又不敢迈出自己心中的那一步。

活在世界上的意义是什么？也许每个人都想过这一个问题。他想，也许是为了自己吧，他不甘懦弱，他不甘失败，他不甘永远停留在那。无论什么时候，人总要为自己而活，活出自己的本色。

2019 级汉语言文学　陈婷

请别吝啬心底的那一份善良

看到一则新闻：宁夏银川普降小雨，气温降低。一年轻妈妈推着婴儿车等红灯，没有携带雨具。外卖小哥苏伟发现后，连忙上前脱下雨衣，轻轻罩在婴儿车上方，在不耽误送餐情况下将母女护送到家。他说："只是碰巧遇到，相信很多人会这么做。"

脱下自己的雨衣，不让婴儿淋雨，这是苏伟最简单的想法。他说："当时就是觉得成年人身体素质好一些，孩子淋感冒了会比较麻烦。这个事只是我碰巧遇到了，我相信很多人都会像我这样做的。"不用豪言壮语，也没有刻意煽情。在苏伟看来，他做的是应该的，仅仅是遵从自己内心的想法。但正是这样的简单纯粹，带给我们的是不一样的感动——一种对心地善良的感动。

人之初，性本善。但在喧嚣的尘世、浮躁的社会中，有的人慢慢地将自己的善良藏了起来，用世道人心作为自己对隐藏善良的空洞的解释。胡适曾在《我的母亲》里提道："世间最可厌恶的事，莫如一张生气的脸；世间最下流的事，莫如把生气的脸摆给旁人看。这比打骂更难受。"因此他也说到做到，对待妻子以及待客永远是那么温和有礼，这何曾不是一种善举呢？

法国作家雨果曾说："善良的心就是太阳。"如果吝啬自己的善良，如何能让人生充满阳光呢？吝啬心底那一份善良的人，或许曾经因善良被伤害而用看似坚固的外衣包裹自己，躲在自己的小世界里不肯出来；或许受身边人身边环境影响，将心底的善良藏起来当作"自我保护"；或许接受了"人善被人欺，马善被人骑"错误的价值观念。

一个不善良的人不会是完整的人，一个没有善良的世界是残缺的世界。培根说："但唯有善良的品格，无论对于神或人，都永远不会成为过分的东西。"人需要善良立足，世界需要善良来温暖。

冯友兰先生认为人生方面表现为四种不同的人生境界，即自然境界、功利境界、道德境界、天地境界。这四种境界是一个从低级向高级的发展过程，境界高低完全取决于觉悟程度的深浅，标志着人格完善的程度。善良，是存在与道德境界、天地境界中的，超越了自然境界、功利境界的存在。聪明是一种天赋，善良是一种选择。人，只有选择了善良，在生活中不吝啬善良，才有可能迈向更高层次的认知和境界。

当别人摔倒时，你伸出手拉他一把，就是一种善良；当别人伤心时，但你不能安慰，但不幸灾乐祸也是一种善良；当你看见别人乱扔垃圾时，如果你不能劝阻，但你能捡起来扔进果皮箱里，也是一种善良。这些都是举手之劳，只要你对他人或世界奉献出一点点善良，那么别人或者世界会对你带来最真挚的爱，因为你在善良的同时也给了他们爱。

古书有言："天地之气，暖则生，寒则杀，故性气清冷者，受享亦凉薄，惟和气暖心之人，其福亦厚，其泽亦长。"善良便是温暖的生气。灵魂最美的音乐是善良，请不要隐藏善良的品质，不要吝啬心底的那一份善良。让善良，成为社会最温暖的注脚。

2019级汉语言文学　纪佳佳

成长是必经的溃烂

“一个不成熟男子的标志是他愿意为某种事业英勇地死去；一个成熟男子的标志是他愿意为某种事业卑贱地活着。”

——题记

还记得我们的青春吗？

那些青涩、倔强和疼痛的时光，那些渴望长大，却又害怕长大的日子。过往像深秋的落叶，在路人脚下踩得细碎。窗子以外路过的我们成了局外人。有多少人敢拾起时光深处的过往，不谙世事却无意中弄丢了的自己？

年少的孤独与迷茫使我们坐立难安，在志于学的年龄就想去远方流浪。霍尔顿这位叛逆少年，别别扭扭地在学校生活：细数室友的诸多毛病、为女孩与室友打架、厌恶学校一成不变的日子、多门功课不及格导致被学校开除。三年烟雨三年落花，他是无数个叛逆少年的缩影，只不过本质相通，细节相驰。厌恶被未知力量制定规则的世界、厌恶不受控的意外、厌恶被重复一遍遍的教条，背上行囊四处流浪。没人理解你突然性的改变，神秘莫测的情绪，怒发冲冠的愤懑。

年少做过的傻事成了我们闭口不谈的过去，可能在某个深夜，拎着行李箱踏上远方的火车。假装成小大人，深夜去酒吧饮酒，稚气未脱的脸上佯装着与年龄不符的老练，所有人一眼就看出你的伪装，只是配合你的演出选择视而不见。霍尔顿在流浪途中，约会表白被拒，为妹妹准备的礼物被毁，一系列事情使叛逆少年疲倦而迷茫。我们都想去感受真正的生活，更大限度地去逼近生活，接触一些影影绰绰的生活碎片后，我们又深感不安。我们找不到自己的定位和应该前进的方向。世界那么大，光怪陆离的事情时时上演。曾经小小少年，相信童话、相信美好，在起起落落的失意中，与自己、与世界周旋已久。成长没有想象的快乐，一路披荆斩棘我们都遍体鳞伤。17 岁那年的雨季，我们弄丢了撑伞的那个人，再也回不去了。

霍尔顿在自我堕落与自我追寻的过程中，怀念妹妹菲比以及其他孩子拥有的纯真世界，但他已无法回到童年，也没有做好准备进入成人世界。无法逃脱眼前的困顿，身陷泥潭不自知。天真的菲比一语道破真相：“你只是厌恶正在发生的一切。”你必须找到真正喜欢的东西，我们只是在用叛逆掩盖焦虑，并没有看清自己的内心。但好在一路颠沛流离中，霍尔顿明白了自己真正想要的东西。

“有那么一群孩子在一大块麦田里玩。几千几万的小孩子，附近没有一个大人，我是说——除了我。我呢，就在那混帐的悬崖边。我的职务就是在那守望。要是有哪个孩子往悬崖边来，我就把他捉住——我是说孩子们都在狂奔，也不知道自己是在往哪儿跑。我得从什么地方出来，把他们捉住。我整天就干这样的事。我只想做个麦田里的守望者。”固执地不肯轻易向现实让步，少年人的青春才如此苦涩。我们终究对生活无能为力，我们踟蹰不前，但我们终将不可逆转的长大。在品味疼痛中麻木，在流年里慢慢沉稳。

故事的结尾，霍尔顿回家后生病，父母对他进行治疗。不久，相信霍尔顿就会治愈，得到治愈的不仅是身体。他的生活迟早会步入正轨，他终究会找到一种方式与这个世界和解，终究会找到一种方式来迈过心里那道坎，去守护他想要的东西。

明天的太阳还是会升起，我们还是会站在十字路口轻浅一笑，笑意不及眸底，继续为生活卑微地努力着。希望尽微薄之力，心甘情愿地守护着所爱之人的欢乐与希望。爱和纯真，永远是带领我们走向更好生活的明灯。

世间活法万千，每一个朝圣者都有自己的过往，或活力四射或眼底有霜。总是一个人苦行，一个人朝圣。没有一种活法不是应该，没有一种选择没有结果。“短的是人生，长的是磨难。”苦涩的感觉蔓延的可能不仅仅是拔节期，在生命的无数个时间的我们都会遇到。但我们可以拥有的一种生活的态度是：看透生活的本质，但还是满腔热血的热爱它。

对我来说，成长就是渐渐不再相信有迪迦的存在，却越来越想做自己的“光之巨人”。

2019 级汉语言文学　张禄奇

夜游秦淮

川流于六朝古都金陵，孕育着南京古老文明，古名龙藏湖、淮水，后至唐朝杜樊川《泊秦淮》诗行世后，秦淮河之名始盛天下。因慕名于“烟笼寒水月笼沙”之幽寂朦胧，兴叹俞平伯先生笔下“圆月犹皎的仲夏之夜”所闻所赏“桨声灯影里的秦淮河”，终于有幸于秋冬交接之际，与友人乘兴夜游秦淮。

有幸出生于“鱼米之乡”，丰沛滋润的运河之水养育着嗷嗷待哺的孩童们，因之，我对于溪水有着异于常人的亲切亲近之感。运河便仿若慈祥的母亲，我们这些嫩娃娃呀，便是母亲手掌里水灵灵、亮晶晶的珍宝。显然，此刻驻足于秦淮河畔凝思的我已是“神与物游”“思接千载”。初与秦淮河邂逅，亲切之余，多了的是浓郁的惊艳之叹，童稚记忆中的运河水，兴许较之少了一丝丝妩媚与热烈。

冉冉层层逐级而下，于鼎沸的繁华喧闹之间静心聆听着秦淮河的欢笑，劲凉的晚风漾过湖水，鳞状的波纹似有机却无心齐整列队，青墨的波心狡黠地起着旋儿，叠叠地抚摩着过往的花船，倏而躲猫猫似的悄然遁逃，天真烂漫不事雕琢，大有自然之趣。驻足远眺，隔岸的红叶于暖调复古灯彩掩映之下，已有“欲燃”之态，加之以晚秋银杏之金黄、橘青又泛着褐，惹得游人纷纷定格这斑斓的油彩，或许可与凡·高《向日葵》的调色技巧比拟呢。

“一个是阆苑仙葩，一个是美玉无瑕……”耳畔传来《枉凝眉》的唱词，隔水的戏台上，宝玉的绛红衣袍旋转着，而黛玉则“弱柳扶风”般掩面而泣，可怎奈这“水中月”“镜中花”的“木石姻缘”终是虚化，“咿咿呀呀”台底的秦淮之水兴许是“悄焉动容”，似有呜咽之悲叹。我闭上双眼，浮现于眼前的是秦淮河流转的倩影，先前是“巧笑倩兮，美目盼兮”的仙子却已然“梨花一枝春带雨”，柔柔地抽泣着，晚风亦为之而愈发冷寂，又若黛玉之泣“花魂默默无情绪，鸟梦痴痴何处惊”，悲的冷邃冲击着心房，我不由地紧紧挨住了友人。闻秦淮之呜咽，竟生悲叹，又怎抵得住自然之物动情呢？思及自然造化本是无情，只是有情者将己之情思承载与物罢了。大抵是我又感性生情了，兴许是个“痴人”，有着伤春悲秋、易喜易忧的禀性。

“嘿，千千，你站着别动，在这秦淮河畔，我来帮你拍张照可好？”朋友把我拉回了这人声鼎沸的喧闹现实，我欣然应允着，华灯四溢，游人接踵，画栋雕梁的仿古建筑屋檐之翼悬挂着团团簇簇的红灯笼，虽是秋冬之交，却已有除夕盼年的热闹劲儿。欢腾着、歌舞着、喧闹着的是那桨声灯影里的秦淮河。

“乘兴而至，不枉此行呐。”我笑着对友人说。“只可惜，少了那一轮圆月。”而后我又有些许遗憾般地补充说道。

可是，这自然造物本无拘无束，又怎能以人的意志为转移呢？我们呀，只可增上一盏华灯，唱着一出曲儿，又怎能随心所欲地要求月圆月缺、去阴盼晴呢？行走在游人渐稀的桥头，我细细思量着，若有所悟。

秦淮之河本是无情之物，却因千千万万之“我”而打上了有情之人的烙印，自然之情因“我”而时悲时喜，时而欢悦时而悲戚。迁客骚人、文人墨客“思接千载”，塑造描摹出千姿百态的多情河水，有时它们只是人们吟咏寄兴的物象，人们总是借助河水悲叹着年岁匆匆，岁月沉浮；感念着故乡友人，思及至亲；抑或排遣悲痛，抒发喜悦；再有便是对宇宙浩瀚、人生渺茫之兴叹……

造物者恩赐之秦淮河无悲亦无喜，我们投入大自然怀抱，尽情领略便是，又何必“愀然”地把人生不乐“托遗响于悲风”呢？

夜阑人寂，秦淮河水依旧欢腾……

后记：在写这篇游记之时，提笔前翻阅相册，看着朋友拍的照片出神，然而一旦提笔，便极为顺畅，毫无应付差事之感，仿佛再一次与友人同游秦淮河，游人的嬉闹、小贩的吆喝、戏台的唱白又浮于耳畔……欢腾奔流的是那桨声灯影里的秦淮河，虽未见俞平伯与朱自清先生同游秦淮河时的皎皎圆月，亦非仲夏之傍晚夜泊，却在秋冬之交体悟着另一番兴叹，想必这也是自然之魅力，是“造物者之无尽藏也”。

2018 级汉语言文学　徐千千

永远的花样年华

我曾想过用什么样的词去形容我的青春抑或者是他人的青春，是朝气蓬勃、意气风发？又或者是浑浑噩噩、无精打采？直到现在，我才发现以前的想法十分狭隘，我想，青春应该是彩色的，如果只有黑白两面的青春，应该是无味的。

那么我又该用什么去定义我的青春，如果用高中生活来描绘的话，那我想我的青春应该是数不尽的未读书籍和应接不暇的考试，追星则是我花样年华的点缀。对于追星，每个人都持有不同的看法，有些人觉得是在浪费时间，起初我也会有这样的疑虑，但我发现了我的青春是因为有那股力量的支撑而更加奋进的，我如“情窦初开”的少女一般课桌贴满了“他们”的贴纸，他们仿佛就像裂缝中的阳光，在那段时间我知道了我奋斗的方向、奋斗的目标，那么我就会认为我的青春是透亮的。我的青春也许是不同于寻常人的，我没有谈一场轰轰烈烈的恋爱，却胜似谈了一场圆满的“恋爱”——偶像力量加持的高考大作战。试炼的终点是花开万里，最后，也因自己的努力换取了大学的“高铁票”一张。

说到圆满，当然也会有遗憾，最大的遗憾应该是还没实现的梦想，直至现在我仍然在想要不要坚持，要怎么坚持，年少轻狂的我们总喜欢许下一些遥远的梦，但往往能实现的概率都很小，小学用着稚嫩的口吻对着爸爸说“我想去当医生”；初中面对着老师的提问说“我以后要去当个翻译官”；高中面对人生规划犹豫不决地说道“我还是想去当个老师，老师教书育人好伟大”；大学后面对社会又不想当老师了，想着安稳找个工作也挺好。一变再变的梦想让我分不清到底是目标的不确定，还是明白了自身能力的局限性。还比较遗憾的是对于人际关系的处理，不明白是不是随着时间的增长，心态变得黑暗了，还是现实本就如此。分不清是我的虚伪映射出有色的交际圈，还是我不小心撞进了本就有色的圈子。或许我一直都知道人性本善，看惯了虚伪后使我的这个本能意识也渐渐磨淡了，但现在的我依然相信这个道理。因为这些的存在，使我在高中毕业后的最后一天仿佛失去了与人告别的能力，没有挥手告别，更没有泪水为这段旅程结束的哀悼，像是到站了，卸下肩上的包袱一般。当然，好像也有没说出口的遗憾，人总归要往前看的，所以这些遗憾现在看来也没什么特别大的意义了……

现在到了大学，我也会飘忽不定，不确定自己的青春是否因为高考的结束也因此结束了，也许是没有的，只是我的不确定无法给它一个准确的定义，或许是我错把青春捆绑在一个短暂的阶段，或许那些逝去的时光并非是完整的青春，而仅仅是尚且年青的岁月。我看过这样一段感慨："年少的她转身看妆容精致卷发的你羡慕不已，中年的你看着穿校服扎马尾的她出了神。"我不知道到了这个年纪的我是否会怀念曾经我所不愿去面对的那片遗憾，我知道每一段时光都是我一生中宝贵的经历。最近最喜欢的一句话是：完成比完美好，不管完成什么都比你想象中的完美好，因为其实没有什么是完美的。或许在无法给青春一个明确交代的情况下，我会始终怀着青春的心，直至激情褪去……

花样年华，以花开始，以华结束。愿未来的皮囊能撑起我未完的青春。

2021级汉语言文学　王君莹

季节，是海的儿子

01

我一点也不想当老师。与之并列讨厌的还有律师、医生、公务员等职业。父母越是趋之若鹜，我越是避之不及。这是一种很叛逆的想法，而且幼稚。我的讨厌就是单纯地依附在特立独行的影子里，随着时间的拖沓渐渐拉长，疯长成独占一隅的怪兽。

早在我选择中文系开始，我妈就催促我考一个公务员或者教师资格证。老一辈人总是希望自己的子女顺遂平安，而教师、公务员这样的职业有着稳定的社会地位。虽然我并不这样认为。私以为，只要工作，一般就会有摩擦、争执、利益的勾连，稳定也要绩效考核才能得到不是吗？至于社会地位，依靠群体印象生存的苟活乏味又无趣，还不如真金白银来得实际。

我接家教就是为了赚钱。

02

第一次上课有点忐忑，兢兢业业地备了三节课的内容。早上七点叼着早餐赶上了地铁，中间换了两条线。有那么一瞬间，我觉得自己和那些上班族没有任何差别，拎着公文包，眼里漫着一层淡薄，哈欠一上来，都是苦难生活磨下的泪。

我以为他们会怕我，就像很多年前的我一样，见到老师头都不敢抬，一进办公室的隔间就要窒息。我甚至准备了一套正式的自我介绍，从爱好讲到性格，我还想着，如果气氛太沉重，就讲几个笑话，告诉他们我其实不是很凶。

到了学生家，我发现我的准备很多余。一个小朋友把我迎进门，屋子里面的三个小朋友嘻嘻哈哈地笑，看到我一点都不怯。他们都差不多高，齐刷刷站成一排向我问好。

我顿时有一种莫名其妙的使命感。眼前的一排小白杨可是祖国的希望，总不能栽在我手上。

四个学生里有一个男孩，叫梓昊。剩下的三个女孩分别叫可萱、秦诺、楚涵。嗯，他们的名字都很有时代特色，十年前我们这一代很喜欢读音为“jia”的字。所以我们也不免俗咯。

03

“今天第一节课，我们学四素句和拓展句。”我在黑板上刚写下两个汉字就被他们打断。

“学过啦。”梓昊说。

“我们学过啦。”可萱说。

剩下两个比较乖的女孩子，鼓着脸颊举手，一副迫不及待要附和的样子。

我没让她们说，心里默念阿弥陀佛。

“学过可以复习，谁说学过了就学会了呢。”

“我说的！”梓昊站起来插嘴：“学过的东西有什么好学的。”

“那你跟大家说一说，四素句是哪四素？”

梓昊想了想，噘着嘴坐下了。

很好，我取得了阶段性胜利。

想当年，我最怕课堂抽背了，啧啧啧，套路不在新，管用就行。突然明白当年历史老师为什么如此热衷于课堂抽背了，巩固知识的同时还能占用课堂时间，何乐而不为？

04

三年级的小孩子才刚接触作文，不写错别字已经是发挥超常。虽然很想反驳那些过早对小孩子提出要求的家长，但我也没必要对他人的教育方式提出意见。我的课堂容量很小，为了保证他们有所吸收，一节两小时的课里只有两个知识点。

我经常组织听写，看着他们一脸专注地低着头，绞尽脑汁地回忆汉字，觉得十分可爱。我的目光总是不会停留在他们身上，我会看着雇主阳台上那一株不知名的绿植，猜测它多久要浇一次水。耳边常常会传来他们自以为我听不到的作弊交流声。

羡慕的“慕”字下面有三个点，可萱写了三个，楚涵抄成两个，到了梓昊哪儿就只剩一个了。我问他们，他们还狡辩说是“老师教的”，之后心照不宣地交换了一个默契的眼神。上帝是不是就像我现在这样，睁一只眼闭一只眼，原谅这些拙劣的谎言。

05

回忆起我的三年级，偶尔去鑫艺或者叮当达那里买打卡，这俩都是校门口受学生欢迎的小卖部，偶尔约上发小在我家里玩双人小游戏。好几个漫长的夏天我们都窝在逼仄的房间里，四只手按在键盘上，仿佛一次默契的四手联弹。有时候胳膊碰胳膊，手上绵密的汗激起一身的鸡皮疙瘩，然后目光从多彩的电脑屏幕上移开，彼此交换一个恶狠狠的眼神。

我记得我们用了一个夏天把森林冰火人打通关，兴奋尖叫了半个小时，才想起来看了一眼日历，已经是八月的尾巴了。作业没抄完，急急忙忙地去补，没抄两句又开始聊天，想着要把摩尔庄园的驾照考到手。

现在的小朋友我也不是很懂了。他们在下课的时候玩俄罗斯方块，一款我觉得无聊到爆炸的桌游。梓昊是男孩子，不太爱和女孩子玩，所以女孩子们都会围在他身边求很久。他起身前跟我交换一个得意的眼神，挠着寸头别扭地跟在一群女孩子的后面。

虽然很多时候，我觉得我和他们有代沟。但当梓昊挠着脑袋装着一脸不屑的表情去玩游戏时，我能想起我小学时期那个很爱耍帅很臭屁的同桌。明明想借我的铅笔，非要板着张脸，支支吾吾半天说不出一个“借”字。

06

课程是十天的，上到第八天的时候，我心血来潮地提问起前五天的内容。我的话音落下在空荡的客户家，继而看见孩子们茫然的眼神。

我望着他们一片空白的脸，心里生出一种绝望。就好像在数学考试做选择题，你背着公式一通发挥，花费九牛二虎之力算出了一个精妙绝伦的答案，却不在 ABCD 任何一个选项里。

于是我认命地拿起粉笔，清了清嗓子，把课本重新翻回第一页。那一个瞬间，大概是我最接近一名人民教师的时刻吧，不知厌倦，和蔼可亲，一个知识点反反复复地重复好几遍。一年前，我不能理解高三班主任的絮叨啰唆，一年后，我害怕自己还不够絮叨啰唆。

07

可萱今天抱着英语作业来问我，我以为是我这个语文老师大展拳脚的时候，正要皱起眉头调侃题目的简单。结果她问："老师，为什么季节这个单词是'season'?"

为什么是"season"?

我懵了，不可思议地驳斥她说："你这个问题一点技术含量都没有，就好像是问为什么苹果是'apple'一样，英语和中文不一样啊。"

她一副捉弄成功的表情，笑眯眯地摇摇头说："哪有，我明明问的是，为什么在外国人眼里，季节是海的儿子。"

为什么季节是海的儿子？好浪漫的句子，就像从海子的诗里截下的半句话。我突然觉得眼前的孩子们一点都不无知了，他们清澈的眼睛里还有季节的更替，有大海的潮汐。所以我放弃用地理的知识来严肃地回答，而是说："大海孕育了四季。"

他们紧接着又提出了更刁钻的问题："那是谁孕育了大海?"

我说地球，他们又问："是谁孕育了地球?"

我如鲠在喉，他们哈哈大笑，异口同声地说："噢！原来老师也有不会的呀!"

是哦，我又反应过来，不能因为当了老师，就否认自己的无知。

08

结课的那天，一切都进展得很顺利。我顺利地讲完了所有知识点，顺利地从客户手里拿到一笔不错的外快，顺利地和一张张稚嫩的脸深情地再见，顺利地踏上回家的地铁。

回家的地铁总是没有上班的那趟逼仄，一个车厢里都是座位，零零散散地坐着一些人。到站了，我起身背上书包，和一个即将进站的孕妇擦肩而过。

我好像听到有人在叫我，叫我"老师"，于是我自恋地回头，发现果然是一场过分自恋的幻听。"滴滴滴"地铁的关门声响起，我目送着孕妇上了车。大概是觉得，无论是四季还是大海，地球还是宇宙，他们都需要母亲。

大海也是孩子，我也是孩子。无知的、单纯的孩子。

2019 级汉语言文学　戴佳妮

今宵别梦寒

那是我高三的时候了。

那也是我第一次意识到，人都会怕，只要是人。

或许高一高二还会在临近假期时想着要怎样玩，而到了高三，每个假期都弥足珍贵，只想要待在家里，休闲度日。

我待在书房，本想看看我与外婆从前的照片，却意外翻到了外婆年轻时候的相册，封面上的外婆明艳动人，扎两个小辫，末尾用彩色皮筋固定，细碎的发丝在风中绽开，眼神清澈，像是揉碎了星星装在眼睛里。

时针走到十一点还差两分钟，妈妈下了楼，对着我摇了摇头。

“我再去试试吧。”放下手中的照片，我起身朝妈妈拍拍肩以示安慰。

房门没关，我直接走进去坐在外婆的床边，开门见山：“外婆，我们去把白内障做了好不好吗?”“我……我不要……”外婆手口并用，不停地摆手，不停地摇头，也不停地说“不”。她倔强得像个小孩。“为什么呀？做了手术就好了呀。”我继续诱导，“不要，我不要，我挺好，我看得清。”外婆这次是干脆地拒绝。“外婆，别这样，这就是个小手术啦，没什么的，我们都陪着你的。我当时做鼻炎手术的时候你不也这样告诉我的吗?”“我……”“好啦，我们去做了好不好，嗯?”奶奶支支吾吾地说：“我……我怕。楼下的唐奶奶你知道的，她之前也是白内障，她说做了第一年还好，但后来的两年，三年，四年……越来越看不清，还不如从前，现在她每天都是她老伴牵着散步走路，我，我怕我也那样。”

我一下怔住了，这个陪伴了我十八年的老人，她第一次对我说：她怕。外婆穿着红色的睡裙，外面穿一件蓝色的衬衣，深蓝衬红，衬得她像六月的湖水，七月的火苗，纯净而热烈。高压锅不怕，小强也不怕，什么事都会挡在我前面的人，对我来说是神一般的存在。那也是我第一次意识到，外婆也会怕。我透过外婆的眼睛，看见了我，以及那些我无法触及的星河。

我的鼻子有些酸，在有些东西快要掉下时，低下头，替外婆盖好被子，关上灯，走出了房间。

“怎么样?”妈妈循着关门声走近，我摇摇头。妈妈轻叹口气，随即拍拍我的肩膀，

“没事，我和你爸爸会再劝劝外婆的，日期可以往后，但这个手术是一定要做的。”

我突然想起，刚上初中时我就去了外地念书，那时还觉得住校是一件很酷的事情，终于不再是温室里的花朵了，可在一次与爸爸通话时，爸爸突然说道：“你有空还是要多给外婆打打电话啊，我有时观察你外婆，她没事的时候就会走到书房找出你小时候的照片，不停翻看……”我没有撒谎，当时的我瞬间泪如雨下。现在随着年龄的增长，越来越想家，越来越想念外婆，想念外婆的唠叨，想念外婆的早饭……

我再次走进书房，本想看看我与外婆从前的照片，手却径直取了近些年来的家庭照。我还是觉得外婆没有老，因为她的头发仍然乌黑，没有一丝白发，甚至银发也没有，这不是染黑的，是一直如此。记得小时候总有人夸我头发又黑又多，我总是会骄傲地告诉他们：“遗传我外婆的！”可是，外婆好像是老了吧，这个陪伴我十八年的老人，怎么说老就老了呢？我不知道，也不想知道。

十一月尚未到来，我却透过窗子，望见了十二月。

十二月，大雪弥漫。

哦，不，四川的冬天难得有雪。

希望万物都能度过这严冬，还有你，今宵别梦寒。

2020级汉语言文学　侯蕴凌

老　林

他们有时像路人，陪着走一段路，而后在某个固定的岔道口分道扬镳，不留一点痕迹，就连形象都是出奇地一致，不是严肃抑或是温和那类的形容词可以形容的，都在为自己的孩子们殚精竭虑。回想时，脑海里大部分名字都有些模糊了，但老林就像打不死的小强那样在我的脑海里拥有着旺盛的生命力，时不时出现一下，那是一位神奇的女性。

我也不清楚为什么会用“神奇”二字来描述一个人，但想起她总会先冒出这个形容词。遇见老林时她已经有三四十岁了，而我们才是记事不久的年纪，刚刚八九岁，大家非常调皮活泼，常常惹得别科老师甩书走人，但在她面前却完全不敢造次。老林有比大部分女性都突出的身高，这在我眼里让她显得更加伟岸，一头黄黑色长卷发，穿长袖衣服时袖子常常卷起，手里常年跟着一根不长却有些粗的小木棍，那是“教训”我们用的。没升年级时有过一个难忘场面，班级里嘈嘈杂杂，翻书声不绝于耳，脑袋瓜是空空的，大家抄得不亦乐乎，那位明明看起来有点东西的老师竟能在那双腿交叉不为所动，我那时也认为写作就是这样的，就是抄袭。

上老林的第一次课，她说的最多的两个字就是模仿，我比任何时候胸有成竹地翻开作文参考书，把画波浪线的句子都写了上去，怎么看怎么满意，第二天迎来的不是夸奖，而是小木棒和手掌心的五次亲密接触，就这样，脑袋里像有什么被一把钥匙打开了，愿望在很长一段时间都变成了能离那根小木棍越远越好，但老林依然如初，好像什么都没发生，这更让一个孩子诧异。

小学时喜欢量身高，每年五厘米五厘米地窜，大家还会互相带着神气比较。有回新校服的上衣太不合适，几乎把腿都遮着了，本来就小的人更加滑稽，老林远远看见，她什么也没说，自己默默下了楼又上了楼，那是个不低的楼层，现在还能想起她挂着汗珠将我轻轻唤到跟前的模样，脱了那不合适的上衣，给套上了她新拿的，在班级门口，就这么坐在椅子上，我站着才跟她一般高，那个握着小木棍的手有被粉笔灰污染的痕迹，但是整理衣角的动作又是那么地轻，她笑着拍拍我，转头离开，这和那个甩着小木棍的人判若两人。

那时我什么都不明白，但心里淌过一股暖流，十几年过去，当自己似乎也要走上那条路时终于恍悟，为何有人甘愿做路人，我越来越像老林，所以似宝藏一般感恩。

2019 级汉语言文学　吴声荟

满船清梦压星河

大概每个人的小时候都是从“床前明月光，疑是地上霜”开始的。而我有些许偏差，我学会念的第一句诗是：“醉后不知天在水，满船清梦压星河。”从牙牙学语到吵闹任性再到如今的长大成年，我最爱的仍是这首诗。

我不敢说我对国学的爱有多热烈，事实上，从小到大我也没看进去过几本国学经典。国学的启蒙，是从我的外公那里获得的。说起我的外公，放在古代的话，也算是个落魄的才子了吧，心高气傲，骄傲得不可一世，可是在那个年代，谁又会允许你这样骄傲啊！高考的前一天，大家都在埋头复习，只有我的外公还在悠哉悠哉地打着篮球，不懂得低调，被校长看见，意料之中地被问到“为什么不复习？”又意料之中地回答“我要是考不上大学，地球都不会转！”于是意料之外，我的外公被校长卡下了某知名高校的录取通知书，古人云：“山重水复疑无路。”但也好歹“柳暗花明又一村”他高低是回母校做了个老师。毫不夸张地说，我的外公要是没被拦下去上大学，我甚至觉得他现在是知名教授也不为过，虽已快年过八十，可我的外公仍旧保持着高度的自律，每天看书看报看新闻、练毛笔字、摹山水画、最近听说要自费重新整理族谱。趁着放假，我回了趟老家，看了看“闭关”创作的外公。一进门，我真的被震撼了。书，书，书，全是书，这是书，那里也是书，总之，全都是书，好像只有书……外公趴伏在仅存的一小块桌角潜心创作，外公编纂的族谱初稿已完整，就差校对后印刷了，我看着几大箱的手写稿件，再看看满屋的书，我是由衷地佩服，我觉得外公颇有古代文人的那种劲，不拘小节，再乱的纷争都与他无关，仅醉心于书，书就是全部。

突然想起以前的某天外公问我：“蕴凌，还记得外公教你的第一首诗吗？”我点点头，那首诗我是记得很清楚的。“西风吹老洞庭波，一夜湘君白发多。醉后不知天在水，满船清梦压星河。”外公也点头示意，然后开口道：“所以你记这首诗这么多年了，你有去了解过吗？”这下外公把我给问住了，我从来都只是觉得这首诗好听，写得美，写得好，却并未深入去了解过其中的奥义。

了解后才知道，这竟是作者仅存在世的一首诗作，而历史也竟无一字关于这个名为“唐温如”的人任何记载。说不上为什么，总觉得莫名的有股凄凉感。慢慢地，读到越来越多的诗，了解到越来越多的人，碰触过他们各色的经历，会为他们高兴，也会为他们心酸，会为他们庆贺，也会为他们感到不值，会为他们鼓舞，也会为他们愤怒……

我也会想外公走这么多地方，创作这么久，真的会有人记得吗？会有人记得他如此用心吗？

但事实上，从古至今不都是这样吗？有好多好多的人在为着心中的信仰而努力，而真正留下名字的又有几个呢？这条道路是无数的人推着拓宽，尽管不是每个人都能成为李白、杜甫，许许多多的人甚至不被认识，但他们依旧保持着那份炙热继续前行！

外公于书，书于外公，早已难以言说。

2020级汉语言文学　侯蕴凌

融进生命中的“盐”

舀一勺盐入水，晶莹的白色颗粒于水中翻飞旋转，继而消失。盐融进水中无色无迹，当你端起碗来品尝时才知道其中味道。如同内化于心的中华优秀传统文化，孕育着自强不息的奋斗精神；如同前仆后继的革命先辈，高举着爱国主义的信仰旗帜；如同临危受命的抗击新冠病毒感染疫情队伍，坚定着同舟共济的必胜信念。这份融进生命中的“盐”，是中华儿女的民族气节，是亿万人民的责任与担当，潜移默化地影响着一代又一代人，它虽然从未明确地存在于物质中，却早已“润物细无声”地融入我们的血液里，刻在了生命中。

“为天地立心，为生民立命，为往圣继绝学，为万世开太平。”这四句话言简意赅，道出了中国人的理想和追求，更体现了一个人对国家、对社会的使命。古代先贤对此的回答是“先天下之忧而忧，后天下之乐而乐”的心怀天下，是“天下兴亡，匹夫有责”的义不容辞，更是“人生自古谁无死，留取丹心照汗青”的慷慨悲歌。如同盐融进水中，这份责任与担当随着时代的发展传到了今天。好像一个虚名，它们不能带来任何实质性的物质奖赏，却又好像千斤鼎，谁也不能轻易地承诺拿起。

我，看到了它的存在，在现实生活中真真实实地存在。

他们日夜攻坚克难，与病魔对抗，站在死神的对面，被誉为“白衣天使”。非典时期，死亡和病痛如黑云压城般笼罩在全国各地，害怕、畏惧、恐慌……写在了每个人的脸上。但他们一次次深入病源地，从不畏惧被感染的风险，在紧要关头给予了这个时代希望与力量。“白衣天使”虽然没有生活在圣洁的天堂，他们却将这天堂带给了人间，点亮责任的灯笼，驱散了一个个恐惧的黑夜。

此次新型冠状病毒来势汹汹，84 岁的钟南山院士，在非典 17 年后，再次为国家和人民奔赴新冠病毒感染疫情一线，在人民与病毒之间砌起高墙，在没有硝烟的战场上冲锋陷阵。白衣天使们再次出征了，他们泪别亲人，坚守在抗击新冠病毒感染疫情的最前线。很多医护人员几天几夜没合眼，脸上满是被口罩勒出的痕迹，原本细嫩的手指在消毒水等长期浸泡下伤痕累累。一张张坚毅的脸庞、一身身厚重的防护服、一滴滴流下的汗水，都在无言地诉说着他们对生命安全的守护，对人民的责任与担当。

在困难面前，中国人民从未倒下，大家总会紧紧地团结在一起，凝聚奇迹般的力量，万众一心奋起抵抗。这份刻进骨子里的坚强自古以来从未消失，于关键时刻激发人们的斗志。我看到一颗颗盐融进了水中，也许外表非常普通，也许看起来无色无迹，但他们都在发光发热，他们并不普通。

2017级汉语国际教育　姜广博

《皮囊》书评

《皮囊》一经上市就已经火了，成为畅销书，受到很多人的追捧。说来惭愧，时隔这么久才读这本书，好在断断续续地读完了。

作者蔡崇达本着他纯真的感情，用一种客观冷静的方式，讲述了他的故乡的风土人情和时代的变迁，及那些刻在自己心间的故事。

书中收录有《皮囊》《母亲的房子》《残疾》《重症病房里的圣诞节》《我的神明朋友》《张美丽》《阿小和阿小》《天才文展》《厚朴》《海是藏不住的》《愿每个城市都不被阉割》《我们始终要回答的问题》《回家》《火车伊要开往叨位》共 14 篇作品。

当我在读完《皮囊》这第一篇作品时，我就决心一定要读这本书，因为我找不到不去读下去的理由。《皮囊》一文中的主人公是作者的阿太，一位 99 岁的老人，没文化，是个神婆。这篇作品篇幅虽然不长，但每一字每一句都震撼着我的心，不知是因为看懂了些什么还是因为被阿太的坚硬感动，我的泪一直在眼眶打转。阿太说过一句话："肉体不就是拿来用的？又不是拿来伺候的。"阿太的生活观震撼了我，阿太真的活得太明白了，我们的生活本来多轻盈，都是被这肉体和各种欲望的污浊给拖住了。在写到阿太去世的那一刻，在读到阿太留给作者的话时，我的泪流下来了，可能是为阿太的解脱感到高兴而哭吧，阿太终于摆脱了皮囊的包袱，终于可以自由了。

"母亲还是决定要把房子修建完成，即使她心里清楚，房子将可能在半年或者一年后被拆迁。"这句话作为《母亲的房子》的开头，奠定了这篇作品的基调。母亲想要建一座房子，一座有四层楼的房子，因为"这附近没有人建到四楼，我们建到了，就真的站起来了"。为了房子，她做苦工，捡菜叶，拒绝所有人的同情，哪怕明知这座房子不久后会被拆毁，只是为了"这一辈子，都有家可归"。起初我和作者一样无法理解母亲的行为，在坚持不下去的时候，母亲甚至准备吃老鼠药自杀，最终被作者阻拦，随后，母亲还是要修建房子。但在我读到结尾时，我理解了，我理解了母亲，理解了作者的懂得。房子在某种意义上就是母亲的一种信仰和寄托，是见证，母亲修建房子是因为她和父亲的爱情；母亲修建房子是因为她要保留父亲的尊严；母亲修建房子是因为她要一个完整的家。多么可爱的母亲啊！任性着自己的坚强。这篇作品堪称佳作。作者冷静客观地去叙述着发生的一切，画面感极强，感觉自己像是在亲眼看见了一切。

《残疾》里的父亲，他离开家，他归来，他生病了，他挣扎着，努力争取尊严，然后失败，退为孩童，最后离去。“我哭不出来，一直握着父亲的手。”“哄着哄着，我终于忍不住号啕大哭起来。”这是作者去参加父亲的葬礼时所描述的。到最后，作者和母亲梦到父亲并笑着说：“你那可爱的父亲。”是他们对父亲的离世的一种释然，父亲坎坷但却又倔强的一生，被病痛折磨着，坚强的意志被一点点消磨殆尽，说不出的心酸，或许父亲的离去是上天给父亲最后的疼爱。就像阿太那样，摆脱了皮囊的包袱，以后就可以自由了。

前五篇文章是在叙述作者的家人，大多故事的核心是父亲的离世，这也是全书最精彩的部分，而且我也非常敬佩作者，把这样一段难过的往事写出来，用不同的角度，写了四五篇文章，并且每段故事都犹如小津安二郎的电影那样，安静又深邃。仔细想想，这简直是文艺的自虐！

后面的所写的是作者的一些朋友及他身边的一些人，我不能说写得不好，只是没有前半部分精彩，但其中也有一些地方，让我有所反思，比如《张美丽》一篇中，张美丽其实就是一个喜欢追求自己所爱的人，她并没有做什么伤天害理的事，但却被人们的偏见逼死。她选择以死来证明自己并没有作孽，但最终结果是她连自家的祠堂都进不去，成为孤魂野鬼。“她终究就是个小镇姑娘，要不她不会自杀的。”我喜欢作者写的这句话。用这句话来做总结，个人觉得真的很棒。其实这篇文章让我更多的是去反省。在当今的社会有很多人带着偏见去看待别人，带着自以为是的正确的价值观去对别人做出评判。真是让我感到荒唐至极，实为可笑，让我想到了马克·吐温的“‘原则’是‘偏见’的另一个名称。”是啊，当今社会多少人用着自己的“原则”去看待别人，真是让人害怕，让人活得心惊胆战，生怕自己就是下一个“张美丽”。

其中不得不说的是《重症病房里的圣诞节》，真的写得很好，但我却不想去写这篇的简评，因为太过于沉重，太过于有画面感，我不想再去回想着痛苦的幸福。

我在读完之后去看了看大家对《皮囊》的书评，有好有坏，对呀！每个人的喜好不同，每个人看待问题的角度不同，当然就会有人喜欢有人不喜欢，其实我们每一个人都无法作出最客观的评价。但它始终是有着它自己的文学价值，我不管作者是以怎样的心态或以什么目的去写这本书，我注重的是这文字，这文字让我喜欢，这文字给我思考、给我感悟。

“我不相信成熟能让我们接受所谓的任何东西，成熟只是让我们更能自欺欺人。”我们在这个世上行走，我们慢慢接触到越来越多的东西，我们一点点变得“懂事了”，我们变得迷茫了……我们行尸走肉地活着，我们拖着沉重的皮囊去追寻我们早已变了质的梦想，都快忘了自己的初心了吧，都快忘了当初那个因为一块糖就能开心半天的自己了吧。

2017级汉语国际教育　樊丹妮

《一天》：一面哭泣、一面追求着的人

“我只赞许那些一面哭泣、一面追求着的人。”昌耀把帕斯卡尔的这句话放在诗篇的最开始，纵览全文，一句句正是一面表现了“哭泣”，一面又坚持写了“追求”。

“今天终于是一个痛快的日子”，昌耀写下《一天》的时间正是 1993 年的春节。人们欢聚一堂，把酒言欢，畅所欲言，这是一年下来最快活的日子，“肥羊佳禾美食，鼓乐吹歌吟诗，是百姓年景。”想吃想喝想说什么都行，一年中最“痛快的日子”。“颠沛的心头已感受到了月行的韵脚”这里也有提到一年的颠沛辛苦，是“哭泣”的一点。昌耀在第一段先说明了时间节日，通过过年的活动来叙述一年的总结，年会上的表现、人们的谈论以及年底对新的一年的希望与追求。

“一切的终结都重新成为开头。”过年是一年的终结也是新一年的开头，又与后文中的“已经有过的种种未必难再”相呼应，也是一种暗示。已经经历过的不论是好事还是坏事都有可能再来一次，毕竟世事难料。除旧迎新的日子里，“人生难得几回醒”，在一年中总结的日子里，回想一年里发生的种种，或许就能发现“你我费猜的谜底应验了一句句谶语”，仔细想想，是否有好多事情便是符合那句，早知当初……人生又能有几回能猜到真正的谜底，多的是马后炮。正是因为未来的不可知，于是“担承艰辛已是我们自觉的道德原则”。从字面上看，实在是非常朴素的道理。佛说，众生皆苦。不论是能承受不能承受，只要在继续活下去这条路上，那必定就是辛苦，是在努力承担艰辛。于是这又是“一面哭泣、一面追求”。

“死去活来才是如此艰辛的一份义务。”正是因为人们在世界上，一面承担艰辛，一面努力活下去，在死里活，在活的路上死，仍然是“一面哭泣、一面追求着的人”。诗篇写到这里，作者站在第三者的角度，点明了时间，写出了人们一年下来的第一次总结，也依然围绕着帕斯卡尔的话，虽然写得感慨人生世事无常，生活艰辛，却也同样在赞许人们的坚韧强大。

《一天》的第三节，描述了新中国对此前的人民的困苦的总结。“唯有他们是蛮荒中的王者、王族、诸侯”鹰隼正是西方来的侵略者，“弗兰西喇叭对我究竟说过些什么?”战争中的各种侵略政策，人民在战火中被燃烧殆尽，也有苟延残喘，直到战争结束，“一面哭泣”，“筑向天堂的高坛铢积寸累”，人们在苟延残喘中，承担艰辛，一点一滴努力追求着美好的生活，“年年辛苦，年年迷醉”，也正是因为“一百五十载”以来，人们辛苦残存，才有了一个痛快的日子来迷醉。也依然是众生皆苦的描述。昌耀以悲悯世人的第三视角，对人们的生活作出一个总结，对人们的苦难也作出总结，然而这都是避不可避的，于是只能赞许了。

第四节描述了一个新年的习俗“炮火连天”，实则便是人们放的烟花。而第五节则也描述了诗人们在酒桌上谈天说地，丰足之年，碰杯谈论西方东方。在第六节，诗人再一次以第三视角比较了东西方文化，说起了五千年文化在战争中与西方文化的冲突，后来战争结束了，人民有了欢笑，人民重新拾起理想，继续修筑通往天堂的高坛，继续追求完美。其中在全文反复出现的“去海上游泳的人”，与1993年附近的事实联系，不难联想到1992年邓小平的南巡谈话，坚定了人们的改革开放的决心，相信党的领导，跟着党的指导走路，于是就有了从屋内冲决而出的人们。即便是闺中少女也走出家门，勇敢向前，为国家做贡献，于是后文中的“相信经济学家的话”也可从另一方面解释：邓小平是优秀的经济学家，也是优秀的领导者，相信党的指导，坚定走中国特色社会主义道路。这是丰足之年，这是战争之后，和平的、经济发展的时代。

眼前的社会是丰足的、是和平的、是幸福的，但是诗人的思维还是与进行革命的人在一起，革命中牺牲人们，是令人尊重，不能遗忘的存在。

最后一节，是我认为最富有诗意意蕴，最意味深长的一节。“下雪了。向日葵炫目的色彩照亮空间。我见公园缤纷的气球在儿童手心里牵动。但在我的心际仍留有彼得堡飞雪的大街，耶稣和十二门徒随着诗人勃洛克的红旗行进。一天长及一生，千年不过一瞬。”

勃洛克诗人支持革命，预言了十月革命。于是“耶稣和十二门徒随着诗人勃洛克的红旗行进”，拯救人们的“上帝”为了拯救生活在水深火热中的人们毅然跟着革命的红旗，走在彼得堡飞雪的道路上，为人们带来了希望和未来。

十分强烈的画面感，仿佛能看到，充满希望的向日葵，代表着希望的孩子与色彩缤纷的气球成了绝景。我仍然想着耶稣和十二门徒在飞雪的彼得堡大街上前行，往昔与今日，不过一瞬，不过一念之间。终于痛快的一天可以长及一生，可以看到人生中以后所有能够总结的东西，也能够总结以往千年的历史文化，也就在这一天中，也就这一首诗的幅度，于是也就成了一瞬。

一面哭泣，一面前进的人们，是当代度过了艰难改革在挑战与机遇的人们，人们到了一年丰收的时候，是一年的终结。而一面哭泣，一面前进的人们也是新中国的人民，一面哭泣着百姓生活艰辛，一面追求着国家繁荣兴盛。

这道路可以很长很长，这日子可以很短很短。诗人将人生中最痛苦的部分，苦难悲伤与时间结合起来，通过一年中最痛快的一天写出了，困难会有，痛苦会有，时间长久或是短暂，只是一念。一面哭泣，一面前行，确是人生常态。

任何人活着都不容易，人们遭受的苦难有千千万万种，每个人对未来的选择也不同，可人类的历史进程总是在前进，也正是因为如此，人类才有值得歌颂的存在。

2017 级汉语国际教育　何应佳

风景的“风”

时人总爱讲景色、景区、景观，如若入句成文，文人们便会首选“风景”一词。由是“风景”一词就透着些文艺范，无“风”而不成景，何以至此？这便是“风”的魅力了。

“风”生于天地，聚集汇成气息。“风”只一字，却自带潇洒，尽得风流，引无数英雄为之折腰，为其挥笔成词、挥翰成章，感慨万千。

欧阳修倚栏而吟“把酒祝东风，且共从容”，邀春举酒春意盎然，叹得人生匆匆，待明年，却是人不同而花更好，东风依旧；李太白豪迈而歌破浪之长风，径直鼓得那白帆横绝沧海遥遥去远；刘邦更是高唱“大风起兮云飞扬，威加海内兮归故乡，安得猛士兮守四方”，这独立中流，风扬白云而遏青天，劲显凛凛威风之士气！

“风”存于景中，似是其中不可或缺的一个要素，因“风”的注入，这景便更具有风韵、意与味韵了。

美人涉步江岸而望归人，江水静来江水清，白草横铺，四野寂寂。在这画面将凝未凝之时，忽地闯入了一阵风，吹皱了一江秋水，吹皱了美人倒映在水中的容颜。彼时秋风乍起却动了春心，春心又助秋波绵延不绝。已而秋风将衣衫凉透，而美人也真个欲把那秋水望穿。静景来风，风来而情动，情动而景生。

众象三千，吾尤爱文人的气节。古之文人玄色长袍，重眉入鬓，风拂起长束的边发，发丝与风中飞扬，举樽间仙袂乍飘兮，神态淡然。而旧时先生则素净青衫，布鞋皂袜，动而生风，成民国风度。风撩起单薄的长衫，挺直的脊背挺起的是民族的担当，先生以长布衫的飞扬站成了文人的清高。这文人的风骨，宁静淡泊抑或慷慨悲凉，都因风的存在而愈加生动真切。

一个人入“风”亦成景。苏子泛舟游赤壁，清风徐来，水波不兴；荆轲于易水之寒，风也萧萧中，为举国大义而壮士不归；李易安在风骤之后轻消残酒，悠道绿肥红瘦；曹孟德于秋风萧瑟中东临碣石而观洪波涌起。彼其一人一风成一景，纯粹至此，而今虽不能至，然吾心向往之。

春风春日春长，夏风夏日夏暖，秋风秋日秋萧索，冬风冬日冬沧桑。物换星移几度秋，而“风”依旧是文人感慨抒怀的对象，历久弥新，经久不衰。如此，便是风的魅力，有风入景便成景，无风入景空寂寥。

2017级汉语国际教育　李旭琦

父　爱

历史长河之中的那盏灯伫立于时光的河岸，千年缄默。缄默于古典诗词的册页中，内敛淳朴，如山厚重，那就是父爱。

那天，停电了，火炉旁，烛光摇曳，一切细微之处仿佛在光晕之中被无限放大。那双历经沧桑的双眸根本经不起细细的凝视，只是一眼，就泪涌不止。眉目间沟壑纵横再经不起岁月的蹉跎。是鹤发鸡皮，也是弱不胜衣，却撑起一片明媚天空，空中翱翔着两只小鸟，鸟儿羽翼渐丰。

猛地对上那双满是慈爱的双眸，只是一眼，却似万年。一岁时，是父亲背着我在地里踩过泥泞，带着我蹒跚学步。五岁时，父亲离开的背影成了家常便饭，追着哭过、跑过、摔过、怪过，每月的生活费仿佛成了我和父亲之间唯一的联系。五六年的时光飞逝，再次和父亲相聚，却也是聚少离多。上学的上学，工作的工作，彼此之间来往密切的也不过是每月生活费的给与得，少言寡语。也许是青春的叛逆期作怪，让我做了很多如今回想起来觉得愧对父亲的事情和说了脱口而出的孽障话，例如：我到底是不是你的亲生女儿。说出的话如泼出去的水，再也收不回，在父亲心头掀起的波浪可能是我永远都抚不平的。

父亲的咳嗽声将我拉回了现实，却不敢再迎上那双眼睛。也许是因为愧疚，也许是因为鼻头阵阵酸涩泪水挤满了双眼。记忆当中父亲说过让我最印象深刻的一句话：“只要你想读书，我就是砸锅卖铁都让你读。”是的，少言寡语的父亲用行动贯彻落实了这句话：或是每每舍不得吃却都给我的好东西，或是鲜红而充满了汗味的生活费，或是不善言语的关心……不知道多少次不敢去直视父亲，好像这样就能够一直留住父亲在记忆中意气风发的模样，而不是被柴米油盐酱醋茶压弯了腰！

烛光当中，父亲背后的影子如此的形单影只。这些年，没有多少文化，一个人在外的父亲是度过了何种的艰难和辛酸啊。

起身，给父亲倒了一杯水，将喉咙的苦涩抑住：“爸爸，喝水。”

2017 级汉语国际教育　谭飞雪

海棠依旧

窗外，梧桐，飘零，细雨，不禁想起“梧桐更兼细雨，到黄昏、点点滴滴”，纷纷扬扬，秋水盈盈，随着涟漪渐渐远去……捧一盏清茗，展一轴诗卷，执一支毛笔，无数纤纤玉指拨动数方古筝，深秋落叶与无数音符伴随着她的思念渐渐重叠，影影绰绰。她向前走来。

她的名字源于唐诗“明月松间照，清泉石上流”，月色如水，清泉照影，心地澄澈。不错，她身披月色皎洁，如“清照”婉约。她诞生于北宋齐州章丘明水镇。

骤雨过后，待日头出现，侍女前来卷起帘子，她没有吃得很醉，并不忘关心院子里的海棠花如何，骤雨过后花落与否？侍女回答如旧，她却道庭前海棠花落，绿叶愈加饱满。“昨夜雨疏风骤，浓睡不消残酒。试问卷帘人，却道海棠依旧。知否？知否？应是绿肥红瘦。”彼时，她只是一位待字闺中的女子，却已名动天下，无拘无束的惬意。庭院卷帘后，花影之间，她期待邂逅能叩开心门的人。

闺中熏炉中燃着沉水香，轻烟袅绕，幽静温馨，窗外春雨细绵。春乏初醒，熏炉中残香所剩无几，“梦回山枕隐花钿”，她凝妆而眠，珠钗还松松散散簪在发髻上。轻轻推开窗子，窗外正下着雨，“海燕未来人斗草，江梅已过柳生绵”。春燕呢喃，江梅花期已过，杨柳又正飞花，春雨绵密。“黄昏疏雨湿秋千”黄昏碎雨把春日秋千打湿，恰逢寒食，春闺梦醒，春日可惜，一场春雨似乎打碎了春日的梦，朦胧淡淡的春思。

大相国寺的邂逅，她打破封建的枷锁，将诗卷传递他手，执笔挥墨，多日思念。红烛美酒，此时，已经是一双身影。为她早起梳妆描眉，昏暗的烛光下比赛谁更为博闻强记，一行一行的文字，一卷长书。纵使饭菜去肉腥，钗去玉珠，平淡简单，手握书卷，不觉索然无味。“造化可能偏有意，故教明月玲珑地。共赏金尊沉绿蚁，莫辞醉，此花不与群花比。”钻研玉石，赏玩名画，看庭前花开花落。

花瓶中淡淡的梅花已经飘零，残蕊捻出清幽的气味，围炉赏雪，赏梅插花，“更挼残蕊，更捻余香”，淡淡的梅香染上了彼此间的默契。清风玉露似乎打散了冬日的凛冽，“酒醒熏破春睡，梦远不成归”。饮了些许薄酒，竟有些许春日乍暖的气息。“人悄悄，月依依，翠帘垂。”酒醒过后，月色依旧，门帘依旧悄悄垂着，一切不过梦一场。梦里拾起梅香，一朝花开，冬日竟有春光般温暖。

明诚，梦里，她轻声呼唤着。不复相濡以沫的美满，些许悔意萦绕心头，浓浓的离愁别绪，渐行渐远的求学之路，只留下悔教夫婿觅封侯的叹息，她抬起衣袖，赌书泼茶的茶香留在衣袖，即使远在他乡，距离似乎并不遥远。

桌上的残留的酒香幻化出浅酌对饮的画面，不复“争渡，争渡，惊起一滩鸥鹭”的豆蔻青葱，随心所欲的惬意一去不返。她的心里渐渐蒙上寂寞的颜色，袭一身素衣，把一杯薄酒，月色入户，孑然一身倚窗叹息，满腹心事无人可说。她把因距离而相思写成的诗传递至他的手中，化作翩翩雨蝶。他在外求学，彼此只能鸿雁传书。

明诚，她轻声呼唤着。袖上清幽的菊香，对着秋日的黄昏，篱笆下坐着，不知是秋日的菊香还是美酒的味道，“莫道不消魂，帘卷西风，人比黄花瘦”，帘子被西风卷起，自然是人比黄花瘦。薄雾浓云，香炉香气袅袅，枕芯冰凉，遥远的思念，散落一地缤纷，铺满空白的回忆。

庭外碎雨漱漱，他忙于公事，奔波于酒桌鱼肉，多日守门待他夜归，却甚少共剪西窗烛花，秉烛谈诗。她轻叹，明诚，彼此渐行渐远。官场立场相左，政治波及，他负箕远走，她只能独自饮酒。

彼时，她不再呼唤明诚。睡意浅薄，他和她在漫漫长路之间走散。苦涩微寒，醒来只觉冰寒。政治风诡云谲，北方金人率军南下，屠戮中原。她挥墨写下“睡起觉微寒，梅花鬓上残。故乡何处是，忘了除非醉。沈水卧时烧，香消酒未消。”衣冠南渡，匆忙间，不得不撇下多数金石古玩，沉入江河。途中，他感染疟疾，留下她茕茕一人。酒醒，往事愁肠。

她该怎么办呢？她偶遇了张汝舟，注定不能再次寻觅爱情。“寻寻觅觅，冷冷清清，凄凄惨惨戚戚。乍暖还寒时候，最难将息。三杯两盏淡酒，怎敌他、晚来风急！雁过也，正伤心，却是旧时相识。满地黄花堆积。憔悴损，如今有谁堪摘？守着窗儿，独自怎生得黑！梧桐更兼细雨，到黄昏、点点滴滴。这次第，怎一个愁字了得！”旧时鸿雁南飞，庭院堆积菊花花瓣，面色憔悴，梧桐细雨点点，冷清凄清。

恍如隔世，耳边传来一阵优美的音律“一朝花开傍柳，寻香误觅亭侯。纵饮朝霞半日晖，风雨着不透，一任宫长骁瘦，台高冰泪难流，锦书送罢蓦回首，无余岁可偷，昨夜雨疏风骤，浓睡不消残酒，试问卷帘人，却道海棠依旧，知否，知否，应是绿肥红瘦。昨夜雨疏风骤，浓睡不消残酒，试问卷帘人，却道海棠依旧……”

她走远了。

2017 级汉语国际教育　张佳媚

新冠病毒感染疫情日记

刚开始得知新型冠状病毒感染一事，是在一月二十日。那天是大晴天，我打算报考驾照，大早上骑了车到驾校去了解情况，中午回家的路上收到了高中室友往微信群里发的新闻，当时没细看，只看到她们在讨论买口罩的事情。下午匆匆去办理了关于报学驾照的一系列手续，忙到六点终于结束了。当天和朋友约好了到他家吃火锅，在去他家之前，我去了一趟超市采购食材。酒足饭饱之后，我们开始聊天，内容多是近期经历。到家之后已经是十一点多，洗漱完毕准备上床休息的时候，高中室友又往群里发了新闻，这次我仔细地看完了，第一感觉是恐慌。

第二天上午，我们开始在群里讨论起买口罩的事情。群里的五个人包括我在内都尽快买好了口罩。我们开始劝家里人要注意预防，但是没有用，他们不慌不忙。本以为只是自家父母，后来通过网络才知道老一辈的家里人普遍不听劝。现在想来，幸亏有先见之明买了口罩。

从那之后的每一天，我们都在密切关注新冠病毒感染疫情的相关新闻，群里都会被我们五个人的相关消息挤满，有真实的，也有道听途说的。看着相关链接上疑似病例变成确诊，确诊人数不断增加，以及亲戚们的不在意，我们的心里愈发恐惧。

一月二十二日，我和妈妈要去她的朋友家做客，临走前我让妈妈戴口罩，但是她觉得闷拒绝了我，在我的不断劝说下敷衍地戴上了，没有遵循正确戴口罩的方法。我因此与她生了气。坐在电动车后座，我看着身旁的人们，大多数都没有戴口罩，不过已经有部分人开始重视了。中途接到她朋友打来的电话，让我们顺便带几个口罩过去。路上问了几家药店，口罩均已售空。最后我们把之前买的口罩分了一些给他们。

二十四日，是除夕，是万家团圆的日子。但是在那天，我却没有像往日一般感受到节日的气氛。在老家吃饭的时候，看到大家把自己的筷子伸进沸锅里夹菜，我的心里很不是滋味。尽管那时候有关专家说，56℃以上的开水能够杀死病毒，但我还是不愿意多尝一口锅里的菜。我的内心很压抑，但是除了翻看新冠病毒感染疫情动态，也没有其他想做的事。逐渐意识到我进入了一个消极的状态，最终我决定减少消息获取量，转移注意力做其他的事。毕竟，保证情绪平缓，出门做好防护，尽量不出门，是我们普通人能对国家做的最好的支持了。除夕夜，我意外地发现春晚的节目还挺有趣，往常我都是在屋子里和朋友们聊天。在欢声笑语、载歌载舞中，春晚落下了帷幕，在此拿起手机，群里已经开始分享新冠病毒感染疫情相关的新闻了。看着在前线抗争的医生发布的物资告急微博，我的心像被什么东西突然揪紧了似的，感到很沉重，眼泪不自觉地流了下来。那一刻我很难过，不能为他们做点什么。

从除夕夜到今天（二月二十四日），我一直没有出过门。微博热搜变动得很快，半天没有刷微博，就仿佛与世界脱轨，再次登录时已经看不懂大家在讨论的内容了。在这大环境下，令人寒心和暖心的事情层出不穷，阶层性和真善美从来就不是呈正比例发展的，你看那自己都吃穿不好却为医院捐钱的老人，他们的阶层不高，却也尽自己的一份力去帮助困难的人。或许就是这些种种交织才构成了人间。

其实，这段时间是每个人难得的 gapyear，利用这段时间去思考、整理内心，静下心找到真正想做的事情再做出最好的选择。近日在整理心情后，我的心态逐渐变为平缓，有在学习摄影，希望在不久的将来，能在春暖花开的日子里，用相机记录下世间的美好。到那个时候，春天也就真正意义上到来了吧。

17 汉语国际教育　周芸帆

思　念

天空轻盈、寥廓、深邃。朝阳从一旁照来，不知道从哪儿飞来的一只大鸟，在透明澄碧的天空中盘旋，随后又一动不动地悬在空中，只是轻轻地拍着尖尖的双翼，朝着阳光灿灿的远方奔去。沐浴着三亚的蓝天日光，不知为何，我忽然很想她。

三亚到重庆，1674.1公里的距离，也是我和她的距离。我的心绪是遥远的，她的心绪也是遥远的，如同我们的眼睛那样远，思念，是遥远的。

她眼睛是不太好看的，丹凤眼，又细又长，嘴唇也是薄薄淡淡的，单从五官上看，简直就是典型的“刻薄相”，但她两颊带着厚厚的婴儿肥，下巴圆圆短短的，再加上皮肤偏黑，搭配起来竟显出一股“憨态”。留着一头短短的男生头，背着男款运动斜挎包，活脱脱就是个女汉子中的战斗机，战斗机中的假小子了。

高一的时候和她并不太熟，高二分文理班，碰巧又分在一起，还是前后桌。她不是一个话很多的人，甚至说是有点高冷了，但我姑且还算是她之前的同班同学，分在了新班还是会与她偶尔说上几句话的。但某天的晚自习，大抵是心情不好，她和我说了很多，也聊了很久，整整荒废了一整个晚修。我们俩都是走读的，但她自己会骑车，可我只能靠一双腿走回去。恰巧就是这一晚上的熟络，她请我坐她的车送我去车站。从今以后都是她骑车送我去的车站，无论天寒地冻、风吹日晒……我这顺风车，一坐就是整个高中。

我的身体不太好，小伤小病是家常便饭，体质偏寒生理期疼起来也是折腾得不行。每每毛病发作起来只能自己待在座位上恹恹强撑着，也有很多热心的同学瞧见我难受，便跑来慰问我几句，但也就只是这样了。但她不一样，我从未见过像她这般温柔的人，嘴上冷冰冰地嘲笑我：“让你不吃早餐，自作自受。”但却总会帮我去打热水、买药，下楼为我买早餐，甚至是拽着我去找老师请假。我相信没有人能抵挡得了这样满心的温柔，至少我是不行的。说起她的温柔，我又不自觉回忆起了许许多多的点滴事迹……

例如那高考前的最后一个星期，她不愿继续待在学校复习了，向老师请愿回家复习，而我也陪着她一同请了假，这最后的七天里我们俩天天往图书馆里跑。毫无疑问，枯燥的复习总是乏味的，还伴随着不知名的困倦，我俩只能靠着那一杯咖啡、一盒口香糖、一副耳机，相互依偎着看书、做卷子。

例如高考前的最后一天下午。我们一起从图书馆走车回家，中转的时候在府城中学又继续等公交。其实府城中学离她家就两个站，这里所有路的车都能通到她家，她却异常执着地要陪我等，等那一辆我唯一能坐回家的42路车。

我俩大概是“公交车绝缘体”了，足足等了半小时，终于来了一辆42路车。车上人很多，围绕在我们身旁的还有很多中学生，我也是费了好一番劲才挤上去。上了车后我才发现，她没有跟上来。我看向车窗外，她朝我挥了挥手，指了指自己的手机，我会意，从口袋里摸出手机，便看见她给我发了一条短信——“车上人太多了，不想挤它。你先回到家就好，不用担心我，我等下辆车。”

不知道为什么，我看着这条短信，想着她，有点想哭。怎么会有那么傻的人呢？明明可以直接回去，非得要花上半小时陪我一起等车。

我也想不透是我太傻还是她太傻了。

其实还有太多太多“例如”可以说，但最让我深刻的，还是得知自己高考成绩的那天吧。

我看到我成绩的时候，我第一个想到的人就是她，我抖着手拨了电话过去。电话接通听到她声音的那一刻，我真的再也忍不住。我的两片嘴唇，只要获得心灵情绪的少许安慰时，就会像两片娇嫩的新叶一样，颤抖不已。她发声问我怎么了，可我呜咽着说不出话来，过了好久才颤颤着吐露出一些零碎的句子：

“我……我好难过啊，我该怎么办啊？”

“怎么了?！别哭啊，你先别哭啊，别难过。”

“没考好，怎么办，我怎么考得那么差?”

“……别哭，我晚上去找你。”

我语无伦次了，内心被莫大的悲伤冲袭，我什么也听不进去，但还反应过来，她说晚上来陪我，我捣蒜似的点头说好。

晚上她果然来找我了，她刚从文昌游玩回来，连行李都没放回家就来我家找我。我们俩都考得不太理想，但至少她还是比我好的，起码比我高了十多分。一晚上我们聊了很多，其实我们不太想过多聊成绩的，她便和我说了她的假期旅行趣事云云，但说着说着一瞬间没了话题，我俩愣愣地望着空中，沉默了。想开口再说些什么，却再也憋不出一二。

我俩之间的空气渐渐低落起来，虽然一直在企图转移注意力，但心里始终还是担忧着自己那糟糕的成绩和未来的出路之类的……我们一时无话，坐在我家楼下的长园石凳上，我良久地凝望着黑里透蓝、点点繁星闪烁、深不可测的苍穹。夜晚寒冷，但心底却渐渐地不再冰凉难过，大概是因为有人陪着你吧，我也无法说出那种奇妙的感觉，你既是悲伤的，但你又不单纯只有悲伤。

我的思绪随着她的烟气逐渐飘远，回忆起第一次和她熟络起来的那个夜晚，那夜好似和今夜一样漫长漆黑，却隐约有丝丝星火光芒温暖的夜。温暖的不只是这一弯夜月，温暖的更是我心的黑夜。

最后她考去了重庆，而我留在了海南，却只是从海口迁到了三亚。这段时间她时不时便打电话找我聊天，她是法律专业的，经常就是一边抄宪法作业一边煲电话粥和我唠唠嗑。她说她特别想念海南，在重庆吃不太习惯，住不太习惯，千方百计想出岛，没算到最后却是那么地思念海南岛，同时也想念我。

前不久我刷出一条她的朋友圈："我大概是疯魔了，晚上在走廊看着星星发呆，飞机飞过，我在想，那会不会是飞去海南的飞机呢？想念小岛，想念岛上的人。"我看着也不禁为她感到忧思和难过。担心她是不是在那边过得不太好。

那要怎么办呢？她这人，孤高如浮云，在那边有没有好好地和同学和舍友相处呢？有没有人能发现她冷漠外表下的温柔？浮云后的大空，冰山上的薄日，我害怕她寂寞，害怕她孤苦。

我愿，我愿……我愿她能安好，我愿她能获得新的友情，我愿她能获得新的爱情，我心愿她能获得新的快活。我心愿有人能发现她的眼，无比深沉，就如同星夜大海般深沉，就像蓝天碧海一般清澈……

忧思在我的心里渐渐平静下来，正如暮色降临在寂静的山林中。我的思潮又回到了那些月夜。那里，月亮在我故家的屋檐下窥视着；那里，我第一次认识并感受到了她温和的、苍白的脸庞。

我又思念着，像那一些一起经受过痛苦、一起感到过迷惘，而后又能一起找到难得可贵的友谊的人们一样思念着。只有这苍白的、忧郁的月光看到我们的真情，原封不动地深埋在记忆里，而且封存得那么严密，就像蜜蜂把一窝螟虫封起来……我困倦了，轻息着，想象着一切的一切。清晨醒来，太阳发出了灿烂的光辉，三亚的高山一起一伏，好像在呼吸一样，草木上带着一颗颗钻石一样的雨珠在闪烁着微光。湖面上泛着金光，朝阳飘荡在浮云上。

不知道从哪儿飞来的一只大鸟，在透明澄碧的天空中盘旋，随后又一动不动的悬在空中，只是轻轻地拍着尖尖的双翼，朝着阳光灿灿的远方奔去。沐浴着三亚的蓝天日光，不知为何，我固执地认为，我固执地想象，她一定会好好的，一定会的。

我的心绪是遥远的，她的心绪也是遥远的，如同我们的眼睛那样远，思念，是遥远的。你还好吗？我很想你，我过得很好，愿你也能过得很好……

2017级汉语国际教育　杨镔

猫引起的鸡毛蒜皮

尊敬的先生：

您近来可好？这段日子说实话，我过得并不是很好，所以还是决定给您写封信。给您讲讲我的遭遇和我的想法，这也是我写这封信的原因。

您还记得我上次问您的，关于那只无毛猫的事情吗？它在我家呆了十四天，送回去了。期间发生了很多小事，让我跟您从头说起吧。

猫来我家之前，我姐便提前跟我说了，要领一只无毛猫回来寄养在我们家一段时间的事，给我爸妈做个心理准备，顺便去买买用品。他们都不知道什么是无毛猫，所以我爸妈跟我展现得截然不同。

我爸妈都不喜欢猫，更别提没有毛。我爸比较理性，所以在我跟他说的时候，他第一反应是让我不要急躁，以免引起恐慌，还问我，那猫长什么样？是不是很金贵？我妈则不同，她的第一反应，就是惊慌。因为不知道、没见过，所以害怕，然后经过一番心理活动就自己慌了。在那时我一度怀疑，我是不是不应该跟我妈说这个消息。反正就这样过了两天，猫，来我家了。

开始时跟他们说了，那猫是什么样子的，以致真的来的时候也没有太过于慌乱。我对那猫也不了解，只是觉得它像只老猫剃了毛，皱皱的皮肤，大大的耳朵以及身上只有一层绒毛，看起来像是光着的身子，有种神秘感，总的来说，它对于我们来说是一个很特殊的生命，丑陋、金贵、无法理解。

其实，我过得不好的原因不是因为它本身的习性，而是因为它的存在。

在我家的日子里，它由我姐照料，我姐也没出门，就在家里照顾它。而关于它的消息也传了出去。

最开始我知道的，周围人关于它的评论是，那是一只猫，一只没有毛的猫，是别人宠物，很贵。之后有七八天我没怎么去关注，直到我妈给我听了一些语音。语音是顾姨发给我妈的，顾姨很迷信，又住在村里，于是乎，冠以“长辈曾说”的话语就开始了。诸如“猫邪性，养了家里容易招灾”“猫会趁着人们睡着时候，咬掉人的脚趾”等，搅得我妈根本睡不好觉，也就有了我问您的，关于这种猫的基础认识。

先生您知道吗？我从没想过经验至上主义和“宁信其有”的思想在我爸妈那一辈是如此的盛行。对于冠以“长辈曾说”“老人常讲”开头的很多含糊不清的“知识”是如此的坚信不疑。尤其是我未曾上过初中的妈妈。

我为他们讲解猫不会吃人脚趾，讲述猫的咬合肌没有那么强大的力道，甚至于掰开了猫的嘴给他们看猫的牙齿，都没用。一句宁信其有，就给我堵得哑口无言。其实我对于那猫也是一无所知，如果不是这一次，可能我这辈子都不会去了解它。它的存在对于我来说，就像我身边很多人对它的感觉一样，那是拥有神秘色彩的一个物种。而这层神秘色彩，对于当事人的我来说，当我去了解过、咨询过，便没了。但对于我身边的亲戚朋友，尤其是与我爸同辈的叔叔伯伯们，无疑多了点饭后讨论的话题，加上“合理”的想象，更是“引人入胜”！

我爸的膝盖有些劳损，时不时会疼，也就到处求医问药。猫来我家时，他的腿又疼了。不知是不是心理作用，他总觉得比以往痛很多，而且一直没有缓解。在去问别人有无办法可缓解时，不知谁顺嘴说了一句：“是不是因为你家那只猫。”然后我爸妈从半信半疑变成了深信不疑。

那是猫来我家的第十天，我妈出了门，我问了下她去了哪儿？我爸回答：“你小孩子，不要问那么多。”隔天就看见我爸钥匙上多了个挂件。后来我才知道，我妈跟顾姨出去了，去求了个平安符，而我也听到了那人对这猫来我家的评价，大意是：这猫，是我们家的“劫”，逃不过，只能化解，所以给了个符，减轻些利害。捎带着五百大洋没了。

这之后直到那猫回去，我爸腿依旧疼。

那猫送回去之前我摸了摸，我对它的评价依旧是，皱皮，大耳，只有一层绒毛像是光着身子，丑丑的，但没有了神秘感。我不明白的是，它并不很神秘，相反很简单，去找一找相关资料就不会觉得它神秘。就算我说得再清楚，我爸妈还是会将信将疑，而别人说得再虚假，只要有一点点的逻辑加上巧合，他们都会深信不疑。

这是为什么？您能帮我解答一下这个问题吗？

祝您：

身体健康，工作顺利！

您的学生

2020 年 4 月 25 号

2017 级汉语言文学　刘家浩

给自己一片天地

一花一枯荣，每个人从刚出生，到学会走路，到为人处世，都经历了喜悦、心酸、哀愁、苦闷。如同平地的幼苗、园林的野草，日晒雨淋，风吹雨打，终成一道靓丽的风景；又如初闻《三字经》中所说“人之初，性本善”，而后在人际交往中才发现将“恶”字代替“善”字更为妥当些，再然后又是“看山还是山，看水还是水”，感叹还是依照书中说去与他人切入交流学习比较妥当。这循序渐进的过程里，是成长的历程，是思考的逐渐成熟，而背后的苦难究竟要具备怎样的一颗心才可以披荆斩棘、负重前行呢?

宽怀上路，心怀坦荡面对错误。世间存有太多变数，而人的身躯渺小，不过是那旋风中的一颗尘埃，面对言语的讽刺、人情的冷漠、权力的霸道，暗自较劲，暗里生悲也不过是常态，一不小心，一阵微风袭来便会“全军覆没”。而人心承载着这一切，没点“宽度”，恐怕是气血不通了，因此坦荡地面对困难，才是给自己开辟出新道路的应有的态度，欲获前路坦途而远离曲折弯道，先须坦荡地面对迎面而来的困难并加以改正。首要秘诀便是要知廉耻，如孟子所道：“耻之于人大矣，以其得之则圣贤，失之则禽兽耳”；其二要存有敬畏之心，因天地在上，鬼神难欺骗，汝虽藏之甚秘，其善念其恶念皆被一一记载丝毫不差，正所谓举头三尺有神明；其三要发勇心，小错如同芒刺在肉，速与抉择，大错如毒蛇啮齿，速与斩除。具此三要，如同在心田播下种子，就算是在恶劣的环境中，也终能破土而出，获得新生。

谁说正值年少，便要有所作为。每个人心中或多或少都存有对名利、财权的念想，观看身旁的朋友、同学有在商场上的春风得意，有书画上的成就，有在官场上的飞黄腾达，再反观自己又是何等的“狼狈”，我想这大概是每个人都会有的心理过程吧。然而每个能够获得成功果实的人必然是心有抱负理想的，能够受得住自己那颗不安之心的人，若要得到，便先学会付出，这是自然的道理。守得不安的心，便是要能去除贼心，把贼心往无处导去。贼者，不可取也，若论专一，贼便是多余；若论品种，贼便是多种多样；若论吃喝，贼也可以是病毒，因此有病从口入的说法。若不静心体察，便无法窥其相貌，如人以常态而行本分之时，却常念想着浮艳的形态果实，便是贼；又如阅读思考时常卡顿，扰人心烦，此时想一气之下撇开也罢，不学也如此等不安分之思便是贼；此贼名为贼，在外无形状，在内也无形状，因人而异，因事而异，因此要实施观察，刻刻明辨，如若窥得些许，应速以斩除，不给予一丝生长的环境。如此行之，是为妥当，贼心渐消，浮躁之气日减，才能有所作为。

没有痛彻心扉的苦痛，便不会结出万里飘香的果实。不必羡慕一切，皆是努力所致。学会留给自己一片天地，或阳光普照，或雨露加被，人生处处便能高歌欢唱，即便是寒冬腊月，也有风雪相伴，纵然是烈日酷暑，也有蝴蝶为舞，如果你还沉浸在悲伤的长河之中，我想那不过是为自我沉落所找的一个冠冕堂皇的借口。殊不知，黑夜转眼便是白天，时光不等人，少壮不努力，老大徒伤悲，何苦浪费着青春年华，留给自己一片天地，让荣的荣，让枯的枯，将过错拿出放下，实在不行，便是大死一番，再活个现成。

过尽千帆皆不是，余晖脉脉水悠悠，就让所谓的成长，使我们的心越来越柔和。那些不合时宜的冷眼相待，看似美好却又凋败的结果，在不久的将来，再看也不过是成就这片天地的养料；须知暗香浮动，不一定是梅花的疏影，把心性调柔，是面对任何事情的最佳方法，一轮明月也好，落日黄昏也罢，当一切都过去时，回首过往，笑容依旧灿烂，希望的光芒依旧深藏于眼中，留给自己点时间，让一切都能有转折的余地，让原本的天地变得宽阔，让破旧的道路能长出一道风景来。

2017级汉语言文学　吴多超

古　堡

一条不起眼的小巷将古村分为南北，南边是一排排整齐的红砖大瓦房，灯火把南村从黑暗中照亮，他们是这个村庄年轻有为的一代，古村有个不成文的信条，谁家的孩子要成亲，就在村边盖一座新房，代表着他独立生活的能力。三十年前，村南还只有寥寥几户人家，现在已经盖满密密麻麻的房子，反倒是北村的人越来越少，如今只剩下老郑头和他的狗。与南村灯火通明形成对比，北村是一座古堡，破损的城墙上长满了荒草，大大小小的坑洼记载着它的荣誉。城门早已没了踪影，只剩下一个黑洞洞，若在白日里，还能依稀辨认出上面有“古堡”的字迹。

雪已经纷纷扬扬下了一日，将古堡的城墙又拔高了几尺，冬日的干燥与尘土被洁净的白色掩盖，寂静的古堡陷入更深的寂静，只有雪还在月光下悄悄地飞舞。南村的人家里依然喧杂，彻夜不息的灯火，不知疲倦的人群，只有一个人还游荡在外，他就是老郑头。此刻，老郑头正站在古老的城墙上，呜呜地吹奏着一支长笛。时而悠长，时而短促，笛声随着月光落在地上，坠进厚厚的积雪里，被吞没了最后一丝声息（溅起了白雪无声的涟漪）。狗低着头蹲在他身旁，上了年纪的人总是有些糊涂，老郑头现在什么都想不起来，他不知道自己为什么要在除夕夜里到城墙上吹笛子，也不知道自己是什么时候来的。老郑头一年也不出古堡几次，平时他总是安静地待在院子里，看着小狗儿追着咬自己的尾巴，高兴时他就吹一首曲子，小狗儿便歪着头认真地聆听，这是古堡里他唯一的陪伴。一曲之后，老郑头收起长笛，缓缓走下城墙，狗跟在他身后，一路探着头到处闻嗅，在雪地上留下一串歪斜的梅花。

老郑头并没有回家，他破天荒地想去南村看看（他感觉有南边某处有着某种吸引力，驱使着他过去）。走过空旷黑洞的城门，他从小巷穿进南村的地界，他在屋檐下小心翼翼地行走，他不明白人们的灯火为何彻夜不休，他走到一户人家面前，高大的街门用瓷砖贴了一圈，在月光的照映下发出寒冷的光，两块华丽的下马石尽管已失去了往日的作用，但却装饰着阔气的门庭，院里的影背上雕琢着山川瀑流，院里用水泥打平了地面，屋内的装潢富丽堂皇，不时传出酒杯碰撞的声音。他看到人们手中紧紧捏住的纸牌上，画着各式各样的人物，桌边的人目光，紧紧地盯着手中的牌，又不时地偷偷观察别人的眼色，头上的汗珠顺着鬓角缓缓流下，在一阵叹息声中，一把把钞票在人们手中转来转去，他并不懂他们的游戏，又转身离开。他看到院里的狗紧张地盯着他，冲他汪汪大叫，而他从它的面前走过，狗在他的身后嗅来嗅去，屋中传出一声呵斥的声音，狗便发出一声悲鸣，夹着尾巴逃进了窝里。

他慢慢地走回古堡，远远看去，古堡像一座隆起的土堆，伫立在白茫茫的大地之上，城门像一张张开的大嘴，等待着他的进入。夜风卷起积雪，向他袭来，狗缩着脖子，压低身体，在地上艰难地爬行。他感到风中伸出一双手，把他高高地举起，狗被眼前的场景吓坏了，它大声吼叫，它焦急地在地上打转，他看到狗越来越小，渐渐听不到狗的吠叫声，只有寒风在他耳边呼啸的声音，风抱着他飞过城门，飞过了古堡，飞过了从古村流淌的小河，他看到南村的灯火，恍惚中连成了一片，变成了一片火海。他感到自己的身体变化了，随着风旋转，越来越强烈，城门、古堡、灯火、大雪，他所记忆中的一切，都在此刻聚集，凝结在一起，他在空中停了下来，他看到月亮就在他的头上，他清楚地看到大地上的一丝一毫，他看到那个叫儿子的人紧紧地攥着老房的钥匙，他看见狗仍旧焦急的在地上转圈，他看到古堡最后一支蜡烛的熄灭，他看到南村燃起熊熊的火焰，他化成千万条白色的雪，坠向那一片白茫茫的大地，最后一片雪花终于在破晓时落下，缓缓地躺在古堡的城墙之上。

2017 级汉语言文学　梁佳文

野　草

无边的原野上，被风吹得动的唯有茫茫的野草。

野草，采之，有之，掇之，捋之。一阵风吹过，吹过了春秋战国，吹过了先秦的墓碑与秦时渐暗的天。

丹书鱼腹，篝火狐鸣，那夜无风，草丛深处的庙睡得格外安详。四面楚歌，十面埋伏，那日多情，恸哭过后的乌江格外鲜红。

草民如何？王侯将相宁有种乎？昔结扉为生，今坐于高堂之上。域外的匈奴虎视眈眈，驾上肥嫩草儿供养起的战马驱身中原。奈何三次攻打，长达四十四年的厮杀，却给西汉巩固了那天下。

乱世多繁华？身为帝王，身未灭，却看魏蜀吴三分天下。只身似那风中飞絮，不知何时风急，便断了余生。草船借箭，空城独奏，起于草庐，七星未满，叹这便是天数。

看那十六国的烽烟四起，看那南北朝的沙尘漫天，天边的星还未移开多少的间距，地上的草已是枯荣了三百个轮回。或是北地的草场，或是南地的农场，它们在生产着自己的战士。每日，国界交战处，鲜血染红了杂草丛生的荒凉；每夜，杂草吸着未干的血液疯狂地滋长。交战的地方总是杂草丛生的，因为血液与疯狂是它的养料，特别是在月下，它在生长枯萎的同时也悄然播下了种子。

离离原上草，一岁一枯荣。风带着草籽种入了大唐的土壤，它们就在那生根发芽，围绕着整个盛唐。天街小雨润如酥，草色遥看近却无。乱花渐欲迷人眼，浅草才能没马蹄。雨和草贯穿了大唐也贯穿了优哉游哉的日子。待到那国破山河在，城春草木深之时，物是人非，悠哉不再，逍遥不再，一切被命运踢回了乱世之中，乱世之中的城外城内分外地荒芜，随处能见的好似只有那枯草断壁。

五代十国，又是烽火连天的岁月。多少恨，昨夜梦魂中。还似旧时游上苑。剪不断，理还乱，是离愁。春花秋月何时了？往事知多少。问君能有几多愁？恰似一江春水向东流。亡国了吗？其实我早知会亡，我曾登上高山之巅，远眺那最远的疆域，我能看到连片荒芜的草场、连篇荒芜的年华。雄图霸业的帝王，心里怎能住着平民，若是天要亡我，那我便只求有人早日一统这唐后的天下。

不知过了多久，等这代的草抽出了它们的纤枝，便看到中原之内，风烟已定，北方有辽，西南名为西夏。枝上柳絮吹又少，天涯何处无芳草。软草平落过雨新，轻沙走马路无尘。传承便在这柔弱如草、文人治国的朝代中继续了下去。

生于草莽，聚于梁山，战亦死，承受压迫亦死，死国可乎？北宋末年已是动乱的年代，群雄四起，战乱纷纷，内忧外患，国已非国，何以为家。只可只身，浪迹天涯，四海为家，宿草食花。

胡未灭，鬓先秋，泪空流。此生谁料，心在天山，身老沧州！死去元知万事空，但悲不见九州同。王师北定中原日，家祭无忘告乃翁。再读“香在衣裳妆在臂，水连芳草月连云。”也不知我大宋何时可以回到仁宗的盛世繁华。杂草已将墓碑淹没，带他一场盛世的梦。

草在滋长，当没有足够的养料之时，饥渴了的草籽便吸起了蒙古人的血，他们的统治瓦解得很彻底。没有什么挣扎，草开始在大明的天下生根发芽，好似本就应该如此，这从来就是汉人的家。水边春尚浅，沙际叶才穿。拾翠双双女，迢迢度碧烟。暖阳延伸出了嫩绿，草儿还是新的，遍地都在渲染着春日的归来，好似一切回到了唐朝，一切好像还是盛世。后来不知为何，草儿还在风中轻柔地摇摆，而身边总是多了些眼线，他们在观察着草运动的轨迹，而后上报给了帝王，有一日风大，草儿摆得有点出格，不日便被冠以有伤风化，被连根拔除。

恸哭六军俱缟素，冲冠一怒为红颜。扬州十日，嘉定三屠，在仅仅数十万的清军手下，四百万的军队却无法先解决外患，万物都还没有晃过神来，就仅剩三分之一的汉人。草儿青青血色新，万里长江东流水。待到江水退去红色，待到岸草又是一番新生，又有人踏青，又有人欢笑。

草说：“我不知道过去的事，因为不曾有草提起过。也没有草能知道，因为一岁一枯荣。”

2017级汉语言文学专业　王震

潘阳街 18 号

"请记住我，那是我存在的唯一方式。"

——《Remember Me》

林老板是个忙人，他家的店门，像是永远都敞开着。

林老板的店就开在市中心医院正对面，这是一排二层楼的混砖老房，属这教会的房产。原本房子闲置着，于是商讨后便把临街的一楼改造成店铺，间隔了 8 个档口，分别出租，这街上的第 18 号商铺就是林老板的店，以副食礼品为主，除了蔬菜和服装、烟酒茶，还有零食小吃、水果鲜花等日常用品。店面虽不大，但品类齐全，凡是患者、家属、职工需要的日常用品，他那儿都有。因为价格合理实惠，附近的居民也愿意到他这来，一来二去大家也就熟络了起来，林老板这号人物成了这潘阳街上不起眼又不可缺的人物。

林老板不高，一米七个子，四十出头，偏爱穿着件灰黑色的外套，踩着一双扁头的运动鞋，皮肤黑黑的，看着很壮实，脸圆圆的，五官不突出但看着舒服，是个一脸和气的武汉汉子。林老板爱笑，每次见他总呵呵地在笑，就算你只路过买一根糖，他也乐呵呵的。性子好，人缘也就好，附近的孩子总喜欢成着团来他家买零食，若哪天要约着出门找个碰面地点，第一想到的准是这。因为店门在医院对面，林老板的顾客少不了医院的医生护士和住院的患者，只要有预定，一定准时送达，多到成箱的日用，少到一根香蕉，价格好说，若是您忙，那就有空再算。有人也笑他这样做生意不亏吗，他也打趣回道，"我不就在门口嘛，你要有需要，出门直走就到，小林我可随时等着您。"

林老板已经结婚了，妻子长很漂亮，人也温柔，给林老板生了个孩子，孩子人聪明也懂事，学校的荣誉榜上总有他的名。他很自豪，每次街坊邻里谈到孩子，林老板可不会吝啬夸奖，那番洋洋得意的模样总令人忍不住发笑。要数这街上哪家人教育孩子，结尾总要来一句："你要向人家林老板家孩子学习呀。"

林老板卖花，更爱花。家里的窗台种了十来盆花，开的最好的要数那盆栀子花。等花季来时，窗台的花全开了，漫着沁人的花香。楼下的路人遇见这般景象无一不赞叹，也有人感叹一个汉子竟将花养得这般好。

林老板很忙，但也是要放假的。

武汉的樱花节多在三月中旬，花期大约半个月。樱花盛开的季节里，天气晴好，花瓣纷飞，春天的味道弥散在武汉的各个角落，引得人们纷纷出行，去赏这一场关于春天的樱花之约。

林老板这几天会着重关注新闻，为的是寻找出最适合赏花的日期。出门前一夜林老板就会往店门口挂出牌子，以示人们明日暂停营业，再去给相机充满电备起来。第二天一大早，妻子便会做好便当，给孩子穿戴整齐，一家人便早早出门去。这是一年里一家人为数不多的出游，这一天，林老板会给头发梳梳头型，整理精神，和家人们在外游玩一天，直到月亮微微透出来才罢休。这天也不做饭，仨人都玩累了，街口第一家就是五嫂开的热干面。三个人，三碗面，真是好不快活。

直到后来，突然有一天，这座城病了，城里有很多人都病了。

林老板家的电视里成天播着关于武汉新型冠状病毒感染疫情的社会新闻，周边的小店大多都关了门，街口的五嫂热干面也关了，已经很久没有孩子来买糖了。对面的医院里日夜灯火通明，好像每天都有人被抬进去，却久久不见出来。门口停着比以往多了许多的大大小小的车，这条街，好像更热闹了，也更冷清了，林老板也说不上来。

整个城的生活好像都变了，又好像没变。好像有一种莫名的恐慌笼在城市上空，让人们有点透不过气，闷闷的，堵得慌。

林老板的小店依旧开着，他还是很忙，每天东奔西跑，进货送货。今天又给医院送了一批货，很多医生都认识他，让他千万注意身体。林老板总笑笑，回道“我身体结实，没事的。你们医生才是千万要保重啊，我先走了啊，回见。”转身压了压口罩上的鼻夹便走了。林老板走后过了一会，有一个医生突然惊呼了一声，原是他发现了被林老板压在箱子底下的几包 N95 口罩，裹着好几个袋子，厚厚的、紧紧的，像是生怕被谁偷了去。他们比谁都知道，在这个特殊时刻，这几包 N95 口罩意味着什么，看着这被林老板送来的口罩，心里像是被什么刺扎了一下，随后涌上了一股暖流。

这是这间办公室里的人，最后一次见到林老板。

他后来又回来了，回到了这家他小店对面的医院里，这次不是送货，而是他生病了，他也没有逃过电视新闻里成天播报的新型冠状病毒感染疫情。林老板躺在医院里，和众多病人一样，穿着白色的病号服，平日的精气神像被吸走大半。

几天后，林老板走了，他终是没再出来。

那条潘阳街 18 号的窗台上，那盆栀子花刚生出了花蕾，而还有一个月，武汉的樱花也要开了……

（由真实事件改编）

2017 级汉语言文学　黄小槟

读书之益

富有价值的东西千千万，可以是物质上的钱财、珠宝、名利，也可以是精神上的升华，而升华精神的最有效养料不外乎读书。现当代的生活消遣方式，借阅书籍是最容易获得的，书籍也是最容易收获知识的存在。话不在老，书不在久。读万卷书，行万里路从不只是说说而已，好的书籍可以让人如沐春风，醍醐灌顶，可以跨越时代的鸿沟，与博学者相视而谈。读书收获的不仅是知识，更是一种智慧。当然如果读书只停留在浅阅读，那书中的“颜如玉”就无法被发觉，仅仅是靠近信息与知识，而对一本书进行全身心的投入，去进行深入阅读，才可能让我们更加靠近智慧，与作者比邻而膝。知识都是不加自己思索和感悟的内容，不一定能给你帮助，只有运用知识，转化为自己的养料，升华自己的精神境界，方获得大智慧。

作为一名学生，接触的最多的便是书籍。从懂事开始，我们就在浸泡在书籍的蜜罐中，汲取营养。前段时间看了一段白岩松老师的一个演讲视频——人为什么要读书。这个视频就好像一条路，而视频里面侃侃而谈的老师更是像一位知己，他打开了我关于读书的另一个认知。视频很简短，但给人的收获却源源不断，那是一种知识的馈赠。在演讲的开始，白岩松老师就讲述了自己的一些境遇，他们那个时代哪里像现在那么容易学习，但他对知识的渴望使他不断努力，从大专到大学，从大学到研究生，再到博士，最后成为一个为国家尽心尽力的新闻发言人。可以说他的努力是有成效了，也可以说他成功了。这是一个热爱读书并能成就自己的故事，几十年不间断的读书生涯，改变了一个人的命运。读书不仅能改变一个人的命运，甚至改变一个国家的命运。

白岩松说，一个人的书架就是一个人的人生目录。他的人生目录也是我们的一直致力模仿的范本，童年时是新华字典，少年时是《朦胧诗选》，成年时是曾国藩长篇历史小说，读懂了人性的复杂，人到中年就偏向于看学生们读的书，年近花甲更是到了知天命之年，偏爱阅读《红楼梦》，白岩松老师的人生目录，全都以读书为核心，离开了书籍，生命就得不到完整，书籍的页码也会出现残缺。扪心自问，人生一世怎么样才算不白走一遭，也许千人读《哈姆雷特》会有千种感觉，但过程一致，只有研读了这本书，才能对这本书发表自己有意义的看法，读书就是一种过程，是对生存价值的评价的最高标准。为什么读书？为了让生命得到充实，为了不在浑浑噩噩走完一遭后反问我为什么会出现在这个世界上？存在的意义是什么？人生而为苦，从婴儿初生，就用哭声来抗议这样的存在，而活的辛辛苦苦的一生，为什么不过得充实一点，百年之际归于黄土，有的是多少时间沉寂，千年，万年乃至世界尽头，千亿分之一的占比怎能不珍惜。读书对于很多人来说是轻易获得的，利于充实自己又不用千辛万苦去争取，何乐不为！

何为生命得到充实？那就是不觉得迷茫，有自己的信念，不为野心束缚，不为利益蒙眼。心亮眼清，以平常作为生活的方式，以执念作为读书的手段。读书能够使我们学到很多知识，且不说这些知识对我们有没有什么实际性的作用，但是至少我们不会成为文盲，时代在变，社会在变，你不读书将会被时代抛弃、被社会抛弃，这是很可悲的，我们只有不断地跟随时代的脚步不断地学习、不断地进步，我们才不会与时代脱轨，才能继续在这个社会上生存，你有什么理由不读书，不继续前行。读书的目的不是为了把它记下来，而是成为书中的践行者，留在你眼睛和记忆里的就在你的生命当中。阅读不只是为了获取知识，而更是一种智慧，别把知识当智慧，而是让知识累积成智慧，让知识成为一种能力，多读书才会慢慢建立理性，才能成就自己，是自己能够立足与这个世上，面对什么事情都能冷静，理性的对待，这对一个人，一个社会乃至一个国家都很重要，因为只有做到理性，我们才会认真分析，才不会冲动，这样犯的错会变得很少，这些都是得益于读书，读书不仅能看到现实世界，还能看到理想的世界，读书能给人很多力量，在现实生活中，你得不到满足的，书中都能满足你，在你失落失望的时候，阅读能够给你带来安慰，就像一缕清泉，净化你的心灵。读书与不读书，你的世界差别会很大。有人说，读书可以让人进入另一个世界，实现一种虚拟的跨界，纵使技术的潮流下，读书和不读书的境界还是天与地一样的。读书，遇见更好的自己。人在观书，其实不如说在观看自己，让自己看见自己、改进自己。读书可以转化成工作的能力，让人获得赖以生存的技能；读书可以获得沟通的技巧，提升沟通能力；读书是一种乐，就像旅行是一种瘾，这两种东西总能治愈你心里某处若隐若现的小伤口。有人说，读书能够让你长时间忍耐寂寞一样，读书更多的也是一种乐趣。读书的意义是使人较虚心、较通达、不固陋、不偏执。读书者，需虚心听、通达理、不固陋陈旧、不偏执观点。读书可以提高人的自身修养和气质；读书可以给人以启发，找到解决问题的办法；读书可以磨炼一个人性格，使人成熟稳重；给自己的下一代树立一个良好的榜样。读书还有一个最现实的意义，就是每次看完那些有趣的情节，里面的人物就会浮现在我的脑海里，对于我喜爱的人物他们说的话，他们的形象、性格，我都了然于心。久而久之，我就能很自然地模仿经典书籍中那些大作家的口吻来临摹人物。另外书中还有很多优美的语段和事例，如果我们积累够多，写作时可以信手拈来、一气呵成。

这也就是人们常说的：“读书破万卷，下笔如有神。”

读书是会有回报的，它也许不会一下子让你改变很大，但日子久了，你自然会知道多读书的好处。有的人也许会奇怪以前读书那么多内容都忘记了，再读又有什么用？但我却相信，读过的书就如同你儿时吃过的饭，你可以从中慢慢汲取养分，从而长高长大。它是一种精神食粮，“腹有诗书气自华”就是这么来的。

“书藉是人类进步的阶梯”这话说得一点都没错，多读书，读好书，每一天都会进步。

走进读书的世界，你会发现，你所经历的一切，换成时代的背景，你都会在书中找到答案，爱上读书，你就不会害怕独处，全世界都背过身去，而书依然平等地对待你，一定要在书中看到自己，并看到更好的自己，让知识变成智慧。

白岩松老师在演讲的最后送给我们道德经里的一行字，“知常容，容乃公，公乃全，全乃天，天乃道，道乃久，没身不殆”。什么是“常”，“常”是世界万物，周而复始，知常容，因为见得多，就不会觉得不能接受，所以会理解会宽容，因为宽容，所以会公正地对待每个人，不会冷落任何人，所以做什么事都变得周全，复归于生命就叫自然，认识了自然规律就叫作聪明，不认识自然规律的轻妄举止，往往会出乱子和灾凶。认识自然规律的人是无所不包的，无所不包就会坦然公正，公正就能周全，周全才能符合自然的“道”，符合自然的道才能长久，终生不会遭到危险。读书让人达到一种境界，会变得不一样，和不读书的人还是有差别的，就好像我看到的白岩松老师一样，感觉他的知识无穷无尽，无所不知，很有文采，这正是他不断读书学习的原因，与他邂逅的书籍数不尽，因为他热爱读书，所以他才会获得更多，一个想要不被时代抛弃的人注定是要活到老、学到老的。

读书带来知识，知识带来财富。财富可以为精神财富，也可以为物质财富，不管本身读书所为何求，但不可改变当今时代读书是更多数人改变命运的途径。白岩松先生是这样的，我们大多数人也是这样的。

2017 级汉语言文学　陈仁凰

难说再见——MAMBA

“我见过每天凌晨四点的洛杉矶。”

“如果你害怕失败，那你很有可能就会失败。”

——科比·布莱恩特

当一名许多人心中的篮球英雄逝世，所有人都会为之唏嘘。2020年1月26日，科比在加州卡拉巴萨斯因直升机事故遇难，年仅41岁。世界球迷都无法置信，无法相信这个如此偏执又努力的人怎么会因为意外而去世，还带着最爱的二女儿GiGi。对于很多球迷来说，科比就是青春，青春就是科比，一个传奇，我们幻想他离开人间应该是什么样子？可能是八十多岁垂垂老矣，媒体不断爆出乔丹等人去科比家中看望，日薄西山，最后寿终正寝。那时GiGi可能也和某位热爱篮球的男生有了好的结果，二人培养出了自己的接班人，然后我们感慨一个伟大篮球传奇的离开。而这一切都被打乱了，这个男人强硬到甚至不给我们机会看他垂垂老矣的样子…生命的离去就是这样悄无声息，奈何他多伟大。

在遥远的大洋彼岸，科比悄然离我们而去。从18岁以高中生的身份进入联盟之后，他便开始书写了一幅只属于科比·布莱恩特自己的画卷。每一位初入联盟的少年都梦想着成为第二个迈克尔·乔丹，乔丹就是那个站在世界篮球之巅的男人，很多人穷极一生也终无法触及，而科比不想成为下一个乔丹，只要成为第一个科比。要论起丰功伟业，恐怕很少有人能与科比媲美。他在宾夕法尼亚州的劳尔梅里恩高中进修，四年时间，总共得到2883分，这是宾夕法尼亚州东南赛区的高中篮球最高得分纪录，打破了名人堂球员威尔特·张伯伦的记录，并拒绝篮球名校杜克大学抛出的橄榄枝。进入NBA后，从一开始的替补球员到那时史上最年轻的NBA球员再到史上最年轻的NBA首发球员更到最佳新秀第二阵容到最年轻的扣篮王，都是他永不服输最好的证明。科比的职业生涯随湖人队5次夺得NBA总冠军、荣膺1次常规赛MVP、2次总决赛MVP、4次NBA全明星赛MVP，共18次入选NBA全明星阵容，15次入选NBA最佳阵容，12次入选NBA最佳防守阵容。对于NBA来说，他就是一个时代的标杆。在球员生涯中，科比基本上把能拿的荣誉都拿了一遍，而退役之后的科比丝毫没有逊色，甚至拿到奥斯卡的奖杯，他人生的第二站才刚刚开始，他是一个大探险家，想尝试涉足各个领域来证明自己，可这一切，都已经来不及了。

其实相对于科比，我更心痛的是他的二女儿 GiGi。科比与瓦妮莎育有四女，17 岁的大女儿纳塔利亚，13 岁的二女儿吉安娜（小名 GiGi），4 岁的三女儿比安卡，以及不到一岁的小女儿卡普里。很多球迷都希望科比能有一个儿子继承他的大统，而 GiGi 却说，就算爸爸没有儿子她也可以传承爸爸的篮球事业。13 岁的 GiGi 在篮球方面有极高的天赋，在科比的追悼会上，瓦妮莎也讲述了 GiGi 的事迹：GiGi 擅长体操、足球、垒球、舞蹈、篮球、跳舞等等；会给其他球队比赛的时候一些场外小建议，例如三角战术；会因为 NBA 和 WNBA 之间的薪酬差距过大而写文章；会读、写中文，科比曾说过 GiGi 学了三年中文只为来中国时可以成为他的专属翻译；GiGi 同时也是校学生会主席兼学校话剧的导演助理。如果没有意外，GiGi 长大后会成为 WNBA 的一员并作出贡献，可这一切都不能实现了。

科比不仅对 NBA 有卓越的贡献，也是许多人的偶像，也为很多人树立了榜样。库里有一次接受采访时说，他还是新秀的时候，对阵湖人，科比和队友说这个小伙子打得不错，后来库里看到视频的时候，信心大增，这是库里对科比最美好的回忆，也是因为有了科比的肯定，才会有今天如此自信的库里；塔图姆说："科比是我的最爱，从前在电视上看他打球，心想自己也要成为他那个样子，认识科比后和他一起训练简直就像是梦想成真，他和我说话给我示范，这些对我都有非凡的意义。"在欧文还是大学生的时候，曾经与科比立下约定单挑，科比和欧文之间惺惺相惜，就像钢铁侠和蜘蛛侠一样，在科比去世后，欧文进球第一反应是指了天上以致敬科比；乔丹是科比的前辈，但对乔丹来说，他们更像是朋友，一个老大哥一个小老弟；科比和詹姆斯是队友更是挚友，对他们来说，一生紫金，终生紫金。科比退役时曾说："Mamba out。"而詹姆斯却说："对我们来说，你永远也不会被遗忘。"库兹马说："科比一直是偶像，也是他的动力，曼巴精神会一直传承。"

科比的影响无法衡量，在他去世之后，每个人每座城都用不同的方式去留住他去纪念他。科比有一句很著名的话："你见过凌晨四点的洛杉矶吗?"在科比逝世之后，洛杉矶的街头都是科比的痕迹，紫金色的灯光点亮了洛杉矶的各大标志性建筑。从市政厅、格兰德公园、联合车站、洛杉矶市中心洲际酒店到洛杉矶国际机场、圣塔莫尼卡码头摩天轮……无一不表达着这座城市对科比的思念，街头板报、餐饮店、斯台普斯中心、湖人主场等等地方都张贴或播报了科比和 GiGi 的相片，又或是大量的粉丝聚集来一场小型追悼会。在第 92 届奥斯卡颁奖典礼上，悼念环节的开场是一张科比拿着他的奥斯卡金像奖的照片。对于很多人来说，科比是传奇，传奇是不会陨落的。科比的球衣是 24 号，GiGi 的球衣是

2号。所以在2月24日，瓦妮莎在斯台普斯中心举办了一场科比的追悼会，也让许多球迷和球星和科比做最后的告别。乔丹说："所有人都想把我们放在一起比较，但我只想谈谈科比，科比是我非常亲密的朋友，就像我的小兄弟一样，当科比去世了，我的一部分也随他去了。"

"What can I say? Mamba never out."

2017级汉语言文学　邢宵宵

逆行者

2020年注定是不平凡的一年，开年，祖国就迎来了一个巨大的挑战，那就是新冠病毒感染疫情。这次的新冠病毒感染疫情来势汹汹，让我们毫无准备，措手不及。然而在这种情况下，全国出现了无数的“逆行者”，他们在没有任何经验的情况下，站在了抗击新冠病毒感染疫情的最前线。

武汉是新冠病毒感染疫情最严重的地方。四面八方的“逆行者”们选择奔赴武汉，义无反顾地冲在武汉防疫的最前线，他们用自己的行动诠释了一切奉献为人类所服务。在新冠病毒感染疫情刚开始，全国人民都束手无策时，是他们用行动让我们安心，让我们知道还有他们在。他们不是别人，正是医务工作者、工作人员，是我们的守护神，是我们最美的“逆行者”。

在全国上下都在为新冠病毒感染疫情所害怕的时候，是84岁的钟南山挂帅上阵，在所有人都逃离武汉、远离武汉的时候，他坐上前往武汉的高铁，奔赴在抗击新冠病毒感染疫情的最前线。他以84岁的高龄去实地了解新冠病毒感染疫情，研究防控新冠病毒感染疫情的方案，解读最新的动态。还有无数的“逆行者”发出了不计报酬、无论生死的豪言壮语，毅然决然地奔赴抗击新冠病毒感染疫情最前线。

难道他们就不害怕吗？在新冠病毒感染疫情面前，每个人都是一样的，他们也害怕，也有很多的医护人员被感染，甚至死亡。可是他们在面对危险，面对困难时，白衣天使们并没有退缩，还是英勇地站在最前线，他们就是为了能够控制新冠病毒感染疫情，治愈患者，为的是用自己学到的知识去保障人民群众的健康，为的是使社会恢复以往的安宁。

“哪有什么岁月静好，只不过有人替你负重前行。”这句话是去年很火的一句话，当时的我们只觉得这句话很有意境，但是始终不了解这句话，直到新冠病毒感染疫情暴发我们才了解这句话真正的意思。在我们为待家里而感到无聊、烦闷的时候，医护工作者们却在前线为病人的生命与死神搏斗，为我们这个社会恢复而做努力。其实在平时生活中也有很多的“逆行者”，比如消防员叔叔，在我们阖家团圆，共同庆祝的日子里，他们却在担心火灾的发生。很多人都认为只要平时不玩火，火灾就离我们很远，然而火灾往往都是一些不注意的小事所导致的。

这些“逆行者”在死亡面前难道就不害怕吗？他们也害怕，他们在家里跟普通人一样，也是家里的宝贝，也是家中的支柱，但是他们知道如果他们不去，就更没有人会去。他们知道没有大家，何来的小家。他们愿意为这个社会去奉献，去做这个最美的“逆行者”。

在这个平凡的社会中，有许多不平凡的人物，他们为了这个平凡的世界做了很多努力，为了我们平凡、宁静的生活，为了他们的信仰和理念，为了他们的责任和担当，他们愿意负重前行，给我们一个岁月安好的社会。

2017级汉语言文学　吴红琳

《尘埃落定》读后感

《尘埃落定》是阿来于 1998 年出版的长篇小说。小说描写了川藏间的康巴地区藏民现代生活的变迁，讲述了发生在川藏地区麦其土司家族所发生的一系列的故事。小说中有着厚重的民族色彩，它给我们展现了土司制度、文化的兴衰、藏族原始神话、部族传说、民间故事谣颜、神法巫术，音乐舞蹈等等相关的文化。在这样浓厚的民族色彩下，作者给我们带来的不是美好，而是向我们展现了人性的脆弱、麻木、冷漠、残暴，四处弥漫着一股悲凉。

一个位高权重、声势显赫的藏族老麦其土司与一个汉族女人生下了一个傻瓜儿子。在他人眼里，这个傻子与现实生活格格不入，但是正是这个傻子却有着超时代的预感和举止。在他的建议下，麦其家族的领地与人口达到了空前的规模，并且他还开辟了康巴地区的第一个边贸集市。他受到了英雄般的待遇，但是家庭内部一场关于继承权的腥风血雨悄然拉开了帷幕。最后在解放军进剿国民党残部的炮声中，麦其家倒台了，纷争、仇杀消失了，一个旧的世界终于尘埃落定。

麦其土司家的二少爷总是与现实格格不入，常常会说出一些奇怪的言论，但是正是这样一个傻子却对事物有着超脱常人的远见和认知。他看到权利对于人心的腐蚀，看到了权利对人的诱惑有多大。“要不是我只是父亲酒后的儿子，这一刻，准会起弑父的念头。……在这一天，我懂得了做一个王者是件多么好的事情。也懂得了一个王者是多么地容易感到伤心。”“天哪，一瞬间，我居然就有了要篡夺权力的想法……你想，一个傻子怎么能做万人之上的土司，做人间的王者呢？天哪，一个傻子怎么也会有这样的想法？我只能说是女人叫我起了这样的不好的念头。”他对自己的身份有着一个精准的定位，知道自己不会成为土司，可是当他看到权利所能带来的附庸品，权利的欲望总是会在某些时刻钻进他的脑海中，这种想法使他震惊和害怕，因此他也看到了操控人心的恐怖性。

金钱与权利总是相伴而生。在傻子的建议下，麦其土司家选择了种植粮食，这给土司家带来了大丰收。但是在丰收之后他却建议免除百姓们一年的赋税，因为他知道如果麦其家变得更加强大了，到最后世界上便只会有一个土司，这个结果不管是南京还是拉萨都是不愿意看到的，其最终土司便会遭到这两方的镇压，土司制度会从此从世界上消失，“对一个土司来说，这已经够了。土司就是土司，土司又不能成为国王。”当周围的人在享受金钱所带来的喜悦时，只有他能够看清局势，一个冷静而又睿智的傻子。

为了衬托傻子，作者还塑造了翁波意西，作为智者的形象将两人放在一起进行对比。他与翁波意西看似乎像是一条线上的两个极端，一个是智者，一个是愚者，作者在愚者的视角中不断地穿插入智者的视角，可是这并不矛盾相斥，反而使得人物、矛盾更加突出与深刻。因此，麦其土司家的二少爷并不是传统意义上的傻子，他只是没有穿上符合土司制度的伦理衣服，其实他代表着智慧、代表着自由。

小说以麦其土司家的傻子二少爷作为一个中心点，向四周辐射出一系列的人物以及他们之间所发生的一些事。小说中饱含着太多的深意，这是一个有着浓厚民族色彩的土司制度，在这个制度瓦解的过程中，作者向我们展示了关于仁慈、关于宽恕、关于信仰、关于道义等等。尘埃落定，是一切辉煌的结束，“看不见的东西上到了天界，看得见的是尘埃，又从半空里跌落下来，罩住了那些累累的乱石。但尘埃毕竟是尘埃，最后还是重新落进了石头缝里，只剩寂静的阳光在废墟上闪烁了。”

2017 级汉语言文学　陈慧琳

兰　姨

零村是一个小岛上的村子，这里四面环海，人们以捕鱼为生。我是大年三十那天早上回到零村的，过年村里很是热闹，家家户户放鞭炮，准备祭祀用的祭品，这是一年中的传统，本来是打算过完年就回城里，但是由于这次新型冠状病毒感染疫情的暴发，不得不在家中待很长时间，百般无聊之下便去听长辈们聊天，从聊天中知道兰姨的一些事情，听说兰姨又结婚了，这是她的第三任丈夫，大家纷纷表示对她凄惨命运的同情，但是也拐着弯子讽刺说她克夫。兰姨，我相信她是一个有故事的女人。

在我的记忆里，兰姨是一个热心、爱笑，总是逢人就打招呼的女人，她长得很奇怪，满脸的痦子，国字脸，但唯独那双眼睛极美，眼神总是那样纯净，她是我们村二楞的媳妇儿，二楞是个残疾人，天生右腿比左腿短，走起来一瘸一拐，因为年纪大了都娶不到媳妇，他的老母亲着急找人到处做媒最后找到了兰姨，后来两人结婚，接连生下了三个女儿，一直生不到儿子，村里人重男轻女很严重，嘴上安慰兰姨女儿好，以后享福，背地里各种说话讽刺她是个没后代的废物，加上兰姨长相丑陋，经常被其他妇女谩骂，可兰姨性格温顺，自然是默默擦眼泪的，家里三个孩子要养活，兰姨家的生活自然过得紧巴巴的，二楞本来是捕鱼团队的小跟班，也就是随着大船出海捕鱼的小工，但是不幸的是一天刮台风，二楞被狂风吹下海给淹死了，兰姨就这样成了一个人带着三个孩子的寡妇，为了维持生计，她便不得不去海鲜店当小工，但是在收拾碗筷的时候因为脸上的痦子吓到过客人，被老板辞退。

初中那年，我放学回家的路上看见过一次兰姨，她的腿上包着纱布，走起路来一瘸一拐的，正在疑惑兰姨怎么了，她突然和我打声招呼且问我家需不需要干活的小工，我便说回去再询问母亲，她便匆忙离去，回到家我就和母亲、婶婶说起这件事，婶婶和母亲听到后表情都很嫌弃，好似兰姨是瘟神，他们不能去接近她，从她们的话语中得知兰姨前几日发生了车祸，那天下了很大的雨，兰姨去买菜路上被一辆三轮车撞到，整个人都倒在雨里，没人愿意去扶她，后来据说是她女儿知道后才过来把她扶回家，说到这里，似乎没有人带着同情怜悯的态度去看待兰姨被车撞这件事，而是用受害者论的观点去讽刺指责她的不幸。

自从二楞去世后，他的弟弟便霸占了老父亲准备给两兄弟的鱼塘，对兰姨一家不管不问，后来直接把鱼塘卖给其他老板，拿到的钱并没有分给兰姨家，而宁愿拿去赌博，最后输得精光。零村的其他户人家对待兰姨一家也不友好，大家背地里看不起她，更是嫌弃她没有儿子，无法传宗接代，人在最脆弱最可怜无助的时候，反而最容易被大家欺负，人性的弱点就是欺软怕硬、弱肉强食。

后来的一个周末我回了一次家，兰姨的“丑事”便成为零村饭后的谈资，大家纷纷在议论兰姨带回来的那个外地的男人，指责她不安分做一个母亲，还要再嫁，还有的人在说这个男人是兰姨之前的对象，可能二楞没死之前他们就有勾搭……我原以为这些言论会伤害到兰姨，却不曾想她似乎不在乎这件事，仿佛自己是一个身外之人，这是别人的故事。后来村里的人越传越多，再后来便不再说起，可能是这个“新闻”新鲜感已过去，但是兰姨家盖起了小平房，种起了果树。再次遇见兰姨，她看起来气色很红润。后来男人出海捕鱼的时候也遇上了台风，不幸遇难了，零村又开始热闹起来，开始杂七杂八地传兰姨是个十足的“克夫”女，没有人可怜这个女人坎坷的命运，总是有人觉得受害者本身有问题。

日子在一天天地过去，新闻说新冠病毒感染疫情还是没有结束，这是一场战役，零村依旧很热闹，大伙都在家，没有返工，都在家里闲聊起来，这会儿又听到兰姨的故事，听说她这次捐款一万块钱给武汉医院，可是这个消息并没有引起大家多热烈的讨论，而且另一个消息：兰姨又要结婚了。

小的时候，觉得零村很美，这里四面环海，环境优美，每次都觉得在外人心复杂，但是长大以后，每回一次回家，总觉得这里不再是美与善共存的那个地方，它少了儿时那份淳朴，我们总在嚷嚷着要改变封建的思想，但是却无意中伤害着别人，兰姨的前半生像极了《活着》中的富贵，总是没有得到命运的眷顾，可能没有什么比活着更重要，也没有什么比活着更难，但是这就是生命，就像兰姨一样，坎坷的命运也好，别人的偏见也好，但是依旧活出自己，不畏惧别人的“嘴”，生活是自己的，不要放弃，记得善良，一切都会变好。

2017级汉语言文学　林小丽

勇　气

一

这是一个名为“勇气”的故事。

二

那不过是个平平无奇的早晨，多云，太阳悄悄探出了半个头，风略大，树叶被吹得“哗哗”作响，太阳便也跟着树叶一起晃动，落叶被吹得舞向了远方。

我赶上了即将驶离的车，幸运的是车上还有几个座位，我挑了后面的座位。我喜欢坐在后面，可以看到更多的景色。我在靠窗的位置坐下，裙边随着我的动作褪上去露出了膝盖，后边上车的一位男性坐到了我的旁边，我下意识地把书包放到了胸前，然后一手撑着下巴欣赏着外面的风景。

三

人的身体随着车的转弯而歪斜，车载电视里声音甜美的导购员介绍着德国不粘锅，司机在方向盘旁边放了个音响，套马杆的汉子企图套住导购员的锅，玩游戏的小学生取得了“一杀”，刚上车的老奶奶还在问让座的年轻人在哪里工作，窗外的太阳在树叶间穿行，照得人脸上明明灭灭。

四

在车上摇摇晃晃二十多分钟，我有点打瞌睡。在这脑袋昏沉的时候，大腿上的痒意更使人烦躁，我抬起腿在书包上蹭了蹭。过了一会儿腿又痒起来了，我实在忍不住，伸手挠了挠，感觉指尖掠过什么，我没在意，抱着书包靠着窗户，沉浸在半梦半醒的迷幻世界里。

五

我突然惊醒了，我感觉到了不对劲，这次不是痒了，是有人在摸我，我真真切切地感受到了，那只粗糙的手，属于边上的那个男人的手，那只手好像流汗了，黏黏糊糊，我止不住发抖了，心脏都好像克制不住地开始剧烈收缩。

那只手越摸越上，我只觉得我好像失去了五感，我上半身的血液好像停止了流动，我的两条腿也好像变得僵硬，只有大腿的那一块肌肤，那一块被抚摸的肌肤，它的感觉是多么明显，明显到令我恶心。

但是我不敢做什么，我连回头瞪他一眼都不敢，我的眼眶在发酸，我只敢用书包保护自己。

我把书包向那只手的来处剐蹭，把腿往里收。那只手好像知道自己被发现了，缩了回去。

我心跳如雷，但我以为这一切已经结束了，我不认为有人敢在明知被发现的情况下继续做这样的事。但是那只手又伸过来了，我感觉到裙角被撩起来了。

六

我忍不住了，我回过了头，瞪着他，那只手的主人看到我回头了，愣了愣，我趁机用胳膊把他的手臂撞开，小声说了句："你干吗?!"

他看着我，从我的语气里听出了我的胆怯，他咧开了嘴角，咧成了令我不寒而栗的角度。他的手又重新放到了我的腿上，甚至往下按了按。

我想到了曾经在网络上看到的种种新闻，大多数的女性在遭受性骚扰的时候都不敢站出来，只敢在午夜梦回的时候抱着被子静静流泪，我不想成为这些沉默着忍受的一员，难道我的安全在受到侵犯的时候我自己都没有勇气捍卫吗？我狠狠地踹了他一脚，他被我踹的整个人往外晃了一下，站在他身边的人被他撞到了，奇怪地望着我们这里。他不好意思地笑了笑，站着的人摆了摆手。

他坐了回来，没敢再动，我胜利了。

七

不，我没有胜利，他只是消停了一会，这一次他的行为更过分，他用衣角掩盖他的行为，那只手却直接探到了我大腿的内侧。

我一掌过去拍开了他的手，立马站了起来，拿书包去砸他的头，书包里有一本刚买的牛津大词典，够他受的。

后座玩手机的中年男子被这样的动静惊得抬起了头，站在边上的乘客也一脸吃惊地望着我们。

我冲着他大喊："你要不要点脸啊？当我是女生好欺负吗?!"

车上所有的目光一瞬间都集中到了我身上，司机从后视镜里观察我，重新找到座位的年轻人转头看着我，和年轻人交谈的老奶奶也转头看向了我，导购员用甜美的嗓音向我推销商品，音响对导购员诉说着爱意，但它的目光也对着我。车里只能听到衣物摩擦的声音，小学生的手机里传来了"三杀"的音效，只有他好像不是由我主演的这场戏的观众。

车上有人开始窃窃私语。

他站起来，一把抓住了我的胳膊，他摆出了笑容，他说："不好意思，我女朋友跟我吵架。"我想甩开他的手，没能甩开："谁是你女朋友了！我不认识你，你放开我!"

后座的中年男子拿出了手机，周围人的视线在我们之间扫视，我知道人们现在看戏的心理更多，我必须摆出绝对的拒绝姿态。我使劲往他腿上踹，他为了躲开松手了，站着的人往后躲着，我往前一冲，又往他身上踹了一脚，他被我踹下了楼梯，我不解气地又往他身上踢，一边大声喊着："你真恶心!"

有人连忙跑过来把我们拉开，小学生拿着手机转向了舞台的中心，一只眼睛瞄着手机，一只眼睛看着戏。后座的手机举了起来。

那位老奶奶走上前拉着我的手问我："妹子，侬欧噶咯?"

我气愤地在地上剁了几下脚，那个男的也被人扶起来了，此时倒是一脸害怕地往后缩。我说："我跟他根本不是情侣，他……"我有点说不出口，但我知道我不能软弱，"他摸我腿!"我朝他瞪了瞪："我阻止了他好多次，他还摸，他不就是以为女的胆子小吗？女的怎么啦？女的就该被欺负吗?"

人们的议论声开始涌动，有女性站在他旁边，听见我说的话，也忍不住踩了他几下，她说："小姑娘，我支持你！别当咱们女性好欺负!"后座拿手机的摄像头对准了那个男的："大家看看啊，就是这个人，竟然在公交车上摸人家女孩子的大腿，看看哦，就是长这样的货色。”人们围着我们成了一个圈，挤不进来看不见的干脆站到了椅子上。

老奶奶也被我说的话气到，她紧紧抓住我的手，批评他：“你噶样?! 怪唔得人家要踢你……”有人的声音插进来了：“哇！竟然真的会有这种事哎!”老奶奶的话还在继续“你该死，干噶样不要脸滴事，你屋里一旮旯人……”有人附和着说：“是啊！是啊!”“……哦滴教你滴？介恁几岁干出介恁事？你不害臊我都替你害臊!”

乘客们对着那个男的指指点点，摇头撇嘴，开始有人劝老奶奶情绪别太激动，司机正好开到站了，他指着那个人让他滚出去，一些人把他推搡下去了，老奶奶拍拍我的手，告诉我别怕，踩他的那位女性走到我身边安慰我，让我注意保护好自己，再遇到这种事情也要勇敢地站出来，我向他们表达了谢意，坐了回去，有人趁机坐在了我边上，是个女孩，她对我笑了笑，后座的人把手机收起来了，拍拍我的肩，这么多人支持我，之前所遭受的那些委屈一瞬间全变成了一股股暖流……

2017级汉语言文学　李屼希

玫瑰从浪漫的舞会

诚邀您参与这秋意盎然的舞会，与我起舞于光影当中。

——题记

银杏铺满的街道，清扫的“沙沙”声，一片又一片的银杏坠入清洁工的铲子里，谁的“浪漫”被清理掉了，与这离别了叶子的大树一般悲伤吗？荷花关上了花瓣，消散在池塘里，谁的“夏天”离开了，与这失去了夏意的池塘一般落寞吗？花园里的花呢，谁还依然伫立着，摇曳着它婀娜的舞姿，整个花园弥漫了它的香味，你去过吗？看过它摇曳生姿的舞步吗？看过它在光影下笼罩的袈裟吗？看过它凋零又重生的故事吗？

花园里，紫茉莉、九里香、桂花纷纷低下了头，一束束红布满草地，一红一绿，好像看见了春天。玫瑰昂起它的身躯，与这萧瑟的秋风起舞，它不与这漫天的秋色争宠，灯光为之聚集，它只要在那，光都为它倾斜。我站在玫瑰里，雾气氤氲，看不见玫瑰，看不见光，耳边传来微弱的声音，似有似无，时强时弱，伸手往前探，荆棘丛生，刺得一手疼，想要探索着未知的声音，拼命地拨开着荆棘密布的丛林，手心传来温热的触感，一时分不清究竟是鲜血还是被蹂躏的花瓣。脚下的路变成了泥潭，举步维艰，声音越来越远，那一声声的呼喊越发令人着迷，顾不得脚下的泥巴，顾不上手上的疼痛，我奔跑起来，听到耳边快速擦过的风声，突然闻到了玫瑰独有的香气，光透过荆棘照亮我的视线，我看见站在泥潭中的我，看见了面前的荆棘把我束缚住，看见了手上细小的伤痕，也看见了站在光中的你。

你举着玻璃灯，伫立着，烟雾笼罩着，看不清你的情绪也看不见你的心，我想大声地呼喊你，如死水一般，空旷的时空里回荡着撕心裂肺的吼声，荆棘为之颤抖着。借着微弱的光，我回头看了看来时的路，再数了数距离你的步伐，回头望，只看见阴森的黑，像是张着血盆大口的怪兽想要吞噬掉我。往前看，距离你仅剩下九步，你被潭水包围着，四周的荆棘丛生，连一朵花瓣都无法凋零于此。我像是身披盔甲的王子，以手为剑，砍断了疯狂生长的荆棘，抵达了潭水边上，甚至忘却了这是淤泥，越陷越深，明明快要冲破这一层层的笼子，只剩下最后一步，淤泥它笑了，肆意且猖狂，笑我不自量力，将我吞入囊中，鼻息渐渐地消失，眼睛无法睁开，耳边的声音突然响起，可我没有力气去寻究竟那呢喃低语说的是什么，身体失重在这黑暗的世界中……

灯亮了，花园里举办着舞会，鸳鸯、天鹅、麻雀都被邀请来这一场盛大的舞会，玫瑰踏着秋音在花园里翩翩起舞，花瓣与风纠缠着，花香溢满整个花园，花园被五彩斑斓的光点亮，一时分不清是哪里来的光，只看见每一束玫瑰都在舞动着自己。我给你写了一封信，捎给了正在看戏的红嘴相思鸟，让它趟着这银河散落的繁繁星光，去打扰正在梦里的你，请允许我这次梦里的场景是玫瑰园，即使即将告别秋意，即使玫瑰并不赞同，即使要被花园吞噬，我也想与你一同短暂而热烈地相遇浪漫。

2018级汉语国际教育　陈盈盈

爱情树

爱情树生长在镜明湖边，由天使看管，它那万年树干上生长着通体红色树叶，长着红色的果实，全身流淌着血液般的树汁。在蓝色的幻境中它是那么耀眼，那么神圣。

传说，它掌管着世间的姻缘，每每有情人成眷属它便盛开一朵爱情花，情缘一断便落下一叶，爱情树结一果，世间就有一对爱而不得的恋人等待着救赎，爱情树上永远在开花，也永远在落叶，也永远在结果。

灵境中逃出了一只通体银色的灵狐，她美丽、热情、真诚，她奔跑在油菜地中；她穿过高山，踏过小溪，世间没人可以管她，她尝尽世间美味，看淡尽人间薄凉，却在茅屋前停留，只因那书生纯洁的眼眸，她想保留它不被世间所浊染，自此她便化为槿娘陪伴他身边，槿娘只是想多看看那纯洁的眼眸，却不想她中了那书生的毒，自此踏上那万年难路，槿娘与书生相识在木槿树下，木槿花纷纷落下，木槿花划过书生的肩头落在了槿娘的手掌心，只是一眼，书生便认定了她。

槿娘与书生在茅屋中过着柴米油盐酱醋茶的生活，两人举案齐眉。

槿娘去河边浣衣时，书生便陪同一起，河水潺潺流过，清澈得能看见光洁的脚丫，他们戏水打闹，捕鱼归家，一起拧干衣服……槿娘常唤："阿郎，吃饭了""阿郎，休息""阿郎，阿郎……"

爱情树开花，恋人欢喜，爱情树结果，等我救赎……

灵境众神，得知灵狐私逃人间，大怒，派灵神抓捕灵狐，灵神下人间找到灵狐，被他们的爱情而感动，给了他们告别的时间。"阿郎，我想出去走走，你陪我。""好，想去哪?"他们相携手到了那棵木槿树下，"阿郎，这一世有你相伴真好，这时间是我偷来的。阿郎，我本是一只灵狐，私逃下界，我只是想看看世间的模样，却不料爱上了你。"书生一脸不可思议，"槿娘你骗我的吧，别闹""阿郎，你听我说，现在灵神已经下凡抓我了，我必须要走了，可能永远回不来，阿郎，你忘了我吧，找个好姑娘，忘了我吧""阿郎，时间来不及了，我要走了。"灵狐被下了枷锁，一刻也逃不了。"槿娘，这一世我认定你了，我爱你，无论你是什么，我会救你，槿娘……"

书生不知怎么救槿娘，只是听说在那境明湖畔有棵爱情树，爱情树上结爱情果，对它许愿，爱人便回来。书生变卖所有家当，从此踏上寻树之路，春去夏来，秋走冬来，书生从未放弃。槿娘在灵境服刑，每日每夜地思念书生，始终期待能回到书生身边。

爱情树结下一果，等待着书生的到来，书生不远万里来到境明湖，却不见爱情树，殊不知爱情树就在他身旁，只是他看不见，书生动身跋涉千里，却找不见爱情树，他痛哭感命运对他和槿娘的不公，当他眼泪落下，浸入土中唤出了爱情树，爱情树现世，他们终得救赎，对爱情果许下愿望，天使告诉他，她在初识的地方等你，去找她吧，去吧……

仿佛看到一身素衣的姑娘，站在木槿树下青丝飘飘，花瓣纷飞而下，姗姗来迟的少年郎看着眼前的景色，深深沉醉，只见她回眸浅浅一笑，道："你来了！"顷刻间，花落，风也温柔了。

2019级汉语言文学　李雪梅

老　屋

从外一眼看去，只有门锁是新的，其余的物件透着年代感。拿着钥匙把锁开了，锈迹斑斑的门卡往左一拉，再往里一推，门上对联飘下金灿灿的金粉，门便开了。

要进老屋，便先低头。先人们生的不高，门又做了门槛，整个门一米六五左右的高度。我站在门槛上，头正好抵着门顶。每年过节，我们如同候鸟一样飞回来，家乡人信道，很多习俗需要在老屋完成。但自七八年前，父亲在村口处建了新房后，我来这里的次数便少之又少。老屋很简单，两室一厅，一进门便是大厅。老屋处处透着“老”字，脚下是红土地，进门走一步便是一张桌子，旁边是一张床，也可作沙发，对于我们是两用的。屋里的家具都是实木的耐用得很，从我记事以来，几张床和我年纪差不多大，一直以新的样子摆在我眼前。不过总是覆盖着几层灰尘。

老屋不大，两室一厅把它平分着，进门往左便是爸妈的房间，往右是奶奶的。进卧室的门槛很高，大概到膝盖，小孩子爬进去是极其困难的。怪不得我小时候不愿回来。卧室很简单，一张不长不短的沙发，一张桌子上放着一台笨重的老式电视，还有一张床就组合成了爸妈的房间。但是我经常睡的是奶奶的房间，那少了台电视和沙发，有两张床，物件的年代感更强。让我感兴趣的是，在桌子上的镜子。上面有着花纹，似乎是一对鸳鸯，镜子蒙尘，怎么擦也不干净，但是我喜欢得紧。看到它就仿佛身处另一个年代，家里有同样感觉的物件的还有搪瓷盆，那是洗脸用的，盆外好像也是鸳鸯，里面是红红的花纹。老屋有处漏雨，它也是兼了很多份工作的盆子。

前面说的是前门，还有后门呢！一共两个门都在客厅，同样要低头，两个门对称又相似，无论开哪个，一眼看去就是另一个门。老屋这么小，我常常疑惑，怎么住得下爷爷一家七口人呢？后门开了便是院子和厨房。用石块堆砌的围墙把老屋和厨房围着，石块里没有水泥固定，我总是觉得，这围墙人一踹便倒了，可偏偏没人试过。院里杂草丛生，野花野草随意开着，许久没人来，常常一片青绿色，一颗杨桃树长在围墙旁。记得那时奶奶还在，雨后空气弥漫着青草的味道，蜗牛迎着树干缓缓而上，我站在树下，看着厨房里奶奶忙活着晚饭，炊烟升起，夕阳西下，淡淡的阳光透着树叶洒在我的脸上，那是一片岁月静好的颜色。

厨房和老屋一样是用水泥和砖块堆砌起来的，是老屋的一部分。爸爸说是他的爷爷奶奶一砖一瓦建造的。厨房里面很简单，里面和外面都堆着木材，有木质的橱柜和桌子，没有灶台。生火煮饭是由三或四块大石头堆起来的简易灶台，一共有三个这样的灶台，上面有着瓦砖固定着锅的位置，几十年来不曾变过。我常常在这简易灶台前一待就是一个下午，坐着小板凳玩火，美其名曰帮忙看火。厨房上有片瓦片是透明的，奶奶的房间上也有。记得小时候我俩一起躺在床上，家里只点着微弱的煤油灯，月光便透过它洒下来，整个屋内昏暗一片，就只有这处，一束白光，我小时以为有仙女要下凡了，奶奶和我说这是天窗。

老屋摇摇欲坠，岁月在它脸上留下一道道刻痕，它早就伤痕累累，该退休了。海南常常台风，爸爸妈妈每次都担心它何时塌了。它是危房了，但是从小到大，每次踏入这，总是让人有一种归属感和安全感。小时候顽劣时，嫌它脏破，不想回来。长大后看见它内心却充满了不舍。老屋简朴而宁静，盛满了四代人的回忆，它无言独立，仿佛是位老人屹立在这，安详地等我们回来。无论多少去处，看到“家”一词，第一个浮现的便是它。

2019 级汉语言文学　吴清渝

虚度光阴，此恨无穷

女孩，请披上荆棘去奋斗吧！

女孩，你的一切优势会随时间的流逝逐渐消失。时间带给男孩的更多的是成长，而带给女孩的更多的是沧桑。请收起你一天的不断抱怨，请扑灭你嫁人而后安然一生的想法。你若精彩，蝴蝶自来。现实是残酷的，你要么努力地往上爬，要么就烂在社会的底层，没有偶像剧中的浪漫，也没有小说中的幸运。你已经过了看童话故事的年纪，你更应该与现实接轨。物竞天择，适者生存。生活不会因为你是女孩就同情你，没有人的成功是安逸后得到的，你要奋斗，为了你自己能过上更好的生活，为了你的父母能在以后买东西时不用为了价钱而纠结，为了你能在任何人面前都高昂着头。

女孩，请你收起失落，整理好自己，看看镜子里的你。虽不是倾国之貌，但也不丑得惊人，减减肥就能有个令人羡慕的身材，为什么不好好打扮下自己，再提高下自己的内涵。让自己足够优秀，永远别践踏你的高傲和本心。你是个女孩，不管怎样，都不要浪费你作为女孩持有的那一份优雅的特权。

女孩，别再哭诉为何生活待你如此不公，那些让你羡慕的人，或许在你看小说、刷微信、聊八卦的时候已学会了一项新技能；或许在你入梦时已冲一杯浓咖啡，继续奋斗，你总是看到别人的光环，却不知，光环背后的辛酸苦辣。女孩，请你远离那些无聊的消遣，也别让低质量的勤奋毁了你，你真正想要的，没有一件是轻易能得到的。所以，去奋斗吧，不知不觉中，你会发现，生活已给了所有你想要的。全力以赴，你会很酷。

女孩，请记住，你之所以要疯狂奔跑，就是为了追上那个曾经被寄予厚望的自己。时光能把一个女孩腐蚀得不修边幅，也能把一个女孩雕琢得容光焕发，与其安慰自己平凡可贵，不如拼尽全力活得漂亮。记住，你是个女孩，努力是你的象征，自信是你的资本，微笑是你的标志。

2019级汉语国际教育　许思玮

关于他的献身

重温《嫌疑人 X 的献身》，自然而然地想到了热映过的那场《少年的你》。《嫌疑人 X 的献身》中似有似无地提出日本社会中弱势妇女的问题，而《少年的你》更是聚焦校园欺凌这样尖锐的社会问题。本质上都是社会中的弱势群体的靖子与陈念，对前妻纠缠不断的富樫慎二，对晓蝶与陈念百般凌辱的魏莱，为靖子献身的石神，为陈念顶罪的小北，还有那同样面临道德难题在纠结着的汤川与郑警官。无意深究是否存在抄袭这样的问题，只写下关于小说的一些联想。

《少年的你》中陈念与小北之间朦朦胧胧的感情，我更想称之为是两个孤独的灵魂在惺惺相惜，守护彼此，努力并肩同行，一起面对这个对他们并不那么友好善良的世界。而《嫌疑人 X 的献身》读完，感叹一句我们没有保护好少年的你之余，更是多了一份沉重。

不得不说爱是一种很奇妙的东西。准备离开这个世界的石神，因为花冈靖子母女的来访重新拾起了生活，每每想到这，我就会觉得，也许靖子就像一道光，照亮了处在黑暗中孤苦无助的石神，让他的世界重新有了光彩。尽管或许靖子并不在意这份爱意，就算说不上几句话，也阻止不了他每天到那个小店里买食物；尽管知道靖子与工藤关系不一般，他也甘愿为她顶罪，哪怕耗上他的余生。

这样的付出却也让人看得着急，为靖子付出了所有，为了帮她掩饰不惜再杀人让自己从一个数学天才成为真的凶手，在他的眼里，那条生命如蝼蚁般渺小没有价值，这样伤害别人也丢失自己，只为了赌她以后一个安好的人生。可是这样的付出，靖子不知道。他愿意单方面付出，让她不知情以便安心地收下这样的爱。也许，他就是痴迷于沉浸于这样单方面付出的爱。你若安好，便是晴天。有你的存在，就够我一生赴汤蹈火，甚至于，你可以不必要知道我的存在。我的幸福，就是希望你能够幸福。可我总觉得，好的爱情，该是有回应的。有什么困难可以两个人共同面对，重要的是，我在证明我爱你，我也有你爱的回应。石神或许也想过这样的爱情，爱到深处，却是觉得什么都不需要了，我知道自己的心，对你的爱便足以撑起我的人生。到最后靖子的自首，都难以爱的名义解释原因。石神的单相思，最终却也只能是以悲剧结尾。

这样的爱令人动容，却也不得不承认，这份爱太沉重了。靖子与美里无论怎样都接受不下，汤川也不能看着她们母女在不知情的情况下接受这份爱并过上也许会更好的生活。一个每次见面极力掩饰自己内心热烈情意的眼神，一句“你看起来还是这么年轻”，一个在意自己头发稀疏的小动作，都说恋爱中的人就是会有很大变化的。也许常人眼中的石神，依旧是那个整日沉闷地与数学打交道的人，而表面风平浪静的石神，内心却是在波涛暗涌着。有着敏感观察力的汤川注意到了这位多年的老同学的变化，一步一步抽丝剥茧般猜想与验证。不难想象，汤川与郑警官都经过了内心的煎熬，不找出真相内心难安不说，自己也不愿看到被那样倾心守护的人就这样继续生活，找出真相让石神与小北的所有努力都变成徒劳，不但没有保护好自己在意的人，也让对方内心带着歉疚，让自己落个难看的下场。这样两难的抉择，给谁都难做。

看到很多人说，汤川不应该这样找出真相，靖子自首毁了石神所有的努力。我却认同另一方说，也许这样就是最好的结局了。毕竟，这样的爱太难让人接受。毕竟，这个社会，让他们都背负了太多。倘若，这个社会能再友好一些，没有那么多人遭受校园欺凌进而落得辍学或是走入歧途的结果，也没有那么多人要接受自己弱势群体的地位接受那些不公与不堪。陈念可以开开心心去上大学过上属于自己的精彩人生，她妈妈不用偷偷摸摸回家，可以两个人牵着手去逛街；靖子也可以带着女儿搬家到新的地方做好自己的小生意，过平凡幸福的日子。只是，看似那么简单的幸福，却那样难以获得。竭尽全力，却也只能无可奈何地接受这样的结局。

明确的是非一直存在，只是更为广阔的是一大片灰色地带。太多的是非善恶我们定义不了，怎样是好的爱情我们无从得知，关于人性我们知道的也是少之又少。在感慨与震撼之余，我们尝试理解，同时也更应用自己的力量，发出自己的声音，让这个社会减少那么多的不幸。在憧憬着美好爱情的我们，三观还尚在形成之中的我们，当对爱和人性有更为深刻的思考。

2019级汉语国际教育　练小莉

十　年

十点十分，我和平常一样，穿行在工业园区空无一人的道路上，这是我每天晚上放学的必经之路。

路上空无一人，十点多的气温很低，深吸一口气，由内而外感到冰凉。寒气让头脑十分清醒，我凝望着晚灯，内心的思绪渐渐清疏明朗。

脚下的路，宽广通畅。

头顶的灯，温和明亮。

夜空中的漫天星辰，似乎还和十年之前，一模一样。

十年之前，这里还不是这样，有很多事情，都还不是现在这样。

十年之前，我们刚来滨海。

那时候爸妈刚创业，很穷。一家三口的出行就挤在一辆电动三轮车上，爸爸在前面骑车，我就坐在妈妈边上。他们谈话，我打岔。我会站在三轮车上感受微风，爸爸会指着驶过的汽车教我认车标，我总会发誓长大了一定要买一辆汽车让我们不用再坐三轮车。三轮车摇摇晃晃，爸妈的笑声那时还爽朗，我靠着妈妈的肩膀，渐渐进入梦乡，睡得很踏实。新建桥下，那户人家，每天都充满希望。

那时候的爸爸还很温柔，家里还有时间养一条狗。那条跑得比三轮车还快的德牧仰起头来几乎碰着我的肩头，我会花一下午的时间去摸它的耳朵、它的脖子和它湿湿的鼻子，我会坐在它面前和它讲话和它对视，去享受它软和和的毛发。我会把它掀翻在地上去揉它几乎没毛的白花花的肚皮。我会每天偷偷把自己的一盒牛奶分给它半盒，我会趁妈妈做饭给它偷两块或生或熟的肉。我会偷偷解开它的链子带它去玩，爸爸会笑着说我不是遛狗而是被狗遛，而妈妈会摸着狗的头把它拴回门口。无论我做什么犯了什么错误，只有它永远对我温柔。

那时候爸爸和二叔还有时间去钓鱼，鱼上钩差点把他拽下河。我提着小桶把鱼拎回家，鱼儿露着小半截在桶外面甩来甩去。我吃力地提着桶穿过树林，漏下的水滴滴答答，落在金黄的落叶上。夕阳西下，漫天金黄，时光缓缓流淌，回家的路越走越短，童年的路渐行渐远。

那时候的工业园区还是一片农田，今天脚下的这块水泥地那时不知生长着玉米还是小麦。园区有多宽广，那片田野就有多宽广。爷爷奶奶还会带着我下田农忙，会到养蚕人家的桑树林给我摘桑葚，会给我砍田边又细又长的野甘蔗。

那时候我刚有了妹妹，我会闻着她身上的奶香味哄着她入睡，看着她咿咿呀呀学会说话，跌跌撞撞学会奔跑。看着她的老虎鞋变成了帆布鞋又变成了小皮鞋，又看着她的开裆裤变成了牛仔裤又变成了小裙子，看着她的个头越来越高，她的小脚丫越来越大。

那时候……

十年过去了，那条德牧在一个冬天走得安静又温和。

十年过去了，妹妹长大了，也渐渐有了脾气了。

十年过去了，病床上的爷爷再也不能带我下田了。

十年过去了，那片桑树林早已变成有着大烟囱的厂房了。

十年过去了，园区这条路变得更好走了却难熬了。

十年过去了，爸爸妈妈也分开了，我很少见到爸爸了。

十年过去了，这条路上如今只有我一个人孤独地穿行着。

好像只有漫天星辰停滞在夜空中，微笑着看着我们走走停停。

星空浩瀚，余途漫漫。

2020级汉语言文学　夏大鹏

竹　林

弘治四年，浙江余姚。

前方是一片漆黑的竹林，漫无边际的、密密麻麻的桎梏和局限。

他仍然在盯着那枝竹子，今天已经是他“格”竹子的第三天了。

父亲的叫骂呵斥、新婚妻子的抱怨、私塾老师的叹息、门外众人的嘲笑，还有仆人的窃窃私语……他依然平心静气的“格”着竹子，他耳畔回响着朱熹的格物致知，回响着存天理去人欲，回响着流传千古的至理名言。

他已经三天不吃不喝、不眠不休了。他冻到发抖，失去知觉，饿到麻木，渴到虚脱。

小雨淅淅沥沥，雨雾笼罩下的竹林渐渐朦胧，视线渐渐模糊，意识渐渐恍惚，一阵微风吹来，他终于倒在了竹林下。双眼渐渐合拢，雨珠从竹叶边缘滑落，坠向他贴在地上的脸庞，前方是一片竹林，一片漆黑。

弘治十四年，浙江杭州。

他遇到了禅师，当夜进山拜访。

谈论了一阵后，他很失望，面前坐着的禅师并没有众人议论的那般出奇与智慧。在谈论了几次通俗的佛经禅意后，双方渐渐沉默，最终，禅房陷入了令人尴尬的安静。窗外竹动，风声呼啸。

漫长的安静后，他睁开双眼：“有家吗？”

禅师有些意外，但还是答道：“有。”

“家里还有人在？”

“尚有母亲健在。”

他停顿了一下：“你可想她？”

这一次禅师没有回答，低下了头，禅房又一次陷入沉默。窗外，竹林被风吹打，声音传彻山谷。半晌，“怎能不想啊！”禅师叹息一声，流下了泪水，一脸惭愧。

他凝视着微微啜泣的禅师，站了起来，走向门口：“出家人也好，在家人也罢，都是人。想念自己的母亲，没什么好羞愧的。这是你的本心啊！”

禅师抬起头，望着门口他离去的背影，擦干眼泪，陷入了沉思。

第二天清晨，他坐在竹林边上看着日出。

禅师背着行囊走来，对着他行礼，向着山下走去。禅师的步伐非常欢快，甚至一蹦一跳的，毕竟，他是回家去看几年未见的母亲。

二十年后，贵州龙场。

义正词严上书，痛骂宦官奸臣，痛心国家安危。触怒刘瑾，杖责发配。躲避追杀，告别父亲，决定上任。

夕阳中，孤独的身影一步一步走向远方，认真且坚定。

“客行日日万峰头，山水南来亦胜游。

布谷鸟啼村雨暗，刺桐花暝石溪幽。

蛮烟喜过青杨瘴，乡思愁经芳杜洲。

身在夜郎家万里，五云天北是神州。”

然而，到了龙场两个月后，他还是禁不住地急躁与愤怒起来。环视周围破败的屋舍和荒芜的山野，他发出了一声沉闷的叹息，他已经三十七岁了，一事无成。

他花了大半辈子把世界看得明明白白、清清楚楚，但是始终没能走出这个局限。

他失去了荣华富贵，失去了远大前途，失去了幸福美好。他愧对李东阳的赞赏和栽培，愧对拯救百姓、立业治国的理想，他愧对父亲的担忧。

他能感觉到自己的痛苦、急躁、焦虑、愤怒，他深呼吸，抬头看看天空。

“我好像不适合这个时代。”他想。“时势造英雄，这个时代早已到了末路，这个时代已经变成了一个局限，我只是生不逢时，我的理想无法实现，我一直都把这些看得很明白透彻，我大半辈子的努力只是自我安慰吧。”他缓缓垂下了眼眸，不复刚刚的急躁，整个人突然矮了一截。

突然一声鸟鸣，他抬头寻着声音看去，是一片竹林。呼吸突然急促，他的内心满是不甘心，泪水不断上涌。

时势造英雄，英雄为什么不能造时势？我足够强大，我看见时代的局限，我为什么要遵循局限？我看见，接下来或许不一定是我遵守，我还可以，打破。

一声大笑破空而出，这一刻，便是永恒，载入史册。

他起身拍拍裤筒，缓缓走出竹林。

2020级汉语言文学　夏大鹏

另一个世界是她

每每听身边的人回忆孩童、学生时的往事，免不了感叹万分。通常也只有两种情况：喜的、悲的。食堂就餐、路上行走、宿舍闲聊，不管在哪儿听他们讲述那些已经过去的陈年旧事时，总是感到不自在的，或者说是抵触记忆的匣子被打开。我时常半夜自省，为何我会有这种“不念过往，不盼未来”的想法。像是现在人们所不赞同的“佛系”心态，却又不尽相同，毕竟对于生活我还是热爱的。多次幻想过，在天空晕染成金黄的傍晚，太阳藏起半个头，月牙悄无声息地出现在东方。我孤身一人走在具有年代感的街道上，面对匆匆回家的行人，温黄灯笼罩下的铺子，树枝上归巢的鸟儿。不时微风拂过，脸上清清凉凉，树叶沙沙作响，引得鸟儿不禁合唱几句。

为什么是孤身一人而不是成双相伴？俩人牵着手或挽着胳膊，互不言语，享受这片刻的景色，岂不是更好？不得不承认确实很美好，确实很羡慕。可是这种发生在我身边的陪伴总是短暂的。要么被相向的人海冲散，要么在十字路口背对离开。再到后来，已全然习惯，甚至觉得这是生活中的一部分。渐渐地，便向往初始的状态，孑然一身来这世上，便不想与他人产生千丝万缕的联系。

爱情这条道路走得并不通顺。道路崎岖，路面坑坑洼洼，时不时还跳出只野猪迫使后退。情窦初开的年纪，被一个男孩子表白。懵懂无知的情况下尝到了糖果的甜蜜。一颗糖果的甜蜜并不能在舌尖停留很久，一罐糖果又让人觉得腻。很快你就丢掉了那罐糖果，丢进了前任的垃圾桶里。树叶失去了生气，蔫倒下头。教室内，电风扇“嘎吱嘎吱”地转动叶片，墙角停留一只合起白色翅膀的蝴蝶，连成细线的蚂蚁搬着碎屑沿着瓷砖的边缘钻入墙壁的缝隙。我望向窗外，天空黑压压的，如末世一般，压抑得喘不上气。也是那段时间，我见过温暖的画面：落日在窗户留下一角，天空金黄，你在窗前微笑，外露虎牙，我转头望向你，四目相对，多美的一幅画啊，但目光的灼热让我心虚地别过眼神，望向窗外。突感双唇干燥，听不见周边嘈杂的声音，而只有不明原因加速的心跳声。

在之后的很长一段时间，世界变成灰色，分崩离析。我蜷缩角落，一边听着前辈们痛斥爱情的虚伪，不再相信我们这个群体能够获得自己想要的爱情，一边又极力渴望遇上那么一个能当大树的男人，为我遮风挡雨。挣扎地抉择，我选择的却还是那条老路，不为别的，就为贪恋。我贪恋冰凉的左手能被你温热的右手保护；我贪恋桥上你突如其来的吻；我贪恋身处暗夜时你就在身边……这些后面几年我也都曾拥有过，但好似一场梦，又好似醉酒后的幻想，醒后便不复存在，犹如泡影，而身为主角的你也并不是你。以至于后来，接受了别人的奶茶、巧克力，回馈他们酒精与手表，戴着面具扮演一个合格的对象。仅仅因为这条路不适合他们走一遭。

后来，我离开了生活了十几年的地方，孤身一人前往陌生的地方重新开始。告别过去，用崭新的自己迎接新的生活。这是我最初的想法。后来才发现这句心灵鸡汤对我是不适用的。我依旧没能控制住自己，短暂的半年潜伏期后，终在下半年暴发。八点的晚间，公交车人不多，坐在靠近窗户的位置，戴着耳机，望向结满水汽的窗子，我想到了你；花洒出了热水，滑过冰冷的肌肤，传递仅有温暖的那一刻，我想到了你；困意来袭，放下手机，裹被睡觉时，我想到了你。那时我总在幻想，你接受了我，并接我去你家拜年，把我介绍给你的家人；年后一起买机票返回工作地，飞机上我倚在你的肩上睡觉，你拿着平板阅读。多少次你闯入我的梦中，就有多少次梦醒后的失落。我一直坚信我俩关系就像是向日葵与太阳。从遇见你的那一刻，眼里便是光芒万丈的金乌，愿紧紧跟随其后。却也只能这样，遥不可及的距离，不可实现奔向对方的愿望。结果，我又回到了最初的位置。默默地表达对你的感情，尽管知道结局并不理想，却还是抱有一丝幻想。你似乎猜到了些什么，开始拎起铁锤一击一击地敲打那仅存一丝的希望。我与他人之间，你选择他人，我慰藉自己这是你善良的举动，而只有我这一个选项时，我重拾期待，你却选择放弃。我突然觉得你像是高贵的牡丹，而我只是近旁一株叫不上名字的野草，又或者我只是马戏团表演的小丑，取悦别人。那一晚，大雨中，冲刷了自己，也冲走自己，却带来了另一个自己。珍珠是自己愿意送出去的，就算每次被变卖，我还是可以吞入棱角尖锐的砂石重新打磨，只是壳硬了些。

《世上只有妈妈好》是我小的时候特别喜欢的一首歌。这不仅是母亲教我学会的第一首歌，也是因为母亲占据了我童年大半的生活，父亲总是缺失的。我知道，父亲是为了养活这个家而不得已去往异地寻生计，我敬佩父亲，却也害怕父亲。虽然时常想念父亲，却如万水千山阻隔般，渐渐生疏。那时候，若在母亲与父亲之间做选择的话，我会选择母亲。不想上学时被母亲拿着竹条追着抽，过年玩野火烧了别人家的草堆时被母亲拿着竹条追着抽，雨后玩泥巴脏了衣服时被母亲拿着竹条追着抽……被竹条抽打的皮肤青了、紫了，很疼，母亲会掀起我的衣服，脱下我的裤子，对着伤口上药轻声吹气。父亲出现的身影不是农忙就是临近过年，大包小包的，其中藏匿着我期待的零食和玩具。但只有叫声“爸爸”才能获得，而我每次总是憋了很久才轻声吐出“爸爸”这两个字。

从母亲踏上汽车离开的那一刻开始，我的生活从阳变阴，陪伴身边的变成了父亲。我常常询问父亲，母亲去哪了？他总是摇摇头，不回答，沉默许久后出去了，点了烟，待烟味散去后才进屋，摸着我的头告诉我母亲很快就会回来的。这是个谎言，成为后来我与父亲发生口角的导火索。父亲粗糙的发黑的长着厚茧的手打在了我的脸上，火辣辣的疼，我哭着跑出屋，躲进了一个草堆。天很黑，没有星星，月亮也被藏起来了，四周静悄悄的，只有虫鸣和时不时地犬吠声。我害怕地蜷缩草堆里，埋下头，不敢出声。但没多久，父亲便打着手电寻来了，他知道，这草堆是除了家我唯一能待的地方了。他领着我回去，路上并没有说话，我只听见一小声的抽咽。到家后，父亲并没有为我上药吹气，独自回了房里，熄了灯。他或许是憋不住了，就像这倒地的桶，热水全洒了出。

对母亲的印象一点一点模糊，在记忆中一直停留在年轻貌美的时候，而父亲的皱纹渐渐多了起来，沟壑深了起来，白发如杂草肆意生长，年轻干重活落下的伤使得身体瘦弱变小。我也早已长大，剪去了养了二十多年的长发，打扮干练，做事沉稳。我将父亲从老家接到城中，并请了保姆在我工作的时候照顾父亲。通过手机监控看着父亲，独自一人坐在阳台晒着太阳，我不知道他想着什么，可能是母亲，记不起模样的母亲；可能是回忆年轻的英雄往事，如胶卷般从头放映。看着父亲的背影，像残烛般随时都有熄灭的可能，我该做些什么，下班后陪伴父亲是不够的，我想带他出去走走，去那些他奔波留下足迹的地方，去母亲或许生活过的地方，但他的身体已经不允许了。

日出千载，日落千载，相伴相生，久久不息。太阳依旧照常升起，寒气却迟迟不散。早晨的公园还能见着一层薄雾，若有若无。木质的拐杖有些冰凉，只不过握久了也有些暖和了，身边跟着一条长毛的老狗，有气无力地摇着笨重的尾巴。没走多久便喘气不止，不得找了附近的长椅坐下休息。旁边坐着的是老年公寓的伙伴，只不过是一对老夫妻，他俩是因为唯一的孩子在车祸中去世，无依无靠，老了便住进了公寓里。拐杖靠着木椅，老狗趴在椅脚喘着粗气，我打开保温杯，吹了吹喝了一口。他俩休息足了便相互搀扶着起身，挥手道别继续前进，我笑着点头示意。许久许久，雾气散了去，一小束阳光透过林荫照进木椅，我所坐的椅子上，洁白洁白的。我戴着红色的帽子，盖住了花白的稀疏的头发，低着头，闭着眼。身旁的老狗也是趴在那一动不动的，只不过身子离我更近些了。

后面的事我想不起来了，只记得耳边传来救护车的声音……

2020 级汉语言文学　闵开涛

镜　子

亲情，它是一块润土，绿草鲜嫩连成一片，不知名的花朵一簇一簇点缀单调的绿色。一阵微风拂过，水面泛起微微涟漪，树叶轻轻摇曳。树下，男孩张开双臂，用稚嫩的脸庞感受风的气息。天空湛蓝，白云少许，不时鸟鸣几声，像是夸赞那一抹抹暖阳的温柔。

几年后的某天，面对镜子，透过眼睛，再次窥探这块土地的时候，发现所熟悉的景象都已消失踪迹，一切都散发着陌生的气息。天空干净得可怕，亮眼的蓝色不掺杂一点白色。刺眼的阳光，灼热的土地，就连空气也无时无刻地在贪婪地吸食皮肤的水分。以为是记忆出了问题，但眼前那干涸的地面开裂的河床以及那棵枯死的树否定了我的怀疑，这就是原本的那块土地啊，那块我记忆里的土地。

掀起树下的那块石头，惊奇地发现石头底下还隐藏一小块鲜绿的苔藓。双眼紧盯那抹绿色，陷入了沉思。太阳好似未曾走动过，也不知蹲在那注视了多久。突然双眼模糊，泪珠打湿苔藓，随后浸入土壤。

那一年，这块土地首次遭受灾害。和风细雨悄然离去，只留下手足无措的太阳。他只能咬牙承担起重任，企图弥补缺漏，可是结果却事与愿违。后来，那棵树因年老虫害，绿叶愈发减少。最后一片叶落时，却没人目睹。

放倒镜子，思绪被拉回现实，记忆的碎片接踵而至。亲戚围聚在一起，安慰似的口吻反复逼问她什么时候会回来，我沉默不语，婶婶总是替我解围，说："你在这呢，快去厨房帮忙。"寒暑假还未开始，姐姐打来电话，说："房间已经收拾好了，一放假就过来啊。"新冠病毒感染疫情期间，却要只身一人赴外地求学。临行前，哥哥送来厚厚一叠的口罩，没有老生常谈，只是希望我忘掉过去重新开始。

欣慰的是，现在这块土地正慢慢地恢复。太阳不像以往灼热，温和许多，刺眼的程度也有所缓和。浅浅的绿色湖泊重新出现，日出东升时，叶片上的露珠剔透晶亮，闪闪发光，折射生的光芒。我意识到，这条道路不是只有我一个人，朋友亲人一直都伴我左右。重拾行囊，前往未知的远方去寻找能够代替风雨的方法。

2020级汉语言文学　闵开涛

故乡的秋

我的家乡在福建省西北部一个偏远的小山丘。虽然它比不上大城市的繁华、熙攘，却也是陪我成长，让在外求学的我最牵挂的地方。故乡的四季有不同的颜色，春天的绿、夏天的红、秋天的黄、冬天的白。而我最喜欢的是秋天。

故乡的秋天，是塞满各色水果的。门口梨树上果，山上的油奈、柿子、李子、桃子……，每一次爸爸妈妈晚上回来，背篓里都装满了水果。晚饭过后，背篓里有什么，什么就是我们的饭后水果，用来消食的零嘴。

板栗也可以算是饭后闲时零嘴的一员，但它在我们家是主要的经济作物，给我们的记忆又是不同的。板栗的成长过程较为烦琐，并不像梨直接等待成熟。板栗在夏天开花后逐渐长出板栗球，要特别注意板栗球不能太多，太多的话树枝会因为支撑不住而受伤，所以在板栗球生长前期还没有长小刺时就该把多余的部分摘掉。秋天板栗球长出小刺，最后在成熟的那一刻掉下树。游历中国的马可·波罗曾在建瓯见过板栗，称它为地上黄金。板栗最后收成的步骤是最让人开心的也是最累的。板栗价格好，一方面因为美味鲜香，另一方面因为人工贵。掉到地下的板栗我们需要弯腰用夹子一个个夹起它，碰上不裂壳的我们还得戴上手套，用夹子一起掰开。一棵树上的板栗成熟期长达一个月，在最忙的时候爸爸妈妈会带上中午饭到山上吃。周六周日我和弟弟妹妹不忙的时候，也会一起去。那时候的饭菜是最香甜的。傍晚回家坐上爸爸开的三轮车，一路"哐哐当当"地回家。回家后一天的工作还没完，我们得把麻袋里装的板栗倒出挑选白果和坏果。那时白果便是我和弟弟妹妹争相抢夺的对象了。

故乡的秋，除了春种秋收的美味水果，还有让我怀念的微凉刺骨的早晨。微凉刺骨的记忆是在高中。我的高中是在市里读的，有统一的校服，和全国一样夏天配短袖，秋天配外套，冬天有棉袄。在我身上，秋天我更爱穿短袖。早上微冷的空气吹拂在手臂上，铺面的冷气，鼻腔里湿冷的空气，都刺激着尚未清醒睡意蒙眬的大脑。我很喜欢这种清晰刺激对感觉，这种感觉提醒着我新一天的开始，也是我在高中那样课业繁重压力大时期，秋天独特的仪式感。学校的一个小道旁种了一种很奇特的树，在秋天开花，紫红色很大很大的花，花谢了后才长叶子，我很喜欢它。每每课余有时间我都会去看看它。在一个午饭过后，我照例从小道穿过，那是高三一如往常的中午，那天是阴天，空气中弥漫着水汽，冷冷的空气刺激着鼻腔，鼻尖红红的。在一朵正尽情开放的花儿下，我看见了一个少年，他也看见了我，我们互相望着傻傻地笑。明年秋天再来看一次花开，我记着呢。

每个人的故乡都是他灵魂里的家，承载着儿时的嬉戏打闹，青春的美好遗憾和伤痛。或许它很小很小，是你曾经最想逃离的地方，当真正离乡了才发现，它的确是我们记忆里最割舍不了的地方。不论在哪，他都是我们安身立命的根。

2018 级汉语言文学　熊莹

“你”

雨一直下，我无法清醒，在那浑浊的梦里，这个虚假的梦，在不断地折磨我，微微睁眼，发现一片黑暗。撑起身子，回忆着梦中那个影子，那个影子在干吗？我的身影悄悄靠近，只见一些咒文。那是以你为名的世界，充满夜色的梦中，以你的名字，让我在这个世界存在。

你了解我的一切，知道我所知道，虽然我会在这个世界不断迷路徘徊，但你却依然在我内心深处，以你为名的世界是否也是这样。

我曾尝试抓住那个世界的记忆，但过了许久，却陷入无尽黑暗的沉睡，醒来之后，依然没有变化。曾经相信的真相突然全部不见，只留下虚假将我淹没，以你的名字让我依然存在。

等我长大成人，那些令我痛苦，令我头疼的一切，所有的所有，等到时间流逝一定也会变好，那么我亲爱的你还会在我身边吗？每当脑海空旷虚无的时候我便会想起你，虽然我还未长大成人，没有能力以自己的力量触碰到你，但是我知道你还是会以你的名字，在我周围缠绕。

撇去世间的流言蜚语，奔跑的脚步即使被石头卡住，你与我瞬间擦肩而过，在定格住自己身体的那一刹那回头看，你早已不在。我们都在各自的黑暗的梦中，但是我还是感受到了你，你能不能再一次无所顾忌地靠近我。没错，我再一次失去了你，在一次又一次的等待中。

你的气味在我的周围散开，在这充满冷漠和虚假的世界里，让我感受到了一丝温暖。即使之前我不断地折磨你，却因为是你，我变得变本加厉。我只知道，你是属于我的，就好比那只不惧危险的飞蛾，所以，请你再一次利用那灼热的光源靠近我。

我会跟着你走，紧紧抓住你的衣袖，不要害怕我，我会以最单纯的想法与你相处，所以不要逃走，在正月十五那天来见我吧，哪怕我满身疮痍，不要害怕，我会对你微笑。

又是一场梦魇，记忆中却没有你，对砖墙上的字倒是深刻，那是我的名字，你来过了对吗，只不过总是在我不清醒的时候。今天晚上我会背对着你，与我说些话吧，虽然我希望你能拥抱我，但这还是有些恃宠而骄了。望着电视机屏幕里只有我的影子，无奈地笑了。

“你与我的相遇，本身就是一个奇迹”，哪怕星河流动，时间流逝，我也愿意等你，夜晚又将降临，我不再害怕黑暗，我会与你一起仰望那铺满幕布的闪烁，一起走向那触及不了的美梦，或许命中注定不能回头，一声晚安，又将再次把我拉入你的世界。

我相信，你会在我倒下之前，把我带走，把所有想法都放下的那天，我便与你离开，我们每个瞬间都会在一起，我会一直待在你身边，为你绽放。

以你之名，在那樱花盛开之时，与你一起，走遍春夏秋冬。

2018级汉语言文学　陈瑜

一只猫的告别

一只猫要怎么逃离人类的禁锢?

我是一只有尊严且高贵的猫，我不甘心成为人类的玩物！我无时无刻不在思考着这个问题：我要如何逃离人类的掌控，获得真正属于猫的自由，而不是在一间屋子里的有限的自由！

我并不是不幸福，对大多数猫来说，我有一个很好的主人，她很温柔，她的手放在我身上的时候总是轻轻的，用她的话说就是摸起来像是一朵云。她天天都陪在我身边，按时喂我吃饭，喂我喝水，梳理我的毛发，清理我的小窝。我的小窝有好多个，一个是比我大一倍的褐色垫子，柔柔软软的，脚踩上去立马就陷到里面去了，这是我最喜欢的小窝，但我却不经常在上面玩；一个是带着一圈铁柱的窝，这是我最不喜欢的了，除了第一次进去过后，我再也没有主动想要进去过；还有一个就是那偌大的沙发，我想趴在哪儿就趴在哪儿，在上面翻滚没有在冰冷硬实的地面上疼，我经常都是趴在沙发上的；她的床应该也算我的窝，她的怀里也是我的窝……我有时候觉得我才是这房子的主人，但是我却没有这所房子的钥匙。

她经常都是坐着或者躺着的，我从来没有见她出门，或许她出过门，只是我晚上睡着了不知道，或许她也没有这房子的钥匙，所以才不敢出门。在中午或者吃了晚饭之后，她偶尔会到阳台那里站一小会儿，这个时候她总要抱着我，让我和她一起看落地窗外面的世界。外面总是一片雾蒙蒙的，其他几栋楼房里的零零散散的灯光从雾里穿透过来，好像给这雾上了颜色，是一幅会随着时间流逝而渐变的立体的水彩画，炫丽又抑郁。我看不见天空，天空也是这雾，我也看不见我主人的脸，这个时候她总是仰着，我想应该也是炫丽且抑郁的吧。

那一天，天刚刚亮，外面和往常一样，雾蒙蒙的，看不真切。我从褐色垫子上起来，走到落地窗前，像我的主人一样仰起头，看着看不见的天空，又想起我每日思考的那个问题。我走进客厅，从沙发的这头走到那头，走过我终日玩耍的那个玩偶。我走到厨房，我清楚地知道我最喜欢吃的小鱼干和甜奶酪放在碗柜的中间第二层里，小的时候，我经常因为连跳起来都够不到，而摔了好多次……现在我够得到了，然而今天却提不起一点兴趣，或者是兴趣不在这里了。我走过书房，走过两间卧室，包括她的。最后我停留在我的一个小窝里——那个我第一次进去过后，再也没有主动想要进去过的地方。我想这是谁设计的，未免太过无情，因为这简直就像是牢笼里的牢笼，是双层枷锁，就算是人进去都会感到窒息的吧，更何况是我。

是的，我是在告别，在我临走之前，我想要再看一遍我生活过的这个屋子里的角角落落，我要离开这个让我感到窒息的房间，我要去寻找我真正的自由，我不要再和她待在一起了，她一点都不好玩，这个房子一点都不好玩!

我知道从哪里可以出去，那是只有我才能出去的地方，我要马上离开这里，再也不要回来！我突然有点头昏，我不知道为什么，昨晚上明明睡得很好的啊，我又有点疲倦，其实这疲倦已经有好多天，但我想应该也就只是疲倦罢了。我现在只想尽快离开这里，我一刻也不想待在这里了。

我脑海里有很多美好的画面：我跑在这城市的宽阔的街道上，我身边跟着一群追随我的其他猫，我是领头的，我带领着他们，每天和人类和老鼠斗智斗勇，殊死搏斗，不，它们没有和我们搏斗的资格，它们都是我们手到擒来的猎物，我们有矫健的身姿，锋利的爪子和坚硬的牙齿。我们不仅跑在这城市里，我们还可以跑去那绿油油的山上，听说山上也有我们的兄弟，也有我们的猎物，更可口的猎物。我们可以自由地在城市的街道上，屋檐上、大山的肥沃的土壤上、一眼望不到头的树上……在好多的地方去奔跑、去跳跃、去趴蝮、去狩猎……我们将得到无边无际的自由，我们将得到无穷无尽的真正的自由!

我想我出去后，肯定马上就能忘记这里，忘记这个房间，忘记这个所谓的“主人”，忘记这里发生的一切。我想这一切都不能束缚我，因为没有什么能够束缚一个自由的灵魂！我想我肯定从来都没有爱过这里，因为我更爱自由。肯定是这样的，没有什么好质疑的。

从这间屋子里唯一能出去的地方，就是厕所里的一个高高的窗子，虽然也有护栏，但是拦不住我，我有一次探出身子去过，我现在肯定也能够过去。我走到那里，轻轻一跃，就跳到了窗台上，护栏上已经有很多灰尘了，左上角甚至都有蜘蛛结了网，这又如何，我马上就要出去了，我感受到了自由的风吹到我身上。看啊！连风都在呼唤我了！我马上就可以离开这里了，我的心脏突然跳得好快，这种紧张刺激又兴奋的感觉，我好久好久都没有体验过了！只要我轻轻一跃，我就可以出去了!

“跳啊！跳啊！跳吧!”我听见一个声音在呼唤我，它还在说，“跳吧，跳吧，跳下去你就可以获得自由了！是你期待的真正的自由!”不知道为什么我怎么还在犹豫！我明明很想跳的，我其实已经迫不及待了，我期待的自由，我渴望的自由！它已经近在咫尺了，只要我轻轻一跃！

“跳吧！”我告诉自己！

风在我的耳边呼啸，似在唱歌似在哀号，我有点高兴有点解脱，可是为什么还有点难过？

风声大了，我听到了某个人说了一句话，瞬间打了个寒噤……

“天哪！有人跳楼了！”

2018级汉语言文学　严一杰

月是故乡明

“露从今夜白，月是故乡明”，殊不知，读懂这句烂熟于心的诗句，竟是在大学。

我羡慕幽居在山中的兰，因为我喜欢安静。特别是当被高考挤压得像一个随时可能爆炸的气球后，我更加向往宁静与自由。于是，我满怀渴望与憧憬，踏进了大学的大门，因为，或许那里，有我寻思很久的东西。但我忘了，凡事都有代价，比如我所谓的自由，代价便是“独在异乡为异客”，在坚硬而滚烫的柏油马路上，尝试着独立，时常还会为烈日的炽热而灼伤眼睛，流出眼泪，但依旧拖着一张自己命运的犁。

或许成长总是疼痛的，哪怕你怀着梦想一往直前，但在一片树叶便是一个故乡的季节里，你依旧会觉得“月是故乡明”。

故乡的藤椅上，有位端着酒碗的父亲。初中开家长会时，他总会为我从家里带点小礼物，每次都会问我：“爸爸穿着还好吧？没有给你丢脸吧？”其实我从不在意这些。可能无论我长得多大，在父亲眼里始终只是个孩子，哪怕我已 18 岁，第一次坐飞机去海南上学时，他依旧坚持与我同去。其实住在农村的我们，对外边世界的交通都不大熟悉，但是为了我，他一直都在努力学着。

故乡的厨房里，站着位爱笑的母亲。她勤快、温柔，一年内总要亲手为我们一家做许多过冬穿的棉鞋。夜深时，她也不忘给我和妹妹轻轻地盖好被子。我喜欢吃她做的菜，重庆风味，特别地道。

故乡的长板凳上，坐着个幽默可爱的妹妹。我虽比她大 6 岁，但我们之间总有聊不完的话题。我们会在彼此伤心的时候安慰对方，会一直舍不得弄丢同我们一起长大的小布熊，会在一张床上聊天到深夜，会一起追剧……

故乡的荒岭中，有座矮矮的坟墓，爷爷奶奶在里头，我在外头。从前日子慢，奶奶教我唱歌、编花环，爷爷为我摘桑葚、买馄饨。这一生关于他们的风景，那些日子，是那般诗意。

但当我背井离乡，跋山涉水，独自踏上求学之路，才发现，当我站在图书馆湖畔时，连李清照也提前用诗写下我的漂泊，只盼“云中谁寄锦书来，雁字回时，月满西楼”。

我爱安静，恰如我爱上了图书馆天台上的那轮明月，静谧幽美。但当夜幕降临时，孤独与黑暗朝我步步逼近时，在外的游子，还是害怕“高处不胜寒”；当老师在课堂上讲到薛涛时，“欲问相思处，花开花落时”的思念还是会不住地涌上心头。我只在夜里，轻轻梳理每一根疼痛，去操场上走走，翻翻那些幽默的段子，以此提醒自己，别忘了笑。

或许时光无言，却又总教你以一场经历换一种懂得，换一份成长。在孤独中忍痛咬破自己所织的茧，才能羽化成蝶，与下一个更好的自己不期而遇。哪怕“月是故乡明”，但清风知我，寄托相思，我们彼此会心一笑，彼此安好，足矣。

2019级汉语言文学　蒲川萍

伤　愈

你说它会好的，会恢复如初。我相信如此，却有什么在不知不觉中如阴影般扩大侵蚀之地，吞噬掉那些活物。

受伤，平整的表面被尖锐割破，划拉一下深藏在里面的柔软血肉——敞开来，然后血流如注，像泉水一般奔涌而出，生命的源泉从中流逝。疼痛，疼痛从伤口升起直达心脏。

叶子落下在杏花树下腐烂，日光投向地面将双眼刺伤，我发现自己的手指变得冰凉。一个又一个日子中，我躲在房间里哭泣，沉浸在这片悲伤中，在水面和冰块的碰撞中感受死亡的冰凉。你让我出来看一看，可是你不明白，冬天让我感觉冰冷，夏天让我感到忧郁，春天的花朵再也不会盛开，秋天一切开始死去。它们都不会变好。

我受伤倒地，无法站起，河水在身下托着我的身体，使人感到宁静。你在水面注视着我，你说我们可以试着疗伤。

日子是白色、红色的药片，轻缓的音乐和温柔的言语，你对我说："这一切都很好。"熟过头的树叶在吹过的风中摇摆飘落，它们落下的姿态居然那么优美。佛陀拈花微笑，我抬头看，发现它也在温柔地看着世人。

我把所有的东西都埋藏，将手心的伤口缝合，风吹过不会再让它发冷，触碰的时候也不再会受伤。但是你知道他们并没有离开，当你推开门，步入那段时光，门口半敞，日光正好，缓缓在院子里流淌，狗儿在睡觉，外公就在楼头晒着太阳。我感到温暖，爱从我的心头涌上。我走过去，坐在石板凳上，抬头看天，看着那片永不消逝的蓝，云朵在流动。

伟大的时间马不停蹄从我们的世界中冲锋而过，留下一片狼藉和麻木。我们没有选择，只有站起来，将一切过去重新整理和摆放。

伤口愈合，腐烂的躯体褪去，生长出新的血肉，覆上保护的薄膜。

我发现它并没有恢复如初，没有恢复成以前那个我所熟悉的样子。但我却觉得还好，我好像变得比以前坚硬一些，不会再那么轻易地哭泣，被打倒后还能站起来去面对，不会再去恐惧那些不知何时到来的悲伤。

一个人在过去的阴影中向我告别，她说她爱这个世界，她也会爱我。我仔细看，发现她竟然和我有着同样的面庞。

暴风雨还会到来，将一切冲刷殆尽，而我就站在雨中，敞开身体，欣喜地欢迎。

2019级汉语言文学　刘瑞雪

无　题

我一人孤独，一人终老，终赢不过思念的愁。

我一人承受不来，一人一凉亭，一人一茶壶，一杯烈酒缓缓下肚。

我一人轻抚丝琴，一人听晚祷古钟，看微风徐徐，温柔的声音。

我一人看过境繁花，一人赏山间美景，一人看枯树上吊，一人看蚂蚁站在悬崖高叫。

我不信一世不分离，我不信一岁一枯荣。

我不信。

我不信岁月会温柔，我不信时间在等我，我不信拂袖而去便可以止我再多不舍。

我不信。

一人怎可不孤独，再多悲凉无人过及，再多快乐无人分享，十指已经冻得结疮，也无人握起轻轻呵气。

怎说，一人不孤独。

怎说，一人不忧愁。

2020 级汉语国际教育　吴紫莹

入　夜

白昼长，黑夜也不短，都一样让人畅想。

白昼阳光如梦，夜晚星星如盼，月光皎洁，独自交响。

一身简单的装扮，在天台上孤望，抽一根烟，鼻息喷出一阵白雾，周围都是烟草的天堂。

天台没有过多的装扮，和我们一样，只有几盆简单的兰花，就在风中等待绽放。

把烟头熄灭，继续淡定地呼吸，踱步仿佛已经老了几十岁，脚步像是在流浪，安静，但却又急促。

天空像是一个巨网，包裹了整个世界，没有所谓幸运的漏网之鱼，我们都是它的猎物。

不知道夜晚的山间是否安静，还是狐仙也在那里和谁私会，这些，真像一个独自编排的故事。

2020 级汉语国际教育　吴紫莹

一月有感

印象里海口的季节是色彩繁多的，耸立的椰林植被绿的能滴出水来，女孩们斑斓的小裙子和吊带会被太阳给镀上一层金芒，街上的人也总是摩肩接踵，涌动的人流中泛着红红火火的人间气息。

可这个一月下旬开始的海口是被阴冷空气所覆盖的，细雨绵绵中飘散着迷朦的冷气，新冠病毒感染疫情带来的恐惧也弥漫在每一个人的心中。

爸爸不敢出门喝茶了，妈妈也别说打麻将了，单单出门买趟菜就能把自己吓得够慌，弟弟倒是还好，每天不同游戏切来切去，也有着大帮的同学好友在线互娱，喜悦的空气是常常围绕着他的。

我嘛，不是在床上躺着就是在爬上床的路上，似乎永远也提不起精神来想一想自己还该不该睡下去，感觉自己变成了电影《土拨鼠之日》里的男主人公菲尔一般，反复过着一样的生活，每一天都是一样的，今天就约等于明天。

但我那会儿觉得我同他还是不一样，至少他能天天出门，他勤于洗头，而我连洗头都懒得了，从一天一洗变到两天一洗三天一洗，那些曾经在上学的日子里飘飘然的头发在这段阴暗的假期中变成了乱糟糟的鸟窝头，也不知道耐心找找会不会翻出一朵蘑菇来。

前方新冠病毒感染疫情凶猛，出门虽是不能出了，但身为一个当代女大学生，即使在家蹲到要生霉了，我也不会忘记要去网络遨游一把，每天都会去看看网络上这些对新冠病毒感染疫情时事疯狂输出观点的博主今天又在耍个什么劲。

似真似假的消息每天都在顺着网线暗暗流动，多得就像来我家顶楼觅食的鸟儿那般。我东划划西看看的，看到的却大都是一团团乌烟瘴气，甚至在一些激励人心的好消息的评论下也不乏有人大肆冷嘲热讽一番，想要反驳或与他们辩论的人也总是会被倒打一耙，而后被馈赠一份删除、举报、拉黑一条龙，网络世界十分魔幻。

诚然，我还年轻，书读的是肯定不够多的，见识也未必比人多多少，但我曾真诚地想过，为什么大家就不能多读读书，充实好自己的内心，少强制按头灌输给别人自己的观点，把各司其职这几个字眼给贯彻到位呢。但现在我想通了，与其浏览这些让人看了能气成个河豚似的玩意，还不如多看一部电影，多读一本好书，至少后者是能够予人回味悠长的高汤，热乎乎得喷喷香，补充补充营养的同时或许还能拔高我的个子呢。

那么改变就从写下这篇文章然后重看电影《土拨鼠之日》开始吧。犹记得当初电影的最后，男主人公菲尔在经历了无数个一模一样的 2 月 2 日之后，终于想方设法牵手了自己的真爱并成功跳出了循环之日。那么现在我想悄悄地向月亮儿许个愿，愿我的小岛我的国也能像我一样开始跳出这看似无尽的循环之日，重新启航驶向无边的光明，无论春夏秋冬，我都愿等着，等着这一天的到来。

2017 级汉语言文学　李南欣

铭记与反思

“纵使黑夜吞噬了一切，太阳还可以重新回来。”

将近三月，但今年的冬天却似乎长得看不见尽头。新冠病毒感染疫情肆虐神州大地，有“九省通衢”之称的武汉市成为我国新冠病毒感染疫情暴发的中心。新冠病毒感染疫情当头，我们身处疫区之中，已然不幸，但让人欣慰的是，我们中国人没有自怨自艾，意志消沉。我们在这次新冠病毒感染疫情中看到了新时代的民族大义，让我们又看到了希望的曙光。

死亡，是一个人的悲剧，遗忘是一个民族的悲剧。

“时代的一粒灰，落在个人头上，可能就是一座山。”这次新冠病毒感染疫情，对我们大多数人来说可能只是被困在了家里，但有些人却是被永远困在了冬天。所以我们需要对眼前的磨难铭记，铭心刻骨的铭记。现在是未来的过去，最好的承担，就是铭记。忘记过去的人，注定要重蹈覆辙，只有从苦难中吸取经验，才能少走弯路，开启一段新征程。也许我们将会迎来姗姗来迟的“平常”，但我们也不能忘记，在这片土地上曾经也燃起过硝烟。

我们还需要反思，反思这次新冠病毒感染疫情暴发的原因。人类的文明走过了无数个春秋，我们为了解自然而欢呼雀跃，我们为改变自然而无比自豪。人们在自我优化的进程中吞噬着地球的皮毛，自然充满悲悯，但对人类并非无限的宽容，不具备生物特征的病毒，都足以让人的社会天翻地覆。在自然的眼里，生命的价值一律平等，没有谁能独善其身。我们需要敬畏自然，敬畏生命。

真正的自由，永远是相对的，它绝不允许任何人为所欲为，否则就要承受来自规则的惩罚。唯有遵守规则，才能获得自由。规则从来就不是限制，而是对我们最好的保护。

“时间永远是旁观者，所有的过程和结果，都需要我们自己承担。”

有人希望 2020 年能够重新来过，但我有不一样的想法。所有命运馈赠的礼物，都已在暗中标好了价格。同样的，所有突如其来的打击，也一定有迹可循。我们只有痛定思痛，找到原因，改进强化，才能使所有苦难变成光，照亮前行的路。

今天的这些教训、这些画面、这些文字、这些数据，不能只是出现以后的书本上，不能只是成为困扰学子的考题。这些真实的一切是要我们知道，一张安静的书桌后承载了多少人的努力，不能只安放没有思想的头颅。

万物皆有裂痕，那是光进来的地方。处境越是艰难，越能显现出强者的意志，社会越是黑暗，越能显现出国人的伟大。“你所站立的地方，正是你的中国；你怎么样，中国便怎么样；你是什么，中国便是什么；你若光明，中国便不黑暗。”直至此时，我才好像读懂了这段话：“青山一道同风雨，明月何曾是两乡。”在这场战役中，我们不孤单。

世界要往前进一点要付出那么多代价，但向下走却是这么容易又迅速。也许这个地方不完美，但我们也不能把这当作任性的借口，才能享受有规则的自由。正如胡适先生所说：“昨日种种，皆成今我，切莫思量，更莫哀，从今往后，怎么收获，怎么栽。”

我们不是局外人，现在不是，未来更不是。因为，“无穷的远方，无数的人们，都和我有关。”

2017级汉语言文学　黄文骞

理丝入残机，何悟不成匹

如果不曾相逢，心河又怎会泛起层层涟漪；如果真的不去打扰，也许一生都不得轻松。如果不是你，我以为思念只像被蚂蚁咬了一样若无其事；如果真是你，我怕难以逃离思念汇成的心海。

初见时，我笑脸盈盈，你含羞语塞。接着，你若无其事地靠近，我无所察觉地接近。你在阳光明媚的日子里向我倾吐年少青涩的心事，而我却满脸愁容地拒绝你；从此，你学会了风尘仆仆地捧着一颗滚烫的真心送到我面前，我也学会了如何将一份爱意和温暖打碎。我们都在各自习得的领域里渐行渐远，你逐渐因爱生恨，我渐渐因你的思念生怨，好像互不打扰，又仿佛彼此牵制，此心结难解，此心劫难历。

你常问我："我为你做了那么多，你就没有感动过吗?"我执着地回答："感动不是爱。"你无法理解我一直拒绝你的偏执，我也无法接受你不肯放手的偏执。"不学头陀法，前心安可忘。"但你去寺庙寻解脱时，用行动告诉我："既学头陀法，前心安难忘。"

天上的星月每晚都互相映衬闪烁，哪懂孤鹰独立枝头的暗淡；湖里的鸳鸯在水中嬉戏，相互依偎摆出心形，哪懂孤雁游荡天际的辛劳；虎皮鹦鹉一公一母腻歪在一起，哪懂笼中鹦鹉只能学舌的孤单；地上的夫妻成双入对恩爱有加，哪懂形单影只的行人的愁苦心绪。"在天愿作比翼鸟，在地愿为连理枝"都还只是帝王贵妃对爱情的美好期望，结局也难逃厄运，况且我们并非出身富庶，没有华丽的外衣，不是最斑斓的蝴蝶，即使双方有意，却也难成并蒂莲，而我只想对你说："往事悠悠君莫问，回头。槛外长江空自流。"

你喜欢我，示爱于我，没有错；我不喜欢你，拼命逃离你，也没有错。唯一有错的就是冥冥之中注定而不欢的安排。你想和我静沐暖阳过着偏安一隅的江南水乡日子，但我想和别人在繁华大道和朴素小巷间自由穿梭，过着仗剑走天涯般流动不拘泥的生活。所以，也许只能彼此在异乡做着异梦。

人生自是有情痴，此爱不关风和月；人生最怕有情痴，此恨确关雨和雪。你留我在你的夜空里熠熠发光，也请允许我留你在我的蓝天白云里当一朵乌云。希望，你能忘了我的好；其实，你忘了我就好。

2017 级汉语言文学　符明金

一阳来复

2020，这个数字特别的年份，也许就寓意着这一年的不普通。

闲在家里的时候看了很多电影，其中有一部《人生果实》，是日本津端夫妇生活纪录片，我很喜欢这种慢节奏的影像，有着治愈人心的功能。“他总是告诉我要缓慢而坚定地做自己能做的事，我是这样做的，而且我意识到这一点很重要，一旦我这样做了，我就开始看到很多事情。”用在现在的情况下，我觉得也很适合。

武汉新冠病毒感染疫情暴发这一段时间，我每天都很晚睡，看了许许多多的报道和言论，正面的、负面的，而在新冠病毒感染疫情期间，地震等自然灾害也陆续发生，我的朋友有时会情绪低落，问我：“这什么时候是个头?”我不知道，博尔赫斯说过，“生活是苦难的，我又划着我的断桨出发了。”在网上获取有价值的信息，而不是变得易怒和偏执，另一方面我又很能理解这样的情绪，看到社会不公我们会愤怒，会因为看到一点善意的举动感动落泪，会因为新冠病毒感染疫情紧张到在深夜辗转难眠，我定义这是善良的人，善良或者纯洁看似天真软弱，但是暴发时的力量是任何东西都无法阻挡的，我想这就是人类的美德。

这几年流行在网络上的一种情绪叫“丧”，我时常也会产生这样的情绪，觉得这个世界不会好了，但一睁开眼，就有声音告诉我，不，会好的。因为新冠病毒感染疫情，我们一家四口窝在家中二十几天，这是很少很少的机会，早晨大家都可以赖床，省去午饭，吃完饭大家躺在沙发上放着电视，我和妹妹自从上学以来，一整天都跟家人待在一起的时间，加起来都没有这次长，这是我永远怀念的美好幸福时光，比起冲在前线的伟大的人，我们守好后方，不添乱可能就是我们的贡献了。负面的新闻有很多，凡事都有余地，不必充耳不闻盲目乐观，更不必深陷其中，绝望无措，我知道有人另有企图，光明不会消失，这一切都不矛盾。

病毒，我们是看不到的，我们能看到的只有病毒降临的后果，人类息息相关，与自然共生。不断有报道显示，南北极冰川正在融化，这一切的一切都环环相扣，我们要自救，如何自救?做自己能做的事，做好自己的事，学医可以救死扶伤，警察可以惩恶扬善，或许会有人觉得学文、学诗歌没有用，学诗歌的意义是什么?学了诗歌的孩子不会去砸窗户。我坚信文字是有力量的，念书的人更要好好念书，上班的人更要好好上班，“这什么时候是个头?”我依旧不知道，但我知道总会结束，每个人缓慢而坚定地做好自己的事，什么情况都不会是难题，你永远并非一个。

一阳来复，群青日和。

2017级汉语言文学　赵爱涵

死去的花

2014年，那是初三毕业的暑假。我从小在同村的叔爷爷家生活，那天跑到爸爸家里玩耍。农村人几乎家家都有后院，种点果蔬之类。但我爸爸除了这些以外，还爱好养些花花草草的。在爸爸的精心打理下，他的后院极为美丽。虽然花的品种并不多，但是一眼望去，也满是风光。花开的时候可以看到树枝上挂着的花团锦簇，惹人怜爱；花未开的时候，便是一片碧绿的景象，各种鲜艳的绿，四季如此。我表示羡慕，爸爸二话不说，亲自为我找来花盆，铲上泥土，从院里的两种花草枝上分别裁了一枝，成全了我两盆花草。

两盆花都不算大，三十厘米左右的高度。至于它们的名字，我到现在还未可得知。一个是会开花的，有三四叉，叶小枝少。花朵美艳，远看像一团团红球，近看是多数的圆点花瓣组成的一团，十分可爱。一个是不开花的，也不知名，叶子大都如拇指般大小。但是这盆叶居多，常是绿的，较为繁茂。虽不算美丽，但是我每每盯着它的茎和叶，连带着盆里的土，越发觉得像是一幅画，觉得自然界的生命尤为神奇。

青春，常长痘。我说还想要根芦荟，遂高兴地从爸爸手里接过芦荟。用从家里找的废塑料瓶，洗净，装上泥土，种上。

于是，我门前的阳台上，多了三盆小可爱。没有取名字。开始日日给它浇水，盼它生长。后来开学了，读了高一，一月回家一次，临走嘱咐家人闲时给它们浇水。

高中三年，每次回家，都看见它们安然地立在那里。每年假期在家，早晨醒来，拉开窗帘，整理床铺，收拾书桌，开门，扫地，望一眼三盆小可爱，道一声早安；中午用过午饭后，站在门前消消食，盯着它们看，不巧阳光正对，阳光下的它们是如此地耀眼，连叶子都在发着光；晚饭后一来消食二来天气闷热，又到门前站着。看书累了也出来望望它们。夜里清凉，透过三盆花看其身后的天是繁星点点。从春天到夏天，从秋天到冬天；从枯叶到嫩芽，从干净的枝丫到突然蹦出的花朵，每一瞬，皆是感动。只要一见它们，我就会心一笑。那一刻就觉得：你的家里，有“人”等你。

后来见它们生的好，也不怎么浇水。家人也忙，便遗忘了它。一两月之后回来，惊奇地发现它们竟还活着，还生得那样摇曳多姿。尽管枝上不少枯叶，但掩盖不住它新生的嫩芽。它们带给我的感动和启示是无尽的。

2019年，大学期间更不常回家。有一次回去，忽然发现它们死了。还有一盆奄奄一息，我急忙拿到院子里，放到地上，浇上水，抱着它能吸收地气的心，希望过一夜能缓回来。但是第二天再看时，花枝不翼而飞，再看地上，有它残落的孤零的尸体。

后来再回家，好像除了家人，已经少了一些期盼和眼神。回到房间门口时，曾经放着它们的那一处，已经是空荡荡的一片。

好像它们陪了我很久，好像也只是说话间的工夫。人们常说人与人之间的缘分如此的短，谁知人与物之间的缘分也并不长。来去由谁呢?

此事已过去将近一年，有一天在上课时忽然想起这件事，就忍不住淌下泪来。怕别人发现，用袖子捂了捂脸。它们对我来说是朋友是家人，也是父亲对我的爱。

每每想起它们，一丝丝悲哀如同青萍滑过心间。到底人世间都是来去匆匆，来不及思考，等回过头来的时候，已经走了很远很远。珍惜当下拥有的，等去时也当作常事一般。不必悲哀，有记忆在，曾经永在。

2017级汉语国际教育　刘红玉

童年之路

或许是间隔太远，抑或是我的童年太过乏味，我对童年的记忆已丢失大部分，至今印象最深刻的就是上学的那条小路。小时候，住在村子里，村子周围都是田地，没有高楼遮挡，因此站在村口即可望见学校，也能一眼望尽上学的小路。

春天，路边小坡上长着许多不知名的小花小草，我们一群孩子争着抢着比：看谁摘的花最多？谁摘的花最漂亮？谁先摘到什么颜色的花？……因此总是放学很久之后才到家，免不了被家长臭骂一顿，闷闷不乐地吃着饭，吃完后竟很快忘记了刚刚的不快，又迫不及待地呼朋唤友，成群结队地踏上了上学之路。

夏天的天气总是那么热，经常不下雨，没了春天上学路上的兴致，一放学就往家里面冲，只匆匆看到了路边的庄稼被晒得蜷缩着叶子，蔫蔫地站在地里。夏天也会突然下一场暴雨，这个时候就会有家长来接我们放学，顺便带上胶鞋给我们换上，因为上学的路是泥地，不下雨还好，一下雨就泥泞不堪，为了不弄脏和弄坏鞋子，最好穿上胶鞋。就这样，一家又一家的孩子被接走，上学的路上出现一个又一个或大或小的脚印，而地里的庄稼也喝饱了雨水，又变得精神抖擞站立在路边。

秋天的路边，小草都变得枯黄，也没有五颜六色的小花，显得很是荒凉，但我们叽叽喳喳的说话声却打破了这一片寂静，平添一份热闹和欢快。“蚂蚱”，突然一个小伙伴叫道：“我捉到了，好大一只蚂蚱。”另一个小伙伴开心地举起手中的蚂蚱让我们看，可能是在夏天吃了太多的草，所以秋天的蚂蚱总是特别大特别肥，有了一个人的带头，我们其他人也开始了捉蚂蚱比赛，扑到路边的草丛里，捉着一只又一只的蚂蚱，用狗尾巴草把蚂蚱串成一串，带着一串或几串的蚂蚱回家喂给家里面的小鸡，幻想着小鸡吃了蚂蚱之后可以多下鸡蛋，这样自己明天早上就可以多吃一个鸡蛋了。

冬天是小路上最神奇的季节，前一天还光秃秃的，什么都没有，过了一夜就换上了白大衣，一眼望去，特别好看，害得我们都不忍心去破坏，但是却不得不去上学，否则就要受到老师的惩罚，我们急得停留在村口。这时我们的孩子王出了一个好主意：由他在前面领头，我们一个接一个踩着他的脚印跟着，不会太破坏地面的雪，获得了一致同意。大家一个接一个踩着脚印往前走，一个人不小心踩偏了，得到了大家共同的抱怨，没有人敢分心了，大家都打起十二分精神跟进前一个人的脚步。到了校门口，向后一望，只见一排整整齐齐的脚印像给小路的白大衣装了扣子，给小路带来了几分可爱。每个人心里充满了满足和骄傲，但也有代价，就是上学迟到，被老师批评了也不在意，一个个趁老师不注意告诉身边的同学，听到他们的惊讶和称赞，突然觉得这个冬天暖和了好多！

如今，村子里面的人都搬到了镇上，曾经的玩伴也各奔东西，上学的小路也被开垦成田地消失不见，但这段美好的童年记忆在我心中永远珍藏。

2017 级汉语国际教育　袁红燕

隔壁有棵柿子树

郊区的空气依然是那么新鲜，总是禁不住让人猛吸一口，而对于从小生活在乡野间的小奇来说，那不过是雨天和着稀泥的味道，不过是晴天汗如雨下咸咸的味道。虽说现在是秋天了，但贪玩的小奇总是常常顶着满头汗到处跑，这下子又不知道野哪儿去了。

小奇的父母进城务工去了，留下年迈的奶奶与小奇互相为伴，而常常火冒三丈的奶奶长时间忙于自己的事，比如说喂鸡、除草、收拾一下园里的蔬菜，小奇就成了个“野孩子”，整天上蹿下跳。这不，大白天的他正坐在围墙上偷隔壁家树上的柿子。那柿子一个个果实饱满，沉甸甸的，好似就要掉到了地上，过路的人见了都想摇几个，可奈何柿子摇下来就会砸烂，光天化日偷人家果子也不礼貌，所以人们也只是感叹便匆匆路过。没几个能像小奇这样大摇大摆地坐在围墙上乐滋滋地挑着水果。这时候柿子树的主人出来了，一个驼着背声音沙哑的老爷爷说：“小奇，你干嘛又去祸害我的柿子，你要吃的话，地上不有掉下来的嘛!”“那掉下来的都不成形了，还咋吃呀?”小奇一脸拧巴地回老爷爷，老爷爷无奈地摇摇头说：“算吧算吧，反正我一个人也吃不了那么多。”小奇得到了许可更加肆无忌惮地摘着，正高兴的时候一串骂骂咧咧的声音闯进：“你个鬼娃娃谁允许你去摘人家刘爷爷的柿子树，一天不得了啊皮痒了啊，你还不给我下来!”在这骂声中，小奇慌乱地跳了下来赶紧跑进屋里，生怕晚一点被奶奶抓住就会皮开肉绽。

这柿子小奇从小“偷”到大，因为在小奇的记忆中，这棵柿子树一直都在，刘爷爷将它养得很好。

这天中午奶奶又没在家，小奇跑到了隔壁爷爷家讨饭，这也不是第一次了，从小到大，只要奶奶不在，小奇就会跑来隔壁蹭饭，所以不存在害不害羞这事，虽然每次奶奶都会大骂他是懒人一个自己不会动手，但小奇知道他其实只是贪嘴隔壁爷爷做的饭菜的味道，虽然大多数都是一样的菜，但小奇总觉得很合自己胃口，每次能吃上几大碗。后来小奇开始上学了，不再折腾隔壁爷爷的柿子树了。小奇发现每天一大早隔壁爷爷总是将家里打扫一遍然后出门遛弯，天天如此，有时候在路上遇见爷爷便会觉得很亲切。

渐渐地，天气越来越寒冷，小奇每天照常上下课，而小奇奶奶也依然每天往自己的地里跑，哪怕寒气刺骨也不曾阻挡奶奶的脚步。这个时候，小奇每次看到隔壁爷爷就想躲起来，因为他老是念叨小奇，说小奇注意形象不多穿几件，说小奇瘦得只剩皮跟骨头了，小奇总觉得这老人家果然是老了，代沟那么大，连年轻人中流行的穿衣温度跟身材都不懂得。不过爷爷并不知道这些，依然如此，一见就念。

过了好几年，小奇到了城里去读书，寒暑假偶尔回奶奶家，照旧偷柿子，蹭饭，被念叨，这时候被念得更多，说小奇已经不成人形了，小奇心想：我瘦是瘦了点但不至于啊这老头真的是。开学了，小奇读书去了，小奇奶奶这些年也一直跟着小奇和小奇的父母住在一起，小奇便很少再回去那空气中满是泥土的地方了。

后来，听说老头搬去跟儿女住了，小奇心想：挺好的，他有人陪了。

后来，又听说老头病逝了，听到消息的那刻，小奇眼泪滴了下来。

再后来，政府开发把乡里那一片房子都拆迁了，奶奶家跟隔壁都变成了废墟，等过个一年半载会是新大楼了。

不过，会有几人记得，曾经奶奶家隔壁有棵柿子树。

2018 级汉语言文学　唐冉星

你好啊

刘慈欣在小说《三体》中写道："在银河系猎户旋臂的漫漫长夜中，有两颗文明的流星划过，宇宙记住了它们的光芒。"无论科幻或是现实，谁都想在历史中留下自己浓墨重彩的一笔，而不甘当历史清风中的一粒尘埃。时势造英雄，英雄促时势。有的人，虽生而平凡，却活得轰轰烈烈。这种想法我也有。而现实却是，在这茫茫人海浮沉中，我实在普通得不能再普通了。可是，我虽平凡，地球上却没有第二个我。

1998 年到 2006 年——乡村野鸭子

留守儿童，中国有几千万，和英国人口相差无几。早在这个名词出现之前，我已是其中小小的一员了。我所在的村子，1994 年才通的电。信不信？我也看过黑白电视，用过压井，踩了不知多少泥巴路。那时（当然，现在更是如此），村里没有年轻人，只有老人和小孩，直到过年，村子里才有生气。但我的村子留给我的满是快乐的回忆，放过羊、吃过某年的第一场雪、扎过花岗（青蛙）、偷红薯、烤红薯、捉泥鳅、舀鱼、掏龙虾。还记得小时候骑着四轮自行车从岸边冲到干涸的河床，再推上去，往复如此，不亦乐乎。童年似乎会一直开心幸福下去。

直到有一天，奶奶走了，最疼我的奶奶。直到现在，我在村子里碰到与我奶奶相熟的老人，他们总会说起这样一句话："你奶奶很疼你，哪一回看到你奶奶时她都背着你。"那一年，是 2006 年。那口黑黑的棺材，带走了她。封棺的时候，爸爸抱起我，看了奶奶最后一眼。我想封存与奶奶之间更多的故事，让自己独自品味。那时的我，就要读小学了。由于在家中无人照顾，我便跟随父母去了厦门，改变了生活的轨迹。

宫崎骏有一句话，当陪你的人要下车时，即使不舍，也该心存感激，然后挥手道别。

清风，拂过静静的水面，一群鸭子在嬉戏。水中的枯树轰然倒塌，鸭子四散而去，不知归处。谁知路太长，再无聚首，也没有了家。待水面平静，水中倒映的是空旷的灰色的天空。一切，再也回不去。

2007 年到 2012 年——都市外乡人

记不清当时的细节。只知道，坐上离开家乡的火车前，故乡最后的味道，是一张五角钱的烧饼。从那以后，故乡再无音讯。在火车进站口，那条轨道稍显弯曲，绿皮车在其上缓缓滑过，结果，我已被逼至远方。路途上的一切都已记不清，留下唯一印象的，是那条两千公里外的进站口。直到今天，我想重新回到那地方，只是，没有路，也没有勇气。

童年是天真的，有自己独特的思乡之情。刚到厦门的几天就是一直哭，躺在床上。在那个通信不甚发达的年代，想看看自己的家乡很难。我幻想用一个望远镜，能看到故乡，自己家的院子，自己家的鸡。

我在一个陌生的城市开始读小学。在那个小学，有很多像我一样的外地人。一年级的第一节课就被老师罚站了，原因是和同桌说话。然而那位惩罚我的老师，是我一生都难以忘怀的，她姓颜。虽然她也打过我、骂过我，但十几年后的今天，恩师的音容仍是清晰的，我是她的第一届学生，她是我第一位启蒙老师。

在厦门待了六年，我爱上了那座城市。在那里，第一次见立交桥、第一次用电脑、第一次看电影，她给了一个农村孩子一个新天地。她给我很多惊喜与回忆，尽管也有苦涩。然而该走的自然不会留，初中时我就回家了。

可是，我根本找不到回家的路。两千多个日日夜夜，我曾经魂牵梦绕的故乡也渐渐淡忘了。可是，家里的樱桃树、葡萄树还在，还有那个土砖垒的茅房。只是，离开故乡前埋在地下的弹珠不见了。

都市，也给我这个外乡人也留下了思念——一段宝贵的回忆。

2013 年到 2018 年——还能有多坎坷

现在回顾一下我的初高中时代，可悲地发现，自己是一个如何贪玩，如何不懂控制自己的坏男孩。初中，猛然换了一个环境，一般人可能会不太适应。可是我，可不是一般坏的小男孩。在小学，被我爸妈严加管教了六年，早就想自由一把了。可惜一朝马放南山十年悔，后面的几年让我吃尽了苦头。

回到家上学后，渐渐放松了对自己的要求，甚至有些放弃自己。虽然我从五年级开始触网，但并不沉迷。然而，就在初中的第一学期，我彻底沦为一个网虫，在家里玩，跑到网吧去玩。在那个时候，家里的零钱就慢慢地消失了，都被我“搜刮”了。我属于一上网就不可收拾的那种，整天在电脑前，一坐就是一上午、一整天，感觉除了吃饭就是在玩游戏。上网给我带来的只是短暂的快感，之后就有莫名的空虚、情绪低落、迷茫。生活上如此，学习就更不用说了。在班级里表现极差，以至于班主任给我安排了一个 VIP 座位——第一排，且紧挨着讲台。初中三年，我有近两年时间是坐在那个专座。虽然前后换了三个学校。最后，都没有老师愿意管我了。现在我还清晰地记得，初中最后一次模考，一百五十分制的数学，我考了二十一分。也就选择题蒙了几题，剩下的都是大面积可耕地。我也不知道自己哪里来的勇气去参加中考。还记得在中考前，自己连数学的十字相乘法都不会。

中考的结果可想而知，如果不是爸爸想办法，我可能连一个高中都没得上。至于我在高中的生活，就一笔带过吧，只不过是关于一个坏小孩一路追寻别人影子的故事。

在中学时代，和家人详细地谈过关于我学业的问题，并曾一度面临辍学的问题。真心感谢那时的我，傻傻地坚持，虽不是大步向前但也不怕路途遥远，一步步走下去。

桂月故乡——终会见

对于大学生活，我还是很期待的，早早就盼着开学了。出发前几天，妈妈就开始给我准备行李了，大大小小的生活用品足足装了两大行李箱。妈妈送我到车站，在最后转头又回头的一瞬间，竟有些哽咽。再也没有回头看，只想给妈妈留下一个坚毅的背影。

没错，既然选择了远方，便只顾风雨兼程。可也别忘了来时的路。人不能总是向前走，回头看也是必需的，必要的话，停下来歇歇脚未免不可。向前看，有希望，往回观，更成熟。

最后，我想把这篇小文献给我的父母——他们的守护犹如我生命中的灿烂阳光。

2018 级汉语国际教育　代文强

你和春天，都要归来

——给防疫人员的一封信

尊敬的×××医生/护士：

如今好吗？今天在医院还顺利吗？身体怎么样？

我知道您一定累了，您是伟大的，因为您不仅仅是在为患者付出的一切，同时您也是在为中国为世界付出一切。众志成城，我们一定会挺过去！我们爱你们，不只在今天，还在未来生命里的每一天。您是春运大潮的逆行者，却是人们健康的守护者。

您是84岁高龄的钟南山院士，17年前，您奋战在抗击非典第一线，17年后再战防疫最前线。您呼吁我们，没有特殊情况不要去武汉，一转头，您却义无反顾地踏上了去武汉的高铁。您是让国人能依靠的一座山！

您是73岁高龄的李兰娟院士，您去ICU病房探望传染性极高的重症患者，当您摘下口罩时，我清楚地看见了您脸上的压痕。

您是彻夜奋斗在一线的医生，我记得您的睡姿，我知道您太累，这几天的手术多达几百场，时不时地就要去巡房查看病人，安慰他们的情绪，给予他们信心。谢谢您！

您是湖南人民医院的一名医生，您与儿子在同一医院抗疫，却没有时间相聚，只能隔着防护玻璃，在纸条上写着“加油”，为对方打气。

您是武汉大学人民医院的张旃副教授，“此事我没有告知明昌。个人觉得不需要告诉，本来处处都是战场！”一封现代版《与夫书》感动了无数人，您于2003年抗击非典，这次又主动常驻留观室，零距离与新型冠状病毒接触，您是好样的！

您是除夕夜驰援武汉的军人刘丽，抗疫几天，您就被防护面罩在脸上勒出痕迹，感动着我们。您是军人！

您是武汉一所医院的院长张定宇，有着渐冻症的您本身就行走不便，但是您在抗疫时期却从未停歇脚步，您面对疾病和患者都是乐观的样子，永远相信希望！

您是一名女护士，您说害怕头发在防护服里不舒服，就剪掉了一头长发，慢慢地，这种发型在女性防护人员中“流行”开来，我知道，这是最美的样子！

您的婚礼正要举行，但是作为医务人员的责任让您勇去前线，选择延迟婚礼，却在不久后感染离世，痛心！您的婚礼再也无法举行了。

您是刚刚入行的95后，您只比我大4岁而已，就在这危急时刻奋战在一线，您的内心也是害怕的吧，但是请相信，您是年轻人的榜样！

您是善良乐观的李文亮医生，很遗憾，您看不到我写的信了，但是我还是想写给你，想向您致敬！您是最早一批发现病毒的医生，在抗疫期间，您不幸感染病毒，却没有再救治回来，您的相片是灰色的，但是您的发现、您的努力、您的付出是璀璨的！

您是已经快要临盆的女医生，怀孕的身体本身就已经让您劳累不已，却依然坚守在前线，与病毒抗争，您一定要照顾好自己，一定要照顾好宝宝，孩子一定知道，他的母亲是世界上最伟大的人！

您是一群人，您在请战书上的红手印，看得让人热泪盈眶，这是勇气、这是责任、这是出于内心的召唤，这是一份担当！

哪有什么岁月静好，是有人在替我们负重前行，这些人，就是你们，就是像向您一样的人，在这段时间冲在前线，帮助我们过关，是可爱的，是可敬的，中国有你们，才有希望！我们一定会挺过去，这次战“疫”，打不倒我们，它只会让我们更加团结，更加珍惜我们的幸福！您基本每天都要持续工作 7、8 个小时，在寒冷的冬天里汗流浃背，筋疲力尽却仍微笑面对，这样的工作不知何时结束，您总是在每一次坚守都抱有必胜的信心！谢谢您，在最艰难的时候，给我们所有人希望。您是“逆行者”，但也是平凡的儿女和父母，您没有坚不可摧的铠甲，却毅然用血肉之躯铸就着坚固的防线，义无反顾，守护着一方平安！您不会孤单，我们都在您的身后，支持您，信赖您！

如今，春天已经在路上了，快了快了，您也会平安回到家里，和亲人团聚，我们都会等到那一天的，相信我们都有更美好的明天，平安归来！

一位支持者

2020 年 2 月 27 日

此去经年

序

我这个年纪，心智逐渐成熟，更对那些逝去的曾经伤春悲秋，有所伤感，情积至深，不能自已，只能以笔记录下来。

我的村子

我的家在河北省邯郸市的一个小县城里，说起来这邯郸，是秦始皇的故乡，自建成以来从未改名，战国时作为赵国都城，有燕赵大地的美称，我的家就在这自古多慷慨悲歌之士的地方。邯郸西面有县名峰峰矿区，因从前这里盛产煤且煤矿众多，故名为矿区，可过度开采最终导致无煤可采，曾经风光无限的煤窑工人也面临下岗危机，就是这么一个普普通通的小县城，人却不少，据悉，矿区人口有几十万。下辖九镇中有一峰峰镇，沿北一直走便到一个小村庄，牌坊，上书四个大字——滏岭庄村。

这是一个历史不算悠久的村子，建村才六十年左右，从前这里的人住在山上，我爷爷那辈便是如此，后来生活逐渐富裕，村民搬迁下来，才有了今天的滏岭庄村。

2003 年 10 月 29 日，我出生在这里，村小，充其量不过百户，东临大路，西傍大山，小时候我总自己或跟大人一起去爬山，山上有许多我童年所向往的——一段石墙，我经常从上面走过，从北走到南，又从南走到北，乐此不疲，还有许多早年煤矿开采留下来的洞，儿时的我总天真地以为里面住着怪兽，就等我过去之后一口把我吃掉，因此我上山对这种洞都是敬而远之的，往南走便是石矿，峰峰除了产煤还有产石头，不过后来石矿也衰败了，成了后山荒芜之地。

我的家

我的家离山很近，出了门没走几步便可上山，村子依山而建，因此地势西高东低，进入村子的大坡是我童年的必经之路，骑车或步行都挺费劲。犹记在实验小学就读时，最喜爱的一件事便是和爷爷赛跑，爷爷骑着电动车走较平的路，而我凭着年少意气走大坡，基本上输赢参半，每当我赢了时，便可大笑着说："哈哈，又没跑过我。"说完回家大快朵颐地吃着奶奶做好的西红柿炒鸡蛋，这是我童年最爱吃的一道菜，没了它，大米饭便少了灵魂。回家路上，我坐在后座问爷爷："今儿中午吃啥?"若回答大米饭，那便有了第二个问题："有没有炒鸡蛋?"若两者都有，那时我便会哼唱道："西红柿炒鸡蛋，吃了就滚蛋。"像中了彩票一样高兴，西红柿炒鸡蛋和大米饭是童年的一道风景，当然，现在也是……

我们村大都姓刘，向上追溯不过五代，都能扯上点儿关系，这是血缘关系维系形成的村庄，只有亲疏之别罢了。因此大都有称呼，当然了，是我叫他们，爷爷奶奶、姑叔兄弟，一应俱全，我在长大后方觉有一丝亲近之感。

我的家人口很少，不像爷爷的其他堂兄弟一样姊妹好几个，长大后才知道，爷爷原来有一个弟弟，两个妹妹，但弟弟在年轻的时候因意外去世了，他的妻子不知什么原因，也随他"去了"，另一个妹妹在生第二个孩子时难产去世了，因此便只剩下爷爷和他的小妹妹，也就是我的姑奶奶，每每想到这里，便会发觉爷爷的可怜与悲伤。

所幸我家如今人丁兴旺，弥补了曾经的遗憾，家是老爷爷那时修的，留下的老房子，后来不断修建，形成了今日的格局——规规矩矩，空间很开阔，房产证上显示有四百多平方米，大小六间屋子，隔间又有三小间，说起来也是种类齐全，上屋是堂屋也是北屋，为一家长者所居，我家便为爷爷奶奶居住，招待客人，吃饭也会在这里，西屋是父母、弟弟和我的房间，南屋为杂物间，东屋为厨房和洗澡间，一个敞亮的院子，夏天尤其凉快，忘不了仲夏夜晚，一家人围坐一起，好不痛快。

我的家也曾有过许多狗，最初我记忆里的两只狗，是在我出生时便有的，一黄一黑，我给黑的起名叫顺顺，黄的叫当当，取顺当之意。记不清是几岁了，顺顺有一次竟从我手里抢东西吃，差点咬到我的手，把奶奶吓得不轻，没过几天就把它卖了，当当则在家里待了好多年，后来生病，输液也没能治好，也卖了。这期间也弄来过小藏獒狗，不过它吃肉，我家可养不起，就把它送给了老姑，后来再去看时，已经养的特别大，十分凶猛。还有金毛、哈士奇等狗，不过只在我家待了一小段时间，就送人了，尤其令我印象深刻的是两只金毛，一公一母，老爸出去遛狗时十分拉风，引来许多羡慕的目光，再后来就是老爸朋友马涛大大送来的狗——憨憨。

当时因为马涛大大的母亲生病住院，狗无人看管，就寄托在我们家养，后来不知为何，再没来取。憨憨是只母狗，属于警犬，但可能品种不太纯，它在我家待了有十年的样子，从不听话到逐渐通人性，它是条好狗，但狗同人一样，终会死亡，狗的寿命在10～15年，我虽有所准备，但仍始料未及，由于我在学校，回来后弟弟告诉我这个消息。大约在2021年的三月中旬，它走了，离开了这个家。我上次回家竟忘了这件事，扔了西瓜皮想叫它来吃，可它却没来，我猛然惊醒，它真的走了，从前每当家里人从外面回来，它就会叫，来告诉我们去开门，可现在，再也听不到了，痛哉痛哉！

家里院子里有两个土方，种植瓜果或花草，在我儿时，种着一棵巨大的无花果树、枣树还有柿子树，金秋时节，黄澄澄的柿子馋得我直流口水，可还不能吃，奶奶说再等等，我们常把柿子摘下和苹果梨放在一起催熟，小时候很好奇为什么把他们放一起柿子就不涩了，长大后才知道是乙烯的作用。柿子好吃却不可多吃，否则会得结石的，柿子忌口颇多，比如不能空腹食用，不能与鸡蛋同食等等，没办法，可能这就是美食的“苛刻”吧。忘不了金黄的无花果，软糯的果肉，放进嘴里，十分甘甜，还有红红的枣子，都是我的最爱，家中，有根长竹竿，顶端有个小钩子，小小的我拿着长长的竹竿伸进红绿交杂的枣子中，胡乱一阵敲打，便如同下雨似的掉下许多枣子，那时我便十分得意地从地上检枣子吃枣子，最后吃得太多，又会“哎呀呀”地喊肚子痛。后来无花果树和枣树都生病死了，它们被劈成了柴火，送进了炉膛里，那熊熊燃烧的烈火，带走了童年的甘甜，再后来柿子树也渐渐不结果子了，奶奶便种下了梨树，于是我便又憧憬起脆甜脆甜的雪花梨来。

我的家人

我的爷爷是退休工人，曾是为国家开火车的，这很值得自豪，我一直奇怪，爷爷只在村里上过几年学，却能有这么好的工作，后来奶奶告诉我是当时的机遇好，正好国家急需铁路人才，爷爷作为少有的几个学生，便被选上了，爷爷在我上学前还没退休，每当知道爷爷下班时，我就在路口等，看到爷爷就兴奋地跑过去，爷爷也曾带我去过他上班的地方，不过我当时年纪太小，没什么印象了。爷爷退休后，负责送我上学，那时实验小学离家有一段距离，为了方便，我们家买了第一辆电动车，记得当时爷爷在卖电动车那里试骑了两圈，就骑会了，于是便送我上学，这一送就是六年。上小学时，我总喜欢买旁边小摊上的东西，那时有什么新奇玩意儿，一旦班里有人买，便会掀起“潮流”，我也不例外，无数次买东西都是爷爷给我钱，有的时候为了买东西，我还骗爷爷，说是买本子和笔，现在想想，那时真蠢。奶奶总是反对我买那些没用的玩意儿，因此我总是想方设法藏起来，但基本上都会被发现，那时斗智斗勇的经历，仍令我记忆犹新。校门口的路边摊，无一不被我光顾过，还有一家跟我混熟了，有一次给了我个辣条吃，奶奶知道了，嚷我不要随便吃陌生人给的东西，想想也是。爷爷接送了我又接送弟弟，年复一年，日复一日，到后来爷爷因糖尿病，身体被折磨得一天不如一天，最终放弃了接送的任务，慢性疾病就是这样，看着爷爷肚子上一个个针孔，以及缓慢前进的步伐，我的心里真不是个滋味。

奶奶肩负着照顾爷爷的重任，我的奶奶真是伟大，她曾是水泥厂的职工，退休后也不闲，忙里忙外，全家上下事无巨细，她一应包揽，十分辛苦，奶奶对我很好，我的衣物被褥，都是奶奶给我拆洗，好东西也都是奶奶惦记着我，给我藏起来，等我回来吃，她的许多话语时刻在耳边回响，指引我的成长，奶奶对我的爱，笔下文字是说不清的，但我的心可以感受到，尤其上初中后，我与奶奶的交流逐渐增多，像小时候一样，说起来小时候，我从一岁零三个月就开始跟着奶奶，奶奶陪伴我的时间甚至比我父母还要多，十分感谢我的奶奶。

我的父亲是酒厂的职工，曾是给领导开车的司机，当时为了省钱，没有去上好初中，在峰峰中学上完初中便工作了，起初跟着干爷爷学修车，后来机缘巧合认识了马涛等人，随后便一直跟着现在的领导。他是个年轻的人，不仅体现在相貌，更体现在行为的时髦上，他打游戏刷抖音，有些方面他比我年轻，他以前很少打我，最多的是教育，但每次都把我说的涕泪俱下，上初中后，因为犯错误叫了家长，上高中时也叫了一次，我爸是个极爱面子的人，当时他的脸要多黑有多黑，回家后便是风雨交加，一改往日和蔼的面貌，仿佛要和我断绝父子关系似的。不过他也因我而骄傲，我上十三中、峰峰一中都没让他费心，逢人说起我还是可以引以为傲的，我的父亲很爱干净，每次出门前总要仔细梳洗一遍，这与我较为邋遢的形象相差甚远，他也是个聪明的人，虽是，初中学历，但知道很多，这我很佩服他。

但我的母亲则不然，他们经常吵架，但没过多久就能和好。我妈是个玻璃盖厂的职工，一个十分能干的女强人，三百六十行，她干过许多职业，卖过玩具、对联、肉夹馍，当过月嫂，做过职工，在我的记忆里，她十分能干而且不知道累，但现在不同了，现在她年过四十，没了年轻时的活力，经常腰酸背痛，每每想到这里我便感岁月无情，小时候，她总是骂我打我，作业写不好，打；不吃饭，打……她坚持奉行“棍棒底下出孝子”，这点也常被家里其他人所诟病，我后来常开玩笑说“我现在这么傻都是你把我打傻了。”被问到恨不恨时，我回答不恨，打在儿身，痛在娘心，毕竟我是她身上掉下来的肉，都是为了我好啊。她是个不怎么会打扮的人，只会傻傻地工作，吃苦耐劳。为我的母亲点赞。

我的姑姑也曾是水泥厂的职工，后来做过保险人员，现在又到景区做讲解员，她是个大学生，学问很高，但这仅限于我上初中前，小学时常辅导我功课，记得那时老师总会留抄写和听写，我懒得抄，每次都让姑姑给我听写，我乐在其中。后来我上了初中，她的知识已经帮不了我了，只能靠我自己，再后来我所说的，她甚至从未听过，我知道，她或许已经落伍了，我的姑姑生活很艰辛，姑父打游戏花了很多钱，这使姑姑十分苦恼，于是姑姑便想自己多挣钱以维持日常开销，她作为一个女人，承担了太多太多，我看在眼里，痛在心里。无论在学习或是心灵上，我的姑姑是我的老师，在小升初阶段，若无她的日夜陪伴辅导，或许我也考不上十三中，更无今日就读于峰峰一中，万分感谢我的姑姑。

时光流转，岁月境迁。物是人非是世间不变的真理，我所能做的只是用我的笔，把它们记录下来，权当给自己心灵最大的慰藉吧！

姥姥家

我年少时常被妈妈带去姥姥家住，姥姥家在街儿庄，我们这里的人习惯把字儿连起来读成“jier”庄，听起来很顺口。村子不小，但有些落后，明明大大小小住着上百户人家，却连个像样的公共厕所都没有，有的只是稍富裕的人家自己垒的小砖屋罢了。一年四季，恶臭熏天，尤其夏季，臭味飘散，烦恼自不必多说，这也是我不怎么愿意去姥姥家的原因。

我每次上厕所时，还都要选姥姥门前三个小砖屋中较为干净的那一个，尽管如此，也是满地枯叶，遍地虫尸，还有许多不知名的垃圾，它们夹杂在一起，让本就不大的厕所无了下脚之地，每次去我都像怀抱婴儿一样小心翼翼，生怕踩到什么脏东西。我是很怕虫的，尤其是那种多足的，这里可能要引人发笑了，一个男孩子怕什么，但对于我来说，到现在仍怕，或许是有些阴影吧，好不容易找到了下脚之处，正待安心如厕，微风一吹，灰尘夹杂着臭味扑面而来，每每令我苦不堪言，而且因为几乎没人清理，厕所里沉积着屎水……待我拉下去后，屁股上便会溅到屎水，还得擦好几次才行，对，说到擦，姥姥家很穷，一般不用卫生纸，所以有时家中用来擦屁股的只有旧报纸，揉啊揉，揉到较为柔软是用它解决，至今仍未忘记，那生疼的感觉……

每次去姥姥家，村里的邻居总会对我说“老平经来了!”因为街儿庄的人对我们村一直有种固有观念，我们村较富裕些，便把自己称为城里人，街儿庄便成了山里人，刚开始我不知道什么意思，后来妈妈告诉我才知道。

在儿时的我看来，那些邻居是喜欢占小便宜的，因为有好多次，我中午在姥姥家吃饭，快吃饭时总会来一两个邻居，聊着聊着便入了席，一同吃饭，在我眼里，他们就是故意来蹭饭的，很不友好，但姥姥他们或许已经习以为常，从没说什么。

姥姥家的人对我要求很严格，或许跟他们的性格和过去穷苦的生活有关，在吃饭方面尤为明显，每次吃饭都是噩梦，我小时候饭量很小，面条有时只能吃半碗，农村家里用的碗和现在不同，都是个顶个的大碗，中等的都有成年人手掌那么大，不管什么饭都给我盛的满满的，“多吃点，不够再舀，吃多才能长大个儿”，而我每次都让他们失望，“饱了，实在吃不下了”这是我的常态，这时他们便会用恨铁不成刚的表情看着我，仿佛我犯了天大的错一样。有时他们会狠下心来强迫我吃，我偶尔能在“逼迫”中完成任务，但大多数不能。为此，我老妈还曾专门带我去看病，印象最深的是去元宝山后的门诊“割皮”——就是用极锋利的手术刀在我手上开个口子，挤出许多黄白色像鱼籽般的东西，后来我还专门去网上查过，这竟然是有科学依据的，对小儿厌食有一定作用。

姥姥他们的这种严厉，让我每每怀疑我不是亲生的，他们仿佛看我哪里都不顺眼，常常骂我，姥姥是个地地道道的乡下农民，大字不识一个，但却能说会道，这尤其体现在和姥爷的吵架方面。姥爷稍好一些，听说上过几年学，会些基本的汉字和算术，因此后来卖起了煤球。

他总是驾着他的骡子车，在我们这个小城里买煤球。他们俩说感情好吧，天天吵架，听妈妈说，他们年轻时就这样，几乎没有不吵架的，一吵就十分激烈，但只停留在口头上，姥姥总是嫌弃姥爷这那的，当然姥爷也是如此，他们的感情又不能说不好，这么些年，都是他们两人相互扶持走到今天。直到现在，姥爷耳朵不好使，腿脚也不便，姥姥还是悉心照顾他，这使我颇为感动。

姥爷在卖掉骡子之前是走街串巷，驾骡车卖煤球的，在这块儿提起来几乎没人不知道的，这些村民大都做过他的客户，那时一买买一车的交易还很少见，较多的则是这种小车送煤球的，整个矿区大约有四五个左右，他们拉起了煤球之网，笼在矿区上空。上小学时，总能在上下学路上碰见姥爷，远远地打招呼，然后离开。每次姥爷都会用他雄浑而又带些沙哑的嗓音回道“哎，大牛……”但有时我又不太想打招呼，原因是有同学在，小学后期，自尊心开始形成，感觉有个卖煤球的姥爷似乎有些丢人，现在想想，还是太年轻太天真了。姥爷有时也会往我家送煤球，是那些煤球，温暖了我儿时的冬天。

在我印象中，小舅舅偶尔会回来，大舅舅却从未见过。现在想想，或许是那时大舅舅已经准备工作且距离较远，而小舅舅仍上大学且距离较近的缘故。因此，我儿时在寒暑假就有机会在姥姥家见到小舅舅，他在唐山上大学时会带特产麻糖给我吃，至今仍忘不掉麻糖的甜，那轻薄如翼，藕断丝连的感觉，是儿时的一大美好，后来小舅舅上研究生离开了唐山，我便再未吃过麻糖。他的笔记本是个新奇的玩意儿，儿时的我不敢相信这么小这么薄的东西能干“大屁股”电脑所能干的，并且更方便，于是每次回来我会问笔记本带回来了没有。小舅舅回来后总是和我们一起去小卖铺买东西，一起放鞭炮，谈古论今，教我题，给我讲历史故事，以及当时觉得很深奥的大道理，夏天炕热，我们就在地上铺上被褥，席地而睡，秉烛夜谈，好不痛快！

后来啊，大概是在五六年级的时候，大舅舅带着舅妈从辽宁回到了家乡，那是我记事后第一次见到他，后来小舅妈也来到了我们家，再后来，他们又回到各自的城市，开始各自的奋斗，就很少回来了。

记忆中的姥姥家在进村后直走向右转，一段颠簸的土路将我的回忆拉到那个熟悉的门前，有一大一小两个门，奇怪的是，大门基本上没见打开过，而小门却是常出入的门，这个疑问伴随了我的童年，记得妈妈曾经告诉过我原因，可我后来忘记了。

姥姥家有好几个屋子，分工明确，和我家一样，上屋是睡觉和招待客人的，一进门左边是厨房，右边是小空地，夏天吃饭在这里，院子不大，但很敞亮。右屋是给舅舅办结婚典礼时用的，左屋放的则是骡子的饲料，记忆中存了许多干草，堆成了小山，还有一把大铡刀，是用来铡草的，左屋旁是圈骡子的地方，刚好容下它的身躯，简单而一应俱全。

姥姥家也很少买过年的对联，一般用搞活动发的或者自己用毛笔写的，房顶上有个小阁楼用来放杂物，还有个小洗澡间。旁边的梯子可以上房顶，小时候我喜欢从这里上，但因为小，大多时候都被赶下来了。过年时去姥姥家玩，他们买的都是较便宜但很稀奇的糖。我也很喜欢吃，还有一种奇怪的小金橘，现在貌似用来泡水的多些，可那时姥姥说他们喜欢一个一个地直接吃，有止咳润肺的功效。

这一切的一切，在三年前结束了，因为城市改造，街儿庄全部搬迁，姥姥家自然也不例外，经过长时间的工作，姥姥终于搬离了他们生活数十年的地方，这其中我并未参与太多，作为孩子也知之甚少，但我明白，他们也一定是饱含着无奈与伤感。而对于我，曾无数次想要逃离的地方，藏着无限童年回忆的地方，从此再也回不去了，如今只能通过我微薄的文字来记叙。

日渐建成的新楼区，带来了便利与城镇化，但也带走了乡愁，之前总吐槽说自己也想做拆二代，但长大后又想“若真拆了，何处为家?”高楼大厦可以提供住所，但住所不等于家，所幸我家现在还未被拆，不然我仅有的家该往何处寻?

谨以此文纪念我的童年时光，天真而又烂漫的一段岁月。

2021级汉语言文学　刘俣萧

打开新“视”界

“你是我的眼，带我领略这四季的变幻。”熟悉的旋律响起，这首《你是我的眼》曾经传唱大江南北。是啊，眼是我们不可或缺的。

它可以带我们看这秀美的大好河山：向北，可以看“北风卷地白草折”；向西，可以看“大漠沙如雪”；向东，可以看“姑苏城外寒山寺”；向南，可以看“春来江水绿如蓝”。它可以带我们领略四季的变换：春天，可以看“万条垂下绿丝绦”；夏天，可以看“接天莲叶无穷碧”；秋天，可以看“霜叶红于二月花”；冬天，可以看“雪晴云淡日光寒”。

正是有了这双眼，我们才能更好地感知世间的美，发现并创造世间的美。感谢这双眼，让我们欣赏这美好世界。

画龙在于点睛。眼睛，是心灵的窗户。透过它，可以窥视一个人的内心：或喜或忧，或悲或怒，或恐或惊，皆流于眼。自信的人眼里有光，那光是充满灵动的光，是深邃的光，那光穿透迷雾，打开新“视”界。

然而，随着技术的不断创新以及经济发展的日新月异，电子产品越来越从少数人眼中的奢侈品变成人人手中的生活必需品。各种系列层出不穷，更新换代更是频繁。电子产品方便了生活，使人们的交流突破时空和地域的阻隔。但同时，也危害了人们的生活，它的弊端正日益显露出来：电子产品不但占用了人们的时间，阻断了亲情，而且长时间使用电子产品。使得近视的人数急剧上升，且主要集中在我们学生群体中。数据显示：我国高中及大学生近视率已达到70%以上，更有严重的省份达到了80%。这组数据多么让人心惊，这意味着：我国这些冉冉升起的新星，新时代的接班人，绝大多数都要戴着眼镜生活。我不敢想象这是一幅怎样的情景。要知道，高度近视是会遗传的！

有人说：科技这么发达，以后再治疗不就行了。我想说：高科技并不是所有人都能用上的。而且，一个天然的明目和一个后天治疗后的眼睛，孰好孰坏，不言而喻。

从这组数据看，学历越高反而近视率越高，这真是讽刺的一件事。按道理说：学历的上升必然使人们对防控近视有更深刻的认识，但实则不然，拿我们班来说吧：60人的班级，不近视的同学只有六、七个，远超80%这一数据。可见同学们对其认识还不够，而且没有正确的方法。如此下去，度数只会持续上升。

近视对我们生活学习的影响可见一斑：近视，给我们造成诸多不便，正所谓“大窠罗绮看才辨，小字文书见便愁。”一旦近视，对字体的大小都有了要求；欣赏美景亦是如此，白居易的诗描写得十分形象：“散乱空中千片雪，蒙笼物上一重纱。纵逢晴景如看雾，不是春天亦见花。”通过比喻给我们道出了“近视眼”的悲哀。正所谓“良目看花花繁几簇，病眼观景景弱三分。”再美好的景色，用近视的眼睛去看，也会少了几分美。因此为了欣赏到更纯真的美，我们要保护好我们的“窗”，守护好我们的“视”界。

针对防控近视，不少学校都安排了眼保健操，不少同学做完操像给了自己心理安慰一样，转过身就又去做伤眼的活动。殊不知，眼保健操是预防而不是治疗，是缓解而不是解药。要想真正守护好眼睛，打好防控近视的“战争”，健康的生活习惯必不可少：早睡早起，控制时间等等，加强锻炼也有一定帮助。但这毕竟只是方法，自己的努力，内心的重视才是关键。

“黑夜给了我黑色的眼睛，我却用它寻找光明。”是的，我们要用它闪出的光芒去追寻光明。我们要做好近视防控，打开新“视”界，让“视”界更精彩！

2021级汉语言文学　刘俣萧

长安行

我曾有个想法，像电视剧里的游侠一般，骑一匹老马，浪迹天涯，腰悬着三尺剑，不说为斩楼兰，徒增侠气罢了。看遍天下，首先要去的便是长安。

长安自古帝王家，十三朝兴亡，十三朝荣辱，多少王侯将相，生于此，老于此，成名于此，化灰于此，两千年的血雨腥风将这座城幻化成了一个见惯世俗的老者，安静地伫立于兹，肃穆庄重，欲进长安，必过朱雀门，南宫的朱雀赤色如火，正如上元佳节盛唐的花灯，花市灯如昼不是吹的，北端的是玄武门，一千三百多年前，弟弟在这里将兄长斩杀，做了大唐的王，兄弟相争，只为那至高无上的龙椅罢了。不过上天是有意让他做王的，他缔造了贞观之治，让南北朝之后的生灵涂炭又重归安宁，世人得此君，实乃大幸。

继续向前走，大明宫的旧址映入眼帘，墙上的青苔斑驳了千年岁月，影壁的裂缝诉说着当年的血雨腥风，曾几何时，这是无数人魂牵梦绕之地，中国的想要这宫中的玉玺龙椅，外国的走到这里一睹盛世的繁华，而今，徒有残垣断壁罢了。这四四方方的城怎能将我困于此，亦不能将李白困于此，翰林侍诏的名位他偏不要，像一只大鹏向往自由，最终被赐金放还，我想追随他的脚步，出去看看。

长安城郊，是许多帝王的陵寝，龙气汇聚于此，我走上乾陵，这里埋葬着曾经唐帝国最高统治者和她的丈夫，这个曾经叱咤风云，一声令下便是尸山血海的女人，将死之际，不愿留下什么，于是无字碑伫立于此，留待后人评说。她很清楚古今帝王将相刻石记碑只是徒有虚名罢了，于是她便不同，孑然一身追随她一生挚爱的男人去了。

天有些阴，似要下雨，我走下山，骑着马，离开了乾陵。

在酒家借宿一宿，房子很小，但环境不错，一大早我便动身去了西山，这里长眠着另外一位帝王。来到山脚下，两旁的石人立刻将我镇住——茂陵到了。

这是汉武大帝刘彻的墓，一方土丘掩盖不住这位曾经开创大汉盛世的帝王光辉，一声“寇可往，我亦可往!”道出的是强盛国力下的自信与坦荡。不过他临终一反常态，陵墓修得极为简陋，还不如昨日的乾陵，我在土丘前肃立站好，表达对汉武大帝的崇敬。

长安是无数帝王将相的栖息地，只单独的陵寝就有几十座，不过鲜有未被盗墓贼光顾的，这些帝王或许不会想到，寰宇至尊的自己千百后会被普通百姓挖了坟。下了西山，我继续向西走，远处巍巍伫立着一个古塔，早年便闻长安有古塔大小各一，名为大小雁塔，不知此为何？寻位路人一问，方知此为小雁塔，唐朝科举与之有紧密联系，举子汇聚于此，曲水流觞，畅叙豪情，吟诗作赋，好不痛快。如今只是空塔一座，供后人参观游览罢了。

骑在马上，望着巍巍长安城，不禁感慨万千。长安以其独有的历史厚重感将我紧紧包裹，欲将我留在这里，多少人梦中都想来到这里，如今已成为过往烟云。

嗟乎，前人胜迹后人寻，后人之后亦后人，想至此，顿时没了兴致，一拍马屁股，扬长而去，不知去往何方……

2021级汉语言文学　刘保萧

金陵漫记

朝阳，明媚。微风，和煦。

我骑着马，向它走去。前方便是金陵城了，我想道。帝王之都果然名不虚传，还未进城，就感觉仿佛有道屏障将它护住，是传说中的龙气，还是下凡星宿的庇佑，我也说不清楚，进城罢。

金陵是六朝古都，历经东吴、东晋、宋、齐、梁、陈，先后四百余年帝王都，正所谓“吴宫花草埋幽径，晋代衣冠成古丘。”通往城中的道路上，散布着许多奇花异草，荒冢新坟，令人不免悲春伤秋起来。

城外东山上的明孝陵，威严肃穆，使我心生敬意，说起来这明太祖朱元璋也真是厉害，硬生生从和尚干到了皇帝，实为能人，但其后世子孙仿佛把才能都给了他们的祖宗，一个比一个窝囊。朱元璋在南京定都五十三年，就被燕王朱棣夺了江山，千里迢迢迁到了北京，空留下这明孝陵，其余子孙大都埋在了北京，一南一北，隔山望水，实有无颜面见祖宗之意。

不过这么说似乎也有失偏颇，历史上对明朝有“刚明”之称，顾名思义，它对待少数民族的侵扰，不和亲、不纳贡、不岁币，就是硬刚，又因都城在北京，实属关山要冲，因此有“天子守国门，君王死社稷”的说法，历史从来就是如此，无分谁对谁错，功过荣辱间，自待后人评说。

下了明孝陵，我信马秦淮河上，不由吟唱到“商女不知亡国恨，隔江犹唱后庭花。”一条秦淮河，流的是景，也是史。才子佳人、王侯将相打桥上走过，这河见证了历史兴衰，人言陈后主纵情声色，骄奢无度，创制琴曲《玉树后庭花》，陈亡后，此曲便作为亡国之音千古传唱。

金陵城是神奇的地方，分裂与统一交会于此。西晋灭东吴，攻破建康城门，东吴灭亡后，氏族南渡至此，建立了东晋。再后来啊，南朝的四个朝代先后都建都于此，隋建立后，南下灭陈，金陵又孕育出新的统一。历史的巧合令人浮想联翩。

默哀良久，我离开了这里，马头向前，身后仍是烟雨朦胧。南京作为中国的政治中心，民国仍沿用这一传统，中山先生创立民国于此，蒋中正设立国民政府于此。不幸的是，抗日战争中，无耻的侵略者占领了南京城，在这本来美丽的地方大肆杀戮，天堂变成了人间地狱，这便是我们所不能忘记的——南京大屠杀。说着我来到死难者纪念碑前，望着巨大石碑上的一个个名字，我的心如同塞了块石头般难受，这都是中华儿女，同我一样留着炎黄血液，他们手无寸铁却惨遭杀戮。默哀良久，我离开了这里，马头向前，身后仍是烟雨朦胧。

2021级汉语言文学　刘俣萧

梦回汴梁

看着一旁吃食的老马，它正贪婪地享受着青草的芬芳。我饮着茶，微苦略涩，但入喉却留有清香。吃饱喝足，我对老马说：“走吧。”

通往汴京的小路依旧平坦，沿着黄河便可到达，站在高大的城门下，“开封府”三个字映入眼帘，开封就是汴梁，作为北宋的都城，这个城市极尽繁华，路旁的商铺一个接一个，卖什么的都有，行至大相国寺，这是城中最大的闹市，也是皇帝常幸之所，与民同乐的绝佳去处。

“东风夜放花千树，更吹落、星如雨。”那时的东京想必便是如此，“火树银花合，星桥铁锁开。”让我想起《东京梦华录》中写到的“笙歌彻夜不绝……”夜市的雏形诞生于此。

城东有一处不寻常的建筑——包公祠，曾任开封府府尹的包拯清廉善断，保得一方平安，被百姓称为包青天。进入大堂，正大光明四字铁画银钩，苍劲有力，一旁的三口铡刀最为亮眼，史载包拯有三口铡刀：龙头铡斩皇亲国戚，虎头铡斩贪官污吏，狗头铡斩市井恶人，他曾用龙头铡斩了当朝驸马，从这历史古物中，我看到了一个王朝的正义，传说包拯为文曲星下凡，和武将狄青一样，同被下派人间，助赵宋王朝国泰民安。

出了开封府，走马汴河上，曾几何时，这里车马如梭，行人如织。张择端的《清明上河图》真可谓是最写实的风俗画，将北宋盛世图景展现在我们面前。虽言盛世，但我仍从历史中窥见，经济迅速发展的北宋实则积贫积弱：三冗问题，强干弱枝，守内虚外，偌大的王朝光环背后，是千疮百孔的残破，是和亲岁币的屈辱，常言道“弱宋”，面对少数民族南下入侵，北宋可谓是最弱的中原王朝了，被打得节节败退，无数次割地求和，换来的是敌人更加嚣张的气焰，最后落得个国破家亡的结局，1127 年，汴京城被攻破，徽钦二帝被掳走，史称靖康耻。“靖康耻，犹未雪，臣子恨，何时灭。”这是岳飞的仰天长啸，然奸臣当道，“还我河山”的梦终究破灭，收复失地成了梦中景，北望中原成了南宋诗人的共同特征，迁到江南的旧臣大都怀有汴京情怀，他们始终做不到“只把杭州作汴州”，南宋迁都南下，到了临安，就是今天的杭州，偏安一隅，澶渊之盟给了这个草创的新王朝喘息的机会，商品经济空前繁荣。

想到这里，我出了城门，“对，去临安”，我想。我骑上马，疾驰而去，向身后喊道“再会，汴京。”

2021级汉语言文学　刘俣萧

积跬步，守碧水青天；聚小流，建美丽家园

我不爱高楼，林林总总，但爱绿树千万重。我不爱人潮涌动，车水马龙，但爱鸟鸣三四声。我爱这自然，爱它的青山绿水，爱它的碧草蓝天。

不知蓝天美在何处，但它总使人心旷神怡。那种感觉，是任何人为都难以实现的。

正因如此，古人与蓝天有着密不可分的联系。昔日王右军兰亭宴饮，会良辰美景，便有了“天朗气清，惠风和畅”；“天苍苍，野茫茫，风吹草低见牛羊”则道出了北国的无垠与广袤。有时，蓝天它有不同的名字。说志向，可以是“苍穹”；说高远，亦可为“九霄”；谈无限，还可说“碧落”。由此，便引申出了“一望无际”“一碧千里”等一系列耳熟能详的词汇。蓝天，在我们之上，与我们息息相关。

但是，随着时代的发展，技术在更新，水平在提高，我们的环境也在改变。不知你是否观察过：如今的天空是否依旧蔚蓝？周围的空气，是否依旧清新？家乡的草木，是否依旧繁盛？答案是否定的。社会的不断发展使我们的环境不断变差，差得让人痛心疾首。

且看那大小工厂，明暗作坊，正把含有有害物质的废水注入河流；看那大小动车，工厂烟囱，正在尽情地向空中排放；看那鱼虾正在浑浊的河湖里浮沉，看那飞鸟在迷雾中哀鸣……过度污染给蓝天披上了一层霾，也给人们心中披上了一层挥之不去的霾——人们迷茫了：这是我们要的发展吗？

“天地与我并生，而万物与我为一”，庄子的这句话告诉我们：人类不能站在统治者的地位去支配自然，与自然和谐共生，才能取得长足发展。

党的十八大以来，我们深入推进环境保护，全国上下同心同德，涌现出了许多先进事迹：新愚公李保国三十余年扎根太行，白了头发，绿了荒山，既富了农民，又护了生态；三代塞罕坝人前赴后继，忘我奉献，让塞罕坝从“黄沙遮天日，飞鸟无栖树”的不毛荒原变为百万林场，既收获了金山银山，又收获了绿水青山，成为世界环境治理的模范标杆……

我们矿区亦是如此，近几年来矿区深入贯彻习近平总书记“绿水青山就是金山银山”的发展理念，大刀阔斧稳抓稳打地进行改革。时雨点红桃千树，春风吹绿柳万枝。一大批污染企业被关停，矿区上空再不见黑烟踪迹；重点治理违规乱排污，还河水一片碧绿……

犹记那日，漫步滏阳河畔，居高下望，记忆中浑浊的河水一改原有模样，清澈碧绿，微风拂过，河水独有的自然气息沁人心脾，使我感到无比舒适。也使我惊讶于矿区变化之大。近年来，矿区积极响应上级号召，大力发展旅游业，取得了卓越的成果：响堂寺、水镇、张家楼、磁州窑、药王谷等一大批特色景区陆续开发。走过水镇，古朴气息扑面而来，流连其中，谁能想到这原来只是一条名不见经传的小沟渠。正是有了全区人们的不懈努力，环保意识的不断增强，才有了今日的成就。

“龙潭灵作峰峰雨，石鼓威生面面风”，四百多年前，明人宋之韩以这句诗描绘峰峰山水之色。如今，峰峰穿越深邃悠久的历史，在时代的新征程里，向世人描绘出又颜值有活力的美丽画卷。

我们虽已取得一些成就，但客观事实告诉我们：环境保护还未成功，环保还需进行，环保意识还需不断深化。走在校园中，随处丢弃的垃圾袋，人们熙熙攘攘走过，却视而不见；分类垃圾桶颜色醒目，却还有人不辨“干湿”，垃圾分类形同虚设……种种现象无不警醒我们，切勿被小成就冲昏了头脑。环保不是一蹴而就，我们现在所处的阶段是一个“船到中流浪更急、人到半山路更陡”的关键节点。在这时，我们更应把好舵盘，坚定方向，矢志不渝地向彼岸前行。

环境保护，需要我们每个人的努力。积跬步以致千里，汇小流以成江海，虽然我们每个人力量有限，但只要我们尽己所能，就会“积少成多，聚沙成塔”，发挥出无限的力量。

感人的歌声给人的记忆是长远的，优美的环境给人的感觉是舒适的。所以，让我们携起手来，打赢蓝天保卫战，守护碧水蓝天！

2021级汉语言文学　刘侯萧

寄往远方的一封信

吾友云轩：

许久未见矣！近来可好？掐指一算，我们已分别两月有余了。君在河北，我在海南，天南海北，千里之遥，难以相见，唯寄锦书鸿雁，以表吾意。

现在的我们早没了当时备战高考的巨大压力，其实不仅是备战高考的那段日子，作为河北的考生，面对省内如此严峻的形势，以及学校严格的管理制度，很难松下心来，我们从迈进高中校门的那一刻起，“高考改变命运”这一种子便在我们心里发了芽，我们每日五点起床，十二点睡觉，披星戴月，期盼那粒种子最终可以结出一颗像样的果实，那时的我们，将高考看得如此之重，但现如今回过头看，似乎并不是那么重要，正如鲲哥所言：“所有我们当时觉得天大的事儿，事后再看也不过芝麻大点儿。”

确实，当时每日睡不着觉，思前想后，心里话写满了一本又一本，现在提起却毫无波澜，甚至在回想高考失利后还会淡然一笑，继续走接下来的路。

还未高考的时候，我们不止一次幻想大学美好的生活，憧憬着三五好友漫步在夕阳下，躺在草地上，徜徉于书海中……身边所有人都说，再坚持一下，到了大学就解放了，这句话成为我、我们，学习到深夜时的自我安慰，也是考试失利时的心灵调剂。

现如今真正到了大学，我却迷茫了。我上大学到底是为了什么呢？是为了找一份体面的工作？是为了日后有一个美满的家庭？还是为了让父母高兴，光宗耀祖？这些听起来很功利，但现实似乎就是如此，为了养活自己，养活家庭，让父母老有所养。尽管如此，我还是希望找到一些不那么功利的东西。

我在校园里徘徊，在图书馆里迷茫，想通过一个人时与心灵的对话，来找出一个答案。古人有言“大学之道，在明明德，在修身，在止于至善。”这里的大学，虽与现在所言大学不同，但亦是我们大学生所要做到的。大学，四年乃至五年，是一个过程，是一场修行，在这过程中，我们一步步褪去青涩，边认清现实边不忘初心，边窥见黑暗边相信光明，在书海中修身悟世，于市侩里知黑守白，大学四年，当倍加珍惜。

不知你是否与我有同样感受，在大学中，常常会感觉不知道自己在忙些什么，一天下来，明明没怎么玩儿，却也没学到多少东西，浑浑噩噩，日复一日，不停地回复收到，不时有的调查问卷，以及投票、测试、网课、集体活动……每天被这些所裹挟，真正属于自己的时间似乎少之又少，这或许就是大学和高中的区别吧，高中是按部就班地完成任务，除了学习还是学习的累，而大学则是充斥着不同活动的心累。

不管说什么，我们在大学都应该明白自己心中所想，在自由开放的平台上磨砺自己，升华自己。修身、齐家、治国、平天下，这是先贤所想，亦是我辈所往。犹记咱们高中的班训，现如今仍是勉励我不忘初心的座右铭："为天地立心，为生民立命，为往圣继绝学，为万世开太平"，每每念及此句，更觉胸中荡气回肠，肩头责任重大。

来到海南已经两个多月了，身在异乡，方知诗人"每逢佳节倍思亲"呐，深夜看向月亮，心想你我的目光该是会在上面相遇吧，2400 公里的云和月，再想并肩骑行，唱着不着调的歌儿，该是很难了吧，我们都进入了大学生活，开启了属于自己的崭新时代，是应该将过往的美好珍藏，收拾行囊奔向远方了，愿你享受大学生活，在最有魄力的年华鲜衣怒马，仗剑天涯。

河北已落初雪，海南仍是盛夏时节，期待来年回去共把酒问月，畅谈理想，那时的我们，该是另一番模样。

本欲多言，奈何文笔有限，才疏学浅，况吾与君已为挚友，何须冗言？冀州天渐凉，宜勤添衣注意保暖为是。

祝

前程似锦

身体健康

友　刘俣萧

2021 年 11 月 21 日

2021 级汉语言文学　刘俣萧

离家求学小记

第一次离家求学的经历，是高考完我南下去海南读大学的时候。虽已过了一年有余，但再回想起来，那些压抑着的深沉的情感，再见的故人和初识的新人，依旧记忆犹新。

去学校的前一天，我正坐在床沿，打算把衣服一件一件叠好，奶奶站在门口，沉默了半晌，末了，嘴巴动了动，好像想说什么，最后还是什么都没说。

她迈开腿走进房间，坐在我身边。接过我手中叠了一半的衣服时，她的指腹不经意碰到了我的手背一下，像一块粗糙的树枝不小心摩挲在相对光滑的石板上，在安静流动的空气中忽然散发出一种让人战栗的感觉，像燃烧烫人的火，从我的皮肤表层极速波动到了心上。

我说不清那滋味，但是那一下看见那双满是老茧和皱纹的手，我在恍然和宁静之中，一瞬间被蚂蚁在心里啃噬般的不宁和酸涩代替。

看着她那瘦小的脊背，皮肉松松垮垮，肋骨根根分明。我心里无来由地生出一种惊惧和疑问，怎么会呢？怎么会有人瘦到这种程度呢？而且这个人还是陪着我长大的奶奶，怎么就恍然之间，老成这个样子了呢？

奶奶边收拾边像往常一样絮絮叨叨：“到了学校那边要记得按时吃饭……”我也像往常一样全然没心思听。嘴上胡乱应付着，心里却在安慰自己，一定是因为生病的缘故，奶奶看起来才这么老的。可是她就算看起来这么老了，她也还是陪在我身边呀！不用去多想什么。

我心里虽然这么宽慰着，但我也清楚地知道我在逃避。逃避一个“所爱终须一别”的最沉重的话题。

大学四年，远隔千里，能陪伴的日子还剩多少呢？我不敢去细想。

好不容易挨到第二天要出发的日子，奶奶又拿出几袋葛根粉，嘱咐我放进包里。我摇摇头，“可是我不爱喝这个。”奶奶又说，“你平常总是上火，这个上火的时候吃特别好，奶奶会骗你吗？”许是怕我再拒绝，又轻轻地低语了一句，“不会很重的。”

我没再拒绝。告诉她自己隔三岔五就会调两碗喝的。她怀着一种难以掩饰的开心，说话的声音和语气都轻松了起来，说：“好啊，记得喝啊。”

我说："会的，一定会的。"

在父母开车送我到机场的路上，我才真真正正地好好看了看这个生我育我十八年的故乡。

我好像从不理解所谓课本上的乡愁，大抵是因为从未离家远行过，而那时的我不会想到，有一天我也会成为古诗中的"游子"。这份埋藏在我内心最深处的情感，在我即将离开这里时，忽然泛起沉滓。

我有那么多丢不掉也带不走的"行李"：孩童时埋下的亲昵情结，青春期从知识和文字里收获的确切快乐，高三时流过的无用眼泪、悟到的模糊道理……以及所有这些时候，遇见的可爱人们和内心始终丢不掉的那点热忱真心。

现在是九月初，等到了九月中旬，故乡的桂花也都应当开好了吧？可惜今年我看不到了。海南也会有像江南故乡这么好的桂花吗？我不禁胡乱想着。

我考了那么多的试，没想到是为了离开家。故乡再没有春和秋，只剩下匆匆来去的冬夏。

下次归家时，我会成长为更好的人吗？希望如此吧。

一路颠簸到了机场，父亲与我一同坐飞机去学校报道，而母亲也要与我说再见了。她默默送了我们进去，默默地帮我们值机，又默默地陪我们等待安检。临别时她又忍不住叮嘱我一些生活方面的事，人生第一次对我袒露了她的情绪："你长这么大第一次离家这么远……"

母亲是一个不善于表达的人，我出生十八年以来，不管在什么日子和情况下，她没有对我说过哪怕一次"我爱你"这类煽情好听的话，她一直是用她自己的方式，用耐心和守候，来传递这些她羞于表达的柔情。

然而这是我第一次看到母亲展露她那么脆弱与柔软的一面。

我有些不知所措，本想说出几句安慰的话，可不止怎的，一开口却带了点责怪的意味："为什么说这样的话呀？不要说这样的话！我也好难受的……"一句话都还没说完，鼻子陡然一酸，赶紧别过脸去，眼眶不自觉流出两行泪，倔强地不愿让母亲看到。

可真是矛盾的心理！离家远去求学，不是人生必经之阶段吗？既然是人人必经之阶段，又何以如此矫情呢！我一边在心里暗骂自己，一边却又忍不住擦眼泪。

那是我第一次深刻了解到离别的含义，来源于母亲要流不流的眼泪。

高三有过很长一段时间，我和母亲因为隔阂而互生怨怼，为父母不能充分理解自己而伤心难过。而在离家的这些日子里，才渐渐体会到了一点他们的难处，诸如含辛茹苦、半世操劳，即使是以前考试写作文，也不喜欢用这样滥大街的沉重词，但不能否认的是，大多为父为母者，确实就是如此，背负这份纯天然使命，付出了自己整个的后半生。

飞机飞过琼州海峡，我的大学生活即将开启了。“独立”也不再是嘴唇一张一合吐出的两个字那么简单了。

望了望旁边父亲熟睡的起伏着的胸膛，我戴上耳机听歌，播到李健的《故乡山川》时，一时间又是涌上心头的难过。半梦半醒间，乡音悠扬，漫溢出恬淡绵长的乡愁、冷静却又炽热的怅惘。成长与远行之中种种不可避免的纠结与冲突，何以化解——去梦里好了，梦里一切都是原样，他乡也恍似故乡。

2020 级汉语言文学　汪晨

琼学小记

海南的深秋，是早晨倦懒的阳光添上吹来的湿湿的，带着丝丝凉意的湖风。虽然感到一丝战栗，却全无无锡那般湿冷刺骨。

当粉色的晚霞染透天空时，整个穹幕下忽然温柔了起来。下课的脚步匆匆，道路上充斥着各种噪音，却将这难得的温柔变得浮躁喧嚣。

晚上近八点是最好的时候。大家大多在宿舍，或者图书馆，或者上晚课。街上是安静的，小径上更是通幽。难得拥有这无人打扰的时光，我便迫不及待地走进这静谧的夜色中。

沿着图书馆旁的小路，无灯无人，抬头便可见明月，低头可掬碧波。干净的夜空衬出一弯月亮，旁边缀着两颗星星。月光斜斜地洒在小径上，暗得朦朦胧胧。微风拂过，湖面如同镶了银线的绸缎，被风吹得褶起，把粼粼的光折成明暗的影。风中夹杂着新雨后的土腥味。偶尔有鱼跃出水面，便漾起阵阵涟漪。见到如此趣景，我暗暗给这个湖取了个名字：落星湖。

沿着小路到图书馆，能看见楼上的同学在奋笔疾书，湖边路灯下，也有同学默默看书。我倏地感到了一丝迷茫。到大学两个月，似乎并没有想过自己的将来。未来的路如这条小径，昏暗、斑驳。我不知该何去何从。

大学生活让我有些不知所措。陌生的环境，来自五湖四海性格不同的人，完全不同于高中的制度，都使我紧张。这种感觉，从未有过。

走在图书馆对面的小湖边，那里是极静的，黑暗和沉寂放大了我的感知，我更清晰地感到夜的寒冷。

从分宿舍，军训，到正式上课这两个月，我排斥这种陌生。除了必要的交集，我甚至不认识班里的大多数同学。我的不主动，我一个人出去玩，一个人吃饭，一个人去图书馆……一个人是我的全部。

沿路走下，遇到长椅上的几对情侣，低头说着悄悄话。远处的灯光将他们的影拖的长长的，照出了他们互相依偎的身体和脸上洋溢着浅浅的笑。多好啊，我悄悄羡慕。路灯闪烁，形单影只的我十分突兀。

两旁的榕树只剩下剪影，根根榕丝如愁绪般交缠。

路的尽头是一家小店，门前树上挂着一盏明晃晃的灯。走进要一杯关东煮，靠在小店的椅子上静静享用。大家井然有序，却都不约而同地不愿打扰这份温馨的静，整个小院只剩下氤氲的热气。侧耳倾听，隐约能闻见岸边草丛中细细的鸣叫，那种自然的、和谐的、令人心旷神怡的低声细语亦是极妙的乐章。

走到桥上，传来了远处的喧闹。岸边，亮着点点手机的白色灯光。近湖，却有几团温柔的橙色的烛光，在风中轻轻摇曳。

“同学们，大家许愿!”对岸人群安静下来，纷纷闭上眼睛许愿，烛光映出了洋溢的幸福。

那一刻的夜，充满了温馨。

河灯远远漂去，大家注视着，欢笑着。

“学姐，请问你们在……”我问与我同岸负责拍摄的同学。

“我们是泰语系的，我们在组织河灯节活动。”她笑着回答。

“嗯，谢谢!”我若有所思。

回去的路上，我有幸被赠予了一盏她们自己制作的河灯。她们告诉我：“水灯节是恋爱的节日哦!”她们三三两两走到湖边放灯。

突然有点想谈恋爱了，但也不确切。想遇到那个让我能感受到温暖的人，可能是看见路边的情侣手牵着手，可能是看见热腾腾的板栗和烤红薯，或者是手太凉。我想找个人分享我的零零碎碎，走进我的生活。我想要个依靠，而不是温暖的客气。

寂寞实则是难以忍受的，它如同水蛭般，一点点将我内心的火热抽去，让我渐渐麻木于冰冷。

可谁能给予我依靠和温暖呢?

心里慌慌的，眼角湿湿的，我跟着脚步踽踽地回宿舍。

隧道前有一只白猫。此时的天正若有若无的滴着几滴雨，它昂着头，蹲坐在那里，似乎在等待着什么。

我走过去，蹲下摸摸它，它也不反抗，只是静静地，静静地待在那里。

难得的温暖。

指尖滑过它的绒毛，它轻唤一声。忽然，心里好像有什么被填满了……

我深知大学生活还很长，我的心里可能纯粹是放不下那一段回忆，放不下四散各地的朋友们……我放不下忘不了太多，以至我开始迷惘。

穿过昏暗的走廊，我打开了宿舍的门。明亮的灯光使我一时睁不开眼。原来，舍友都在等我回来……

未来大概就是如此吧，我的嘴角扬起了微微的弧度……

2021级汉语言文学　顾正毅

袅袅浮生，与时卷舒

“桑田沧海须臾。”古之贤者早已道出时代更迭的真谛。时代不断变化，幸福的呓语依旧呢喃于天地四方，幸福的画章印盖六合八荒。有学者曾言：“社会提供的客观条件是人们实现人生价值的前提。”这促使我们开始思索时代与幸福交织的奥秘，是物质的褪色？是家的“离席”？

当处五六十年代的中国，四方食事，不过一碗人间烟火，已是奢侈。四季轮回中，春耕、夏耨、秋收、冬藏，失时致绝。物质上的匮乏致使柴米油盐成了幸福的“标配”，蕴藏了人类作为一个生物体存在的物质基础。幸福，简单，却不易。当传统家族观念延续至今数千年，除了对基本温饱的追求，家，成了一生所望。中国社会所存在的“差序格局”即人与人之间的关系层层泛开出去，也许是对中国长久以来重家、念家情愫最好的注解，血的连续，如何也剪不断……历至七八十年代的中国，蝶变之中又晕染上了多少心头的白月光。改革开放的列车时时提速，经济发展转型升级背后，人民对物质的需求迅速膨胀。幸福，单调，而艰难，有多少个农村家庭在城市化进程中分崩离析，空巢老人、留守儿童、“无人村”比比皆是。当物质足以为家庭的幸福增色时，又能怎样，回首望去，家已不在……多少个高楼矗立间的梦想，早已语焉不详或付之阙如，曾经的追求成了心头永远的白月光，初心壮言成了南柯一梦。不可否认的是，“他们”的贡献，使国家的幸福于彼时彼刻有了根基，可悲的是家人的幸福却成了云烟……

古语云“民亦劳止，汔可小康”，当物质生活满足了大部分人民的需求，家的观念似乎也在渐渐被淡忘。

知识经济增速高走，个体自由意识急剧膨胀。幸福、自由，物质生活不再成为生活的负担、发展的壁垒，精神自由对时代的要求逐步登上了历史舞台。而精致的利己主义者却大行其道，他们伪饰其利己本性，用“精致”的外衣和娴熟的手段，使利己最大化。我们不得不反思，家的情愫是否在我们心中遗漏？西方社会的观念成了我们的追求，长辈们的叮嘱成了最大的负担，我们在索取、在获得，也在失去着传统文化中的情与感。

时代赋予了幸福专属的标识，而我们也应该用自己的创造去谱写专属的幸福。那么我们又该如何做呢？西方哲学家尼采曾提出“精神三变理论”，简单来说，就是人类的精神会完成三种变形：骆驼、狮子和婴儿，骆驼是忍耐执着，狮子是强力征服，婴儿是天真自由，这也许是近年来中国人民幸福追求的注脚，对人生最完美的追求。物质“离席”是好，可人情冷暖莫忘……

少年振衣，岂不可作千里风幡看？少年瞬目，亦可壮作万古清流想。少年此路长歌且行，愿尽吾辈之力，揭未来之破晓……看袅袅浮生，与时代卷舒，莫弃文明之根，焕发人文之源。

2019 汉语言文学　邹希晨

我家的“跨界”达人

最近有一张众人调侃的图片，说全民成厨子了，医生成战士了，教师成主播了，公务员成门卫了。2020年春节的这场新冠病毒感染疫情，的确激发了许多人的潜质，让大家纷纷完美跨界。我们家也有这么一位跨界达人，那就是我的爸爸。

严格来说，爸爸的“跨界”能量也不是这场新冠病毒感染疫情激发的。从小到大，爸爸就是我心中的全能英雄。我们家4口人，爸爸妈妈、姐姐和我，我们的生活理念比较开明和自由，彼此间相互不干涉，各自独立。正因如此，我除了知道爸爸是在政府工作，其他一概不清楚，比如他是什么部门、什么职务等。他不说，我也不问。偶尔在饭桌上，妈妈会问他今天在哪里值班，或者他会跟妈妈聊一些工作上发生的有趣事情。我听得云里雾里，但也根据这些琐碎的信息，大概地拼凑出了爸爸的部分身份：扶贫工作组组长、调解群众纠纷的老党员、维护治安的干部等。我不知道那些算不算跨界，但可以肯定的是，它们都是爸爸工作的一部分。

平日里，爸爸在家的时间不多，刚开始我以为是因为我们家地理位置分布特殊的关系（家庭大本营在县城，但爸爸妈妈住乡镇，我住县城，姐姐住市里），后来才知道，不是爸爸不想在家，而是他工作的阵地就在农村，他真是一名扶贫工作组组长！

2015年，精准脱贫攻坚战役打响，我的家乡龙州县被列为国家级贫困县，为了摘掉穷帽，重新谱写南疆国门“小香港”的美誉，在这个面积为2311.19平方千米的边陲重镇上，涌现了一批艰苦奋斗默默奉献的脱贫攻坚战士，我的爸爸就是其中的一员。从此，家庭饭桌上越来越少出现爸爸的身影，甚至十天半个月我都不曾见到他一面。

2018年，我进入高三，都说高三是每个学子最关键的攻坚冲刺期，成败在此一举，很多父母此时也使出浑身解数给孩子提供最好的学习生活条件。然而，我很“不幸”，2018年也是龙州县实现脱贫摘帽年，这意味着，我的爸爸妈妈在工作上，也进入了最关键的攻坚冲刺期，他们将全力以赴奋斗在扶贫一线上，从一星期回家换一次衣服，到一个月回家看我一次，到后来直接把衣服、面包干粮等必须生活物资搬到车上，住进村里，为贫困村解决道路硬化、通电通水问题，帮农户寻找经济增收项目，关心村里的孩子在哪里上学、学得怎么样、有没有享受相应的教育政策等等，偶尔会给我打来电话问问我吃饭没有。我俨然是他俩的意外，帮扶的贫困村的孩子才是他们的真爱。所以，别人家的孩子在高三时期需要做的事情是学习、学习、学习，而我在学习之外还要掌握各种独立生存的技能，我的厨艺也是在那个自力更生的阶段得到了极大的提升。

去年金秋，我要来三亚上学了。爸爸当时正在执行一项维稳任务，一时走不开，于是打算让姐姐陪我来学校报到。不赶巧，姐姐出差了。不得已，爸爸只好向单位说明情况申请 3 天假。单位领导一听，大手一挥给他批了 5 天假期。爸爸喜出望外，妈妈倒不高兴了，一路对我爸嘀咕："你领导真是小气，你一年到头辛辛苦苦，这不，人家年假都休完了，你 30 天年假还没休一天，真是的。"回到饭桌上，妈妈又把事情跟我说了一遍，爸爸只在一旁憨憨地笑，还不停地给妈妈盛汤、添饭和夹菜，俩人又开心地讨论起三亚之行了。这"狗粮"撒得满地都是。

曾经听过一句话："最好的家庭教育是爸爸爱妈妈。"我的姐姐，一位三十岁的"单身狗"，有着天使的面孔魔鬼的灵魂，性格乐观豪爽，做事雷厉风行。就这么一个女人跟我在家，我一天不做饭她都可能会饿死，这让我很怀疑她和 3 岁外甥的生存能力是一个等级的。在家里，姐姐真的只会两件事：这也不会，那也不会。听说这是由于以前家里只要求她好好学习、家务啥的都让爸爸承包了。爸爸年轻的时候即使应酬再多，也会先回家给老婆孩子炒好了菜，做好了饭才出门。更别说洗衣服了，有一次姐姐心血来潮把衣服放洗衣机去了，爸爸还叮嘱她等爸爸回家了再晒衣服。

在家里，爸爸宠老婆宠孩子是出了名的，最常见的就是爸爸随时会"变身"成为美发师：妈妈洗完头了，爸爸帮吹干；妈妈头发白了，爸爸帮染上颜色；姐姐洗好头了，爸爸帮吹干，姐姐想换个发色了，爸爸帮染发。你瞧瞧，你瞧瞧，七尺男儿铮铮铁骨，回了家就这么被一群婆娘"使唤"着，我实在看不下去，是时候"呵斥"我爸了：

"爸，你人咧？我洗好头了。"

"好的，我去拿吹风筒先。"还在阳台晒衣服的爸爸应声答道。

看到没有？就是家里太有爱了，导致我姐都不想嫁出去了。

算起来，我在家待了一个月了，但是一家人整整齐齐团聚的次数却是屈指可数。不过，我已经习以为常，由于新冠病毒感染疫情防控工作的需要，爸爸在大年初二就开始回到岗位投入战斗了，姐姐也早早回驻地开展工作了。他们会走村入户排查外来人员，登记人员信息；会到各个村、社区进行新冠病毒感染疫情防控宣传；会在进出城区、村屯的主干道设点值守。当看到很多人抱怨在家无聊无趣时，我想，爸爸应该是很希望能在家多待一会儿的，只是他不能。昨天他的衣服被火烧坏了，晚上趁着吃饭的空隙跑回来拿了几件厚衣服。他没有在家作多一秒逗留，因为他要赶回去接班了，白天入户，晚上在高速路口的检测点通宵值守……

这就是我家的“跨界”达人，他的坚守和付出，使他成为一名扶贫先进干部、一名爱岗爱亲的道德模范、一名优秀的共产党员，或许他还有别的荣誉称号，但我知之甚少。如果你要问我爸是做什么的，我想最好的答案应该是——一个永远在“跨界”的人民公仆。

2019级汉语国际教育　黄冬月

清晨蜡梅香

二中的蜡梅总在十二月到次年二月盛开，黄色的小花朵隐藏在黄色的树叶之中，乍一看，你会认为这就是一棵没落完树叶的普通树木，你只有凝神注视才能发现这棵不起眼的树上开满了小花朵，她也不愿为了人们可以轻易辨认出而改变自己的颜色去变得显眼，她也不需要用奇艳的外表去博取关注，“不肯皎然争腊雪，只将孤艳付幽香”，小小的、蜡黄色的花苞迎着寒风独自绽放，一缕缕幽香从她瘦小的身体中散发出，随风飘入人的鼻腔，这时人们都会高兴地惊叹道：“蜡梅花开了!”

我最喜欢二中清晨的蜡梅香，黎明前的寒冷赋予蜡梅香另一番独特的味道，这是给早起人儿的额外奖励。我喜欢早起，不是为了学习，而是为了享受这份清晨的礼物，安静的二中被早晨的雾覆盖，暖黄色的路灯在晨雾里若隐若现，寒冷刺骨的空气带着蜡梅香扑面而来，这是属于二中清晨的特殊味道，它让人感到心旷神怡，一切的不安、焦虑和伤心都会被淡化，它会让一颗暴躁的心沉静下来。我每天早晨都是闻着蜡梅香来到教室的，其实这条路并不是去教室的必经之路，这条路相对较远，所以，同学们为了赶时间一般都不会选择这条路，我为他们错过这么美好的事物感到惋惜，但我也很高兴，因为我怕经过的人多了，充斥着蜡梅香的空气就会被吸完，我再次经过的时候就闻不到了。我只会独自一人在清晨的时候从这条充满蜡梅香的小路走过，如果有同伴我便不会走这条路，因为和同伴在一起的时候不能心无旁骛地享受这份礼物，这对我来说太浪费了。

为了每天都可以一个人安静地享受这种感觉，我把闹钟调早二十分钟，快速洗漱完，轻轻地走出寝室，独自走上自己的秘密小路，吹着冬天才有的醒神风，蜡梅的幽香随风飘来，进入我的鼻孔，在我的大脑里转一圈后，流入我的五脏六腑，让我感觉自己得到了新生，浑身充满能量，忘掉这以前的一切不开心，迎接新的美好的一天。

梅是孤独的，因为在漫漫寒冬里只她一花开放，而清晨的蜡梅更是孤独，因为世界万物都在沉睡只她还醒着，但孤独馈赠给她幽香。其实人也需要孤独，孤独可以让人沉静，孤独可以引导人去探索新事物，孤独可以让人专心致志做一件事，孤独让人更愿意去学习。

2019 级中文　柯萍

晓风残月，应是良辰好景虚设

每一次的分别都会有一种自然物出现在你眼前，加重离别愁绪，说到离别，最熟悉的便是月亮了，古人喜欢用月亮寄托愁情，思乡用它，离别也用它，而我的重要的离别也都有月亮的参与。

去年九月初，我第一次一个人，背上行囊出远门——来大学报到，出发前一天晚上，爸爸妈妈为我装点行囊，我知道他们舍不得我，只是不愿流露出来，让我伤心罢了。当初填志愿的时候，他们并不愿意我去离家那么远的地方上大学，他们也试图劝说我改变主意，但终究拗不过我，只好妥协，尊重我的选择。那天晚上的月亮格外得明，爸爸妈妈坐在院子里，我也拿个凳子和他们坐在一起，都不说话，只是沉默，沉默，四周也是静悄悄的，只有月光在动，拼命地将银色的光流泻入院子，好像是为了打破这片宁静，但这院子像是被灌入了汞似的，始终保持原样。也许是我家的狗被憋住了，想吐口气吧，吠了两声，这死水一般的静终于被打破了，我们三人才如梦初醒般将彼此看了看，爸爸咳嗽了两声，说道："到那边了打个电话，给家里报个平安，钱不够了，给家里打电话，一个人在那边，遇事要坚强。"说罢，便转身和妈妈一同进了屋。只我一人在院里坐着，月亮更加明亮了，院子被他全部照亮，但依然是静悄悄的。

月亮总是如此喜欢我，我的另一次离别也有它的参与。八日下午五点半的钟声打响后，大家都陆陆续续回到寝室，各自收拾着东西，准备离开这个令人痛苦，又留给人深刻记忆的地方，这是大家一同奋战三年的地方，大家都是老战友，这是抛洒了青春汗水地方，每一块砖、每一片瓦、每一寸土地都沾有汗水，都带着回忆。为了纪念这次分别，老师组织了毕业聚会，这次聚会是以离别为主题的，大家都吃得不开心，回寝室的路上，大家也不像平时聚会后那样一路欢声笑语的，六月的月亮很明，把我们每个人都照亮了，回寝室后，大家说了许多体己话，但没有一个人哭，因为我们想把快乐的自己留个对方，我们见月亮很明，便相邀去操场赏月，我们打趣说，现在不赏，以后就没机会在一起赏了，可惜天公不作美，那晚的月亮虽明，但不圆，古人对月寄愁情时，尚有一轮圆月，而我们只有这一个小月牙儿，不知这么小的月牙儿能否载得住我们这么多人的愁情。

其实万物本无情，只是人的愁情太多，想用它来分担一部分罢了。分别是痛苦的，但有分别就会有再见，分别只是为了更好的相见。

2019 级汉语言文学　柯萍

孤独的月光　寂寞的流浪

已经很久没有提起笔好好地写一点回忆，久到我都快忘了那些人、那些事，久到淡忘了那座天空之城和当年月色。

当年的月色是否见证着另一个人的孤独和迷茫，是否也和现在一样冷眼旁观。我不知月色是否懂得孤单，也不知道她是否会给予陪伴，但是我知道我在流浪，我希冀成长。

我想，月儿仍是当年的模样，独自洒下了，她不在意是否有人会看她，也不会在意别人对她的赞叹。我知道，今夜的月色如同昨夜的一样，一样的月光，一样的孤单。

那月光见证着人间的聚合离散，似乎今夜的月光带着往日的回忆。忽然，似乎看见了那越唱越哑的声音伴随着月光洒下，似乎看见了一张张熟悉的面孔浮现在眼前，似乎看见了老师抹了一下变红的眼眶，我知道了那一刻只剩下了不舍和心酸。我不知道那一刻的月儿是否看到了那一群孩子内心的不安。他们盼望了三年的那一刻终于来了，但是那一刻他们又多么希望时光停下脚步，让他们再看看即将分离的面孔，让他们再去和对方说两句话。电铃响起的那一刻，那座天空之城的一切宣告着结束。那一刻终于明白为什么老师总是说三年真的很短。那一刻三年的酸甜苦辣都变成了过往。月儿终究不懂得悲伤，她仍在静处闲看。

我们收拾好了自己的行囊，决定开始一场新的流浪。我们告别了琅琅书声的九畹楼，我们作别了欢声笑语的操场，我们和认识了几年的朋友说再见，我们不知道什么时候会在人海中再次相逢。我们背上了自己的行囊，选择了独自流浪，选择了追逐月光。

已离开那座天空之城两年，去了更远的地方，去追逐更远的梦想。那座天空之城发生的一切都已经淡淡遗忘，但今夜的月光重塑着过往的影像。我知道那座天空之城的一切并没有遗忘，只是留在了心里最深的地方。

想起年前去那座城看看过往，那座城已经改变了太多太多，但是她仍然珍藏我的过往。自一别之后，已经遗忘有些人的模样，但无须为此悲伤，请相信，在未来的某一刻，你会见到一个你一直相见的人。在某一瞬，你会对一个变化巨大的人诉说着过往。

回忆的月光渐渐散去，夜变得更加清亮。

2019 级汉语言文学　李晋

哑嗓的落幕

七侠从此难聚首，五鼠此后永别离。

——题记

“鸟随鸾凤飞腾远，人伴贤良品自高。”“扫地恐伤蝼蚁命，爱惜飞蛾纱罩灯，出家人当以慈悲为本，善念为怀。”……这个沙哑的嗓子陪伴了无数人的青春，也正是这个沙哑的嗓子在无意间闯入了我的青春。在我顽劣的童年时，录音机中惊堂木的一声“啪”好似雷轰电掣般让我呆立一旁，那沙哑但抑扬顿挫的嗓音如仙音袅袅般让我久久回味，而一次次的“且听下回分解”则让我心痒难耐。后来，我才知道这个赋予了我童年无数色彩的评书大师叫作单田芳。有人说是评书成就了单田芳，而我则认为是单田芳成就了评书。

时间是个伟大的作者，他会给每个人写出完美的结局。单田芳经历了时间的沉淀，从籍籍无名到名满天下。他经历 25 年的沉淀，最终用一部《隋唐演义》开启了自己传奇的评书生涯。固然，因为他的评书我们才了解他，喜爱他，但也正因为有他评书才能受到无数人的追捧。老人虽已过世，但声音永留人间！

出生在曲艺世家的单田芳小时就开始接触评书这个小众艺术，后来由于急火攻心导致嗓音沙哑。但正是这副独一无二的嗓子使他在评书艺术家中脱颖而出。一人一桌一醒木，单田芳使评书这门艺术散发出了无尽的光彩。凡有井水处，皆听单田芳。在这个时代，“单田芳评书”已经成了传统文化的一个代名词，其影响力不仅仅局限于国内，更是发散到海外华人处。可以说，评书这种小众艺术的发展正是单田芳一手推动的。但如今随着单老师的逝去，那独特的哑嗓也不复出现，随之而来的更有评书的落寞。同样作为传统艺术的相声在郭德纲和他的德云社的影响下开始逐渐兴起，相声新人层出不穷。而评书则没有一个真正的传承者，一个能接替单田芳火炬的人才。这其中不乏老艺术家的责任，但更多的责任背负在年青一代的我们身上。

在这个物欲横流的时代，那一份曾经，值得我们怀念；那一份经典，值得我们铭记；那一份文化，值得我们传承。有太多太多的传统技艺已经失传，皮影戏，砖雕，旋木……我们不能让传统技艺失传变成常态。传统技艺作为中华民俗文化的重要组成部分，其中体现了我国劳动人民的智慧和汗水，更是我们民族情感联系的纽带。作为泱泱古国的传承者，丢掉了我们的民族文化岂不让人贻笑大方？我们每一个华夏子女都有义务成为文化继承人的一员，让我们的民族文化之花永不凋零！

我相信：虽然单田芳已逝，哑嗓也随之落幕，但评书文化乃至各类传统文化将永不落幕，牢牢地扎根在我们所有人的心中！

2019级汉语言文学　张铎

梦　回

清晨做了一个美梦，梦见自己骑着自行车穿过读小学时每天放学回家都要经过的小巷，小巷左右两侧是两排整齐的灰褐色相间的低矮平房，每户之间有一条小路隔开。几只小狗趴在巷边晒太阳，我迎着略微刺眼的阳光往前骑行，哼着小曲儿，空气里都是草本植物清新的味道，那感觉好极了。写出来就是那么普通无趣的梦，但闭着眼睛时却很美，很多时候，美确实是难以言喻的。

有时候实在难以解释梦的奇妙之处。但醒了，也就碎了。小时候总想着长大，长大后又想着如果时光能倒流就好了。可是周身无不是在提醒你，你已经长大了，早过了不开心就哭，遇事不顺就找父母撒娇的年纪。回想起以前，仿佛就在昨天……

十岁那年我读四年级，开始一个人骑自行车上下学。我还清晰地记得那会儿拖着笨重的自行车上高坡的滑稽模样，踩着自行车踏板一颠一颠地向前骑，落入路人眼中像只腿瘸了的鸭子。那是我第一次不需要旁人辅助独立骑车上学。这样一个人上学的日子持续了大概半个学期，随着同学间的相互熟悉，我结交到了很多新的小伙伴，后来意外发现有一位朋友的家离我家很近。聊着聊着我们达成了共识，在家和学校之间来回辗转。寒暑假一起补课，如果其中一位先行离开会主动留下纸条告诉对方。久而久之就形成了一种“一个眼神就懂”的默契。我们有着共同的交友圈；有专属于我们的“秘密基地”；有着同样的兴趣爱好。一直到现在，我们仍维持着这种亲密又友好的关系。

十二岁那年小学毕业。那时候并不能透彻理解离别的含义，只是觉得看着眼前空荡荡的教室心里忽然生出一种奇怪的感觉，说不清是什么但是那一刻我既是开心又是难过的。开心的是终于解放了，难过的是有些小伙伴我可能再也见不到了……

再然后初中三年脱离自行车开始过上寄宿的生活，小学瘪瘪的口袋终于在初中得到了一点充实，至少在只有五毛钱的情况下犹豫该买哪一款辣条的情况已经不存在了，我可以自信地拍拍口袋，然后喜欢的辣条照单全收，那感觉妙极了，就像被关在牢笼里的小鸟面前突然出现很多种昆虫供它选择一样。中考结束回教室收拾东西，我站在旁边看着每一位同学轮流握着不同颜色粉笔在后面的黑板上重重的签下了自己的名字，包括我。是的，我们都想在这个地方这所学校留下自己曾经来过的痕迹。黑板正中间赫然写着班主任的大名，我侧过头看着窗外躲在树后面的太阳，看着它慢慢落下去，心想：原来我毕业了啊。

你看，成长总是在不经意的状态下慢慢进行的。换言之就是越长大越孤单，越长大越不安。但对比如今却只能回忆，一遍又一遍。像是光来之前的黎明，变得突然孤单。

2019级汉语言文学　吴素娴

夜游所思

我坐在阳台上看街边的三角梅，它带着要把天空染成和它们一样的艳红的气势一路蜿蜒到天边，天空也真的像是被那些花朵点燃一样泛起金色。我知道在这如火的晚霞烧尽后夜幕就要降临了。

我曾经很害怕夜晚，总觉得伸手不见五指的黑暗中藏匿着什么。而现在，我把夜晚看作能把我与喧闹划清界限的难得的自在时光并以之为自己独到的浪漫。

要说夜晚为什么浪漫，恐怕更多只是我自己的一厢情愿。夜晚把景色变得不同，我的思绪也随着景色变得奇妙。我会觉得亚热带季风气候独有的黏腻湿气和路灯散发的暖黄灯光给白天平平无奇的街景加上了一层滤镜，当我在这样的街道上走着，总幻想自己是走进了自己向往的让人目眩神迷的电影场景里。当然，这种浪漫可能也来自记忆里初中躲在被子里打着手电看小说，一边是怕被发现的紧张一边是小说引人入胜的情节，交织成一种无法言状的感受，以至于我总觉得现在看小说不像当初那么快乐。也正是这样的经历给夜晚和浪漫间搭起了一座桥。

当我想着关于夜晚的种种时，天色已经变成深青，夜色越来越浓稠，星星也浮了上来散布在无垠的天幕上。我晃了晃因为仰头而眩晕的头脑，好多想法就在顷刻间被晃了出来。我开始琢磨“熬夜”这个词语，才发现“熬夜”“熬粥”都是同一个熬。深夜里万籁俱寂，你自己感受，就会感受到自己脉搏的每一次跳动。你自己听，便会听到你自己有节奏的呼吸声，那声音的节拍就像煮粥时有节奏冒出的气泡。

你如果不信，我就把我脑中“夜”和“粥”的关联讲给你听。

上大学前一个人独处的夜大部分是面对作业本过的，那种夜晚之于我就是大米粥，不但没新意，还寡淡到叫人皱眉。但如果细品却会发现平淡中的独到香气。我有好多辗转反侧的不眠夜最终的归宿都是在半睡半醒间揉揉自己的眼走到书桌前，看外面灯火全都熄灭只有我的书桌被一盏台灯照得亮堂堂的，就觉得书桌是最安全最让我安心的地方。坏情绪和笔尖的墨水一起流出，把心情刻在纸上后顿觉有些事没必要去想了。

和朋友在一起的夜又是另一种光景。这种挥霍过剩精力的喧嚣夜就像口感多了一份侵略性的皮蛋瘦肉粥。这种侵略性就和在热闹环境下被放大的情绪有了关联。伴随那些情绪起落的总是或是欢欣或是悲伤的眼泪。前仰后合的夸张动作中，泪水一次次被倒出又灌回，不小心跑到嘴里的泪水是咸的，一如那咸口的粥。

和家人在一起的夜就是八宝粥。八宝粥喝多了会觉得太甜太腻，这种感觉就好比我明知家人对我很关心但有时候我会对他们溢出的爱感到不耐烦。但八宝粥喝下去是温暖熨帖的，在寒冬腊月，它是我的不二之选，就像我一个人在陌生城市生活，心里有委屈第一个想到的还是我的家人一样。

写下文章告诉自己：不要丢掉自己最唾手可得的与夜晚有关的浪漫。如果有可能，我希望属于我的夜更长一点。

2019级汉语言文学　高正楠

不平凡的 2020，平凡的我们

怀着惴惴不安的心情终于迎来了小时候最最期待的 2020 年，偶然点开微博，发现万能的网友找出了十几年前写的作文，孩子的脑洞总是无限大的。那个时代我们的脑海中，2020 年的世界是天马行空的，生活在 2020 年的人类是无所不能的。

时过境迁，我们好像没什么不同，无人驾驶汽车并没有世界通行，世界还是有很多未解之谜。但就在开始的几天整个 2020 年就像是打开了副本一样，菲律宾火山爆发，乌克兰客机被导弹击落，非洲遭受 25 年以来最严重的蝗灾，美国暴发 40 年来最致命流感，而在 1 月 20 日，新冠病毒感染疫情全面暴发，自此人人谈肺炎而色变。

随着全国确诊人数日益增长，每个省都陆续发起一级响应，从关闭高速到小区封闭式管理，从当初的毫不在意到现在的慎重，整个中国好像都静了下来、慢了下来，白天街上的人也是寥寥无几，大家都纷纷响应钟南山院士的话，乖乖地躲在家里不出门，隔绝传染源，切断传染途径。我们的春节假期像是被无限延长，心里不由百般复杂。每天大家都不知疲倦地重复做一件事，那便是看新冠病毒感染疫情的实时动态，随着病人人数的怎么增多，武汉的各个医院的病人早就溢出，物资、医生的匮乏，让当前的形势更为严峻。每个省纷纷响应号召，都派出了当地的自愿请战武汉医护人员，看着他们义无反顾地在申请表上签上自己的名字，印上指纹，去完成他们最美的逆行。一张张到达机场的合照，被我们翻阅着，评论里都是祝福和叮嘱。还有很多女护士，为了更加方便工作，都在医院里剪去了自己的长发。为了不浪费防护服，他们一天几乎不喝水以减少上厕所的次数。印象比较深的是一个 22 岁的女护士，瞒着父母出征武汉，不敢对着镜头向父母报平安，因为怕哭花了护目镜没办法工作……虽然我们没有亲身经历，但每次看这些消息都不由得泪目，心里的敬佩也丝毫不减。

封闭式管理后，新冠病毒感染疫情逐渐稳定，虽然人数仍在增加，但痊愈的人数也在增加，火山神医院也陆续建成，各地捐献的物资也到位，一切都在朝着好的方向发展，我们都很平凡，但是我们团结一致，所有难关都将攻破。待凛冬离去后，一定会迎来别样的温暖。

2017 级汉语国际教育　陈柯亦

寻李白

如果说唐朝是一条银河，那么李白就是最璀璨的那颗星。

——题记

从小到大，我们最耳熟能详的诗人就是李白，背的最多的诗也是李白的诗。从他的诗中，我们读到了“低头思故乡”的羁旅思乡之情，“不及汪伦送我情”的友情，以及“千金散尽还复来”的豪情……李白的情怀无时无刻不体现在他的诗中，影响后人千年而未绝。今日，随着现代技术的飞速发展，我有幸乘坐时光机，去寻那个代表盛唐的李白。

古老的风吹过，但抹不去历史的痕迹。公元701年，我来到李白出生的那年，史料记载李白出生时，其母梦长庚星，故以太白名之，虽明知这可能是后人为李白出生所虚化的一个情境，但这仍凸显出他的神秘，使其蒙上一层浪漫的色彩。随着时光飞逝，李白在慢慢成长，但却不爱学习，在村东头大树下，我看见一个贪玩的小孩儿，心想那便是李白了。随后便是磨杵的老奶奶，李白和老奶奶的谈话成了使李白走向好学的转折点，“铁杵磨成针”的故事改变了李白，也影响着我们。

好学的李白开始认真读书，立志要做出一番大事，成年后，学识广博，能做诗书文章，又好饮酒，与几个好友赋诗游玩，一时名传当地。但这还不够，真正把李白送进长安的是一个人——贺知章。贺知章向玄宗皇帝推荐了李白，随即召其入宫侍奉翰林，天真的李白满怀激情地进入了长安城，想要在自己的仕途上干一番大事业，可他被现实骗了，玄宗召他来只想用他的才华赋诗而非政见，每每李白被召，都大醉如泥，这就有了力士脱靴、御手调羹，乘着酒兴，李白凭借其过人的才情，挥笔就诗，这样不知过了多少年，李白厌烦了这样的生活，再加上贵妃的耳语、权贵的排挤，终于在744年被赐金放还。

我想此时的李白应该很高兴吧，困倦了许多年，终于自由了，受够了权贵的排挤，李白只身投向自然。在和东鲁诸公的豪饮中，李白乘着酒兴，带着对朋友的不舍，对命运的不满，写下来“安能摧眉折腰事权贵，使我不得开心颜。”这是李白的态度，在和岑夫子、丹丘生喝酒时，李白说：“天生我材必有用，千金散尽还复来。”这是一种自信，更是对自身以后的期望。李白虽厌恶权贵，但他也和许多读书人一样，想为国效力，发挥自己的才能，所以他把自己比作大鹏，在《上李邕》中写道“大鹏一日同风起，扶摇直上九万里”

李白就是那只大鹏，待有朝一日，一飞冲天，扶摇直上，响彻九霄。

在四处游荡的日子里，李白注定是孤独的，但离不开的是酒。明月皎皎，李白一人在月下独酌，唯有影与月相伴，李白把自己的惆怅与孤独都融进酒里，举杯一饮，就化成了那个诗仙，诗仙必须是要有酒的，李白不仅为酒写了许多诗，还为自己喝酒找了个冠冕堂皇的理由，以天地爱酒为关系进行论述，最终得出“天地既爱酒，爱酒不愧天”的结论，酒亦有道，想想也对，酒既是李白消愁解忧的好帮手，又是李白寄托感情的良好载体，有了李白，诗和酒两个事物就联系在了一起。

放眼古代，诗人大都饮酒，苏轼、陶渊明、白居易等都饮酒，而且诗人大都酒后创作，所以，酒为诗人提供了灵感，几杯酒下去，洋洋洒洒，诗作便成，无须多想。李白就这样，抱着酒和诗和满腹的积极乐观等到了那一天，可那一天，竟成了唐朝由盛转衰的转折点——安史之乱。

安史之乱把李白推到了历史的风口浪尖上，这样满腹才华的李白进入了永王的幕府，成为永王的僚佐，正准备施展一番的李白殊不知大祸将至，永王后来谋反失败，李白也受牵连，本应受死刑的他因郭子仪求情才免遭一死，最终流放夜郎，不久病卒于此。李白，这个代表盛唐的最伟大的诗人最终成了皇权斗争的牺牲品，结局如此，凄凉令人惋惜，一颗璀璨的巨星陨落了，但他留给后人无限的财富，他的豪迈、他的洒脱、他的乐观，还有他那追逐自由的执着的心，都是宝贵的。

李白有幸生在了盛唐，好像故意安排似的，上帝要借李白的才华描绘盛世，李白也没有辜负期望，许多诗中都有对盛世的赞美，“公私仓廪俱丰实”“小邑犹藏万家室”道出了盛世的繁华，盛世造就了李白，李白也升华了盛世。二者相辅相成，好让我们记住这个时代。盛唐的繁华像一场梦，李白在这场梦中尽情抒发他的才情，这便是时代对人的重要性。

李白对时代的重要性也是不言而喻的，如果没有李白，我们不会知道庐山瀑布有多高，桃花潭水有多深，也不知道天姥山有多高，蜀道有多艰难，更不知道燕山雪花有多大，黄河之水哪里来，我们说不出青梅竹马、刻骨铭心、一掷千金这样的成语，也说不出“长风破浪会有时”的豁达，“我辈岂是蓬蒿人”的开朗，“天生我材必有用”的自信，“扶摇直上九万里”的豪气。我们说不出许多名诗美句，中华传统文化会因此黯淡了许多。所以很幸运，我们的历史有一个李白，我们的民族有一个李白，更幸运的是我们心中有一个李白，李白这样的人，千古罕有，如果让我给李白写个评语的话我会说“李白，你是谪仙人，你是明月魂。”

2021 级汉语言文学　刘俣萧

燕赵赋

诸君：

夏日微风不燥，阳光明而不妖。如此良辰佳期，你我会聚于此，约定一场青春盛会。小生刘俣萧，河北邯郸人氏，生于兹地，得燕赵古人之慷慨悲歌，感中原大地之锦绣山川。虽有如此美景，然吾仍知赤县神州之无疆，不由心向往之。乘高考之时，因群英之便，赋此文章，展吾心志。

吾长于华北之冀南，燕赵之磁州，始皇之故里，荀子之冢丘。宏立于此，四省之交界，可观其天宝物华。六朝之旧都，可览其岁月沧桑。幽幽古城，洪洪钟声。更有巍巍高山，名之太行，潺潺流水，名之滏阳。山水交错，育天地之灵气。风景如画，聚四海之英才。得此家乡，吾生所幸。

神州大地，时过境迁。四时之美，生机盎然。春则芳草萋萋，莺歌燕舞。夏则荷塘月色，蛙声一片。秋则万山红遍，层林尽染。冬则银装素裹，雪兆丰年。

古之邺城，今之临漳。曹魏之故园，建安之摇篮。铜雀之台，上筑于此，邺水朱华，帝王之冢。南有景德，北有磁州。窑火相传，代代不绝。更有赵都王城，五会之郡，昔者胡服骑射，完璧归赵，典故万千，皆源于此。繁盛之时，四海之商，摩肩接踵，络绎不绝。

每览前贤之文，不由抚今追昔，更有兴亡无律，盛衰无常之感。易水之深，壮士难渡。蓟地之风，瑟瑟心寒。北国之故郡，关山之要冲。北抵胡人以守国门，南固京师以安社稷。护我华夏，千载不息。

春秋旧事，战国故人。昔者三家分晋，方有我邯郸之地。邯郸之名，千年而未改，历久而不衰。此地有山名为邯，山行至此便为郸。因物而名，其意自见。

得天独厚，四通八达。向北可至北平天津，近帝都之辉煌。南可至安阳洛阳。有殷商之风光。西可至大同平遥，见黄土之形貌。东可至济南青岛，品滨海之人情。平原高山，盆地丘陵，地形地貌，一应俱全。

吾尝羡太白之流，博览名山大川，东至齐鲁，西至巴蜀，北至漠北，南抵岭南。收经纶于满腹，展壮志以宏图。神州美景尽收眼底，风土人情了然于心。故更知行者无疆，胸中泛滥五千卷，足下纵横十二州。此乃金玉良言。

吾尝有凌云之志，经天纬地之心，丈量世界之梦。吾知大学之道，便在其中矣。故吾作此文以共勉。

2021 年 6 月 5 日于一中

权作毕业论文献给我的语文老师张茜茜

也献给我美丽的家乡

2021 级汉语言文学　刘俣萧

稚　语

海南的气候，四季如夏，没有鲜明的四季更迭，但生命旅程开始和结束仍交替地进行着。

阳光照在云上，低沉、灰黑的云便顿时有了生命的光彩。阳光照向外白内黄的鸡蛋花上，给了这花别样的加冕。

树是曲折多干的，像一位无私的老母般托着嫩小的女儿。那一朵朵洁净的花儿，媚而不妖、纯而愚、雅而傲。

在这阳光正好的时节，我曾与他相遇。喜他竹林间清泉般的嗓音，爱他所有的一切。爱的秘密是一个酒曲，沉在心里越久爱意就越浓。他像晨曦一般，成了我黑暗中爬行的光亮、枯燥生活里的乌托邦、孤独生命里的唯一信仰。越是孤单、畏缩、害怕越是要向那晨光投去爱意的目光。

在人群中形单影只，在繁华中保持幽寂。也许，有一天我会醒悟，像晨曦一般的他，不曾出现在我的生命里，这只是一个绮丽的梦。

后来我又无意中拾得了一朵落在泥土里的鸡蛋花。你以为它凋谢了？被尘土玷污了？不再诱人了？不，没有了树枝的衬托，失去了原有的惬意，但它依然保持了轻灵、纯洁的姿态，细细闻来馨香入鼻。它不是轻柔的薄纱，不是那多彩的琉璃，更不是那天边的灰云。没了灿阳的普照，它依旧保持它的自信、韵美。它有光，这光就是它自己，就是它心中那份坚持与执着。也许，年轻不再但它却依旧明朗。也许，终将凋零但却没有怜花、葬花的悲凉。

在这永不停歇的岁月之河中，我们寻求光亮，但若没有光，亦应做自己的光。

2020 级汉语言文学　张琛玮

少年说

“美哉我少年中国，与天不老；壮哉我中国少年，与国无疆。”百年前梁任公一篇《少年中国说》道出其对国之青年的殷殷期盼。“青年是整个社会力量中最积极、最有生气的力量，国家的希望在青年，民族的未来在青年。”今日，习近平总书记更是对新时代中国青年寄予深切希望。

“全球没有任何一个国家可以拦截中国的‘东风 17’高超音速导弹。”2019 年，我国庆祝新中国成立七十周年的阅兵结束后，美国媒体对外发出这样的声明。东风 17 导弹、港珠澳大桥、嫦娥四号探测器、北京大兴国际机场，甚至是早前的青藏铁路。当我们为每一个具有重大开拓意义的工程欢呼骄傲时，它们早已在不知不觉间相互联结，汇聚成让世界为之侧目的中国奇迹。

正始遗音犹在，王国维先生投昆明湖前发出的震天呼告犹在，当日正值数千年未有之巨劫奇变，劫尽穷变，实无希望之曙光；而今日之中国确是以一个富强民主开放的姿态立于天地，成为不敢为世界所忽视的存在，催生出一个又一个中国奇迹、中国震撼。

我所见之中国奇迹、中国震撼，在港珠澳大桥的拔地而起中、在嫦娥四号的落月脚步里、在千年未有之如此大型彻底的反腐倡廉工作中、在每年一千二百万人脱贫的惊人功绩里、在改革开放四十年人民生活实现巨变的伟大事业中、在中国共产党一次次拨乱反正、自我革新的优秀品质里。而这样的奇迹与震惊背后的因果，只有一步一个脚印走出幸福生活的中国人民知道。

“多难兴邦”，前人的话语完美诠释了中华民族从鸦片战争后的危机四伏到如今繁荣富强背后的大部原因。在近代的屈辱与黑暗中，中国人民一步步走了出来，站了起来，虽然没有一步不是艰难险阻，每走一步都是伤痕累累，但是置之死地而后生，不屈与反抗是中华民族永恒的精神信仰。例如抗战时期的西南联大，正是从最激烈的炮火中诞生出的闻名世界之名校。新中国成立初期我们也面临了太多的磨难，全国上下找不出一口煤田、对于研制核弹的技术一窍不通，甚至是冷战时局下美国的外交封锁。而多难不意味着疲于应对永远平庸，对于中华民族而言磨难正是发展的催生剂。多难以固其国，多难以启疆土，多难以发展，以富强，以兴盛。

而在多难中发展富强兴盛，则必要有正确的方向与坚定的领导，我国多难兴邦的关键在于中国共产党的领导。世界上从未有过一个政党如中国共产党般始终保持着自我反思与自我革新的精神，在应对巨大变革时我党总能快速完成党内自省，自我调整与自我批评，始终保持高度的纯洁性与先进性。

“三十功名尘与土，八千里路云和月。”共产党员张富清老人以自身行动向我们完美诠释了岳飞《满江红》中的这句词。1948 年，年仅 24 岁的张富清参加永丰战役，与其他二人组成爆破小队，第一个冲下高地，将炸药与手雷埋在了敌人的碉堡下，以此炸毁了第一座敌人的碉堡。他将生死置之身外，抱定必死的决心去完成组织交给他的一次次任务，为着牺牲的战友与革命先烈们，为着全中国人民的解放这一崇高信念。新中国成立后，张富清老人凭着他在战斗中的突出表现已获得三次一等功、一次二等功，但他却掩藏了这些用命拼出的荣誉，选择前往湖北来凤县作为一个基层干部继续为国家发展贡献自己的力量。“偏远没人去的地方，一定是共产党去建设。”老人所说的这句话让人十分动容，作为一名光荣的共产党员，老人始终谨记组织上的要求，从最激烈的战场到最偏远的山区，他始终坚守在人民最需要的地方，从未离开。无论是战场上还是山区里，他把自己站成了一棵树，守候、奉献、安静、踏实，他是当之无愧的“人民功臣”。老人说自身的选择与中国共产党的领导与教育密不可分，正是因为我党是先进且不断自我革新的优秀政党，所以才会在党的领导下形成正确的信念信仰，终身服务人民。

张富清老人身上凝聚着中国共产党党员的无数优秀品质：坚持以人民利益为根本出发点，以服务人民为己任；吃苦耐劳，扛得住压力与寂寞；自我革新，时刻保持自身的先进性等。给我们少年人树立了一个标杆的作用，激励我们朝着心中的目标不断进发，进发！

庚子年伊始，本是春暖花开之景，奈何病毒肆虐在祖国的大江南北，让这个春天充满危险的气息……然而在这危难之际，我们看到了钟南山院士再次挂帅出征，董宗祈教授轮椅坐诊，火神山医院十天火速竣工，我们看到了一颗颗救死扶伤滚烫的赤子之心！

我们青年一代生在新时代，目睹着一个个“中国奇迹”的诞生；长在党旗下，明白“中国震撼”背后的所有艰辛。“少年心事当拏云”，正是因为胸怀“青云之志”才能“穷且益坚，不堕其志”。我们作为新时代的中国青年，必当心怀信仰，不坠青云之志，朝着心之所向不断进发！

2019 级汉语国际教育专业　鲍雨沁

汇如炬火如骄阳，以照青春

席慕蓉曾说：“我一读再读，却不得不承认，青春是一本太仓促的书。”

诚如斯言，正值青春的我时常诚惶诚恐，诚实地感到惶恐，不敢接受人生最黄金最需要拼搏的时代已经到来这一事实，也十分畏惧它一闪而逝，让我来不及紧紧攥住。

身处大学校园，曾几度感到迷茫，每天往返于三点一线之间，近乎奔波辗转，缺少时间沉心静气停下脚步，回头正视自己来时的路，要走向何方。不知自己想要什么，价值何在，每天都在机械地重复，却看不到意义何在，渐渐地陷入烦躁和彷徨之中，阴翳充斥生活。

回眸反观，半个学期已然结束，深思自己烦躁由来，不过是作为一个无名平凡之人，发觉眼前的平淡生活和心中的好高骛远不相符合。就像是毛不易的歌里那样：“我是这路上没名字的人，我没有新闻，没有人评论，要拼尽所有，换得普通的剧本，曲折辗转，不过谋生”。有人说，学中文就是为了当老师，拼国考，可是看着社交媒体里别人的光鲜生活，和未知的前路，却只能无力地攥紧拳头。

但是，我们为何不头顶苍穹，努力向山上走，即使是城市背景的无声却仍要弯下腰，触摸每一个湿透的脚印，因为努力过，付出过，一切都值得。在这个将会承载我大半青春的大学校园里，我想将其作为一次磨砺自己的机会。“你考的不是试，是你的前途和暮年的欢喜，你桌面上的书本，是将来做选择时的意气和拒绝时的底气。”

诚然，身为时代的弄潮儿，又怎能故步自封于内心之迷惘。江畔何时初见月，江月何年初见人，纵使有人认为不要在一件事上寄托太多，否则迟早会失望，因为任何事的有限性根本无法承载人期待的无限性。但是，不拼不搏岂不枉为少年一遭。青春既会，吾等当以梦为马，张狂肆恣，方显少年意气。

于浩歌狂热之际中寒，于天上看见深渊，于一切眼中看见无所有，于无所希望中得救。谨以此篇，赠己，以期未来某日回望，敬之，叹曰：吾青年时亦有荣光在，汇炬如阳。

2021 级汉语言文学专业　刘木子

不负韶华，逐梦华夏

春华秋实，夏霜冬雪，光阴流转，万事万物都顷然而逝，我们不禁会感叹万般缥缈，生命的意义又在何处？是“重于泰山，轻于鸿毛”的人生选择，还是“逝者如斯，而未尝往也”的万般无奈？是如巴金先生所说在于付出，在于给予，还是向死而生，无畏艰险的心境？生命的意义在于奉献，而奉献的动力源泉便是青春，正如此，作为新时代青年，我们更应乘风破浪，挥洒青春，谱写华丽的青春之歌！

从古至今，无数文人志士抒写豪情壮志，一代枭雄曹操发出“老骥伏枥，志在千里；烈士暮年，壮心不已”的雄心壮志；为人民服务的人民英雄雷锋也曾说过：“真正的青春，只属于这些永远力争上游的人，永远忘我劳动的人，永远谦虚的人。”时至今日，这样的壮志，这样的言语依然熠熠生辉，不断奋斗，不断奉献自我，新一代的青年们用汗水谱写着属于他们的真正的青春。

真正的青春是脚踏实地的付出，是无怨无悔的追求。奋斗是青春最亮丽的底色，新时代是勇于砥砺奋斗的时代，然而奋斗并不只是一个简单响亮的口号，而是立于实地，立于每一件小事中。青春是充满希望与生机，是多姿多彩、熠熠生辉的，而奋斗本身也是一种幸福，正值青年期的我们，正是因为那一颗颗在青春中奋斗的心，才不断前行，用尽一切向前奔跑。作为新时代的中国青年，我们要毫不畏惧，面对一切艰难惊险，在劈波斩浪中开拓前进，在披荆斩棘中开天辟地。正如北宋文学家黄庭坚所说：“我欲穿花寻路，直入白云深处，浩气展虹霓。”未来有无限的可能，因此我们要用青春与汗水，用自己的努力挥洒出青春的热血，创造世界的新奇迹。

真正的青春是勇担时代使命的重任，是勇往直前的拼搏。忆往昔，青春是李大钊先生的呐喊：“以青春之我，创建青春之家庭，青春之国家，青春之民族，青春之人类，青春之地球，青春之宇宙。资以乐其无涯之生。”国家危难之际，更需要青年一代担起重任，以热血青春赴于拯救国家的征程之中。看今朝，青春是一批批如鲁迅先生笔下所说发光发热摆脱冷气的少年，如萤火在黑暗中闪耀，在新冠病毒感染疫情席卷而来的黑暗中，这些从天而降的少年英雄，用自己燃烧的血肉之躯照亮每个人的心，他们是这场战役中的“逆行者”，无私地将自己的青春播撒在战场上，诠释着生命的意义与价值。

真正的青春是无私的付出，是燃烧自己、照亮他人的奉献精神。何为精神所在？奉献是“落红不是无情物，化作春泥更护花”的无声；是鲁迅“横眉冷对千夫指，俯首甘为孺子牛”的牺牲；是罗隐“采得百花成蜜后，为谁辛苦为谁甜”的惊喜。如何诠释青春年华的奉献与无私？有这样一群青年，他们用自己的青春抒写了梦想与希望，成为无数孩子的光，他们就是清华大学研究生支教团，从 1998 年起相继在西藏、青海、甘肃等贫困地区支教，无数青年志愿者与青春赛跑，以教育接力的方式使知识的种子在一座座大山深处生根发芽并开花结果。正如团歌《与你西行》中唱的那样：“与你西行，意气方刚，遍染桃李尽芬芳。”

“鲜衣怒马少年时，不负韶华行且知”，青春是一场没有尽头的远行，这场征程有艰险磨难，也有美好风景，而真正的青春少年，就是这样不断追求着、拼搏着、奉献着。毛泽东曾说：“恰同学少年，风华正茂，书生意气，挥斥方遒。”青春因充满奋斗和活力而生机勃勃，年华易逝，我们绝不能止步不前，故步自封，新时代的青春少年，让我们一起乘风破浪，以青春之曲谱写人生的辉煌篇章吧！

2019 级汉语言文学专业　张雯青

苏轼的人生态度

苏轼的一生可谓是跌宕起伏，大起大落。他仕途坎坷，屡次被贬。他平生受到过两次政治迫害，第一次是在四十四岁那年因“乌台诗案”被贬至黄州，在那一住就是四年。第二次是在五十九岁时被贬至惠州，六十二岁时被贬至儋州，到了六十五岁才遇赦北归，前后经历了六年时间。但他对于这种被贬的生活，不是漠不关心，不去在意，只能说他是以一种全新的、积极乐观的态度去对待这接踵而来的不幸遭遇。

苏轼豁达的人生态度，深刻的印在了他每一句诗词中。苏轼有一首词很好地体现了这一点。就是他因“乌台诗案”被贬黄州时，与几个朋友出去春游，路上遇到大雨，朋友们都在四处躲藏，但还是被淋湿了，只有苏轼没有在意，一边走一边吟诗，就像是没下雨一样，过了一会，雨停了，天也晴了，他对此写了一首《定风波》：“三月七日，沙湖道中遇雨。雨具先去，同行皆狼狈，余独不觉。已而遂晴，故作此词。莫听穿林打叶声，何妨吟啸且徐行。竹杖芒鞋轻胜马，谁怕？一蓑烟雨任平生。料峭春风吹酒醒，微冷，山头斜照却相迎。回首向来萧瑟处，归去，也无风雨也无晴。”

苏轼就是以这样一种心境去迎接人生所经历的风风雨雨，即使多次遭到陷害，屡次被贬，但仍然保持着一种从容、豁达的人生态度。他寄情于山水，登高临远，去感受大自然的雄奇美丽，抒发豪情壮志，寻求自我的解脱和超越，这就是苏轼对于人生的态度。

现如今，每一个人每天都过着浮躁的生活，静不下心来，埋怨这个社会是如此的不公，好事总是轮不到自己。可是当我看到苏轼的人生际遇时，我们没有资格抱怨现在的生活。不论是当时的社会还是个人的机遇，我们对比以前，现在不知幸福多少了。虽然，逆境中的他是可悲的，一个人一生中几次大起大落，即便是再坚强勇敢的人，也不一定能够像他一样坦荡自如。但他并没有被打倒，他时刻都对生活充满着无限的向往，对生命充满着无限的热爱。这样一种气度，是非一般人可以比的。所以不是这个世界让你不幸，而是我们的心境还不够强大。

当我们在人生的路途中，因为种种困难而难过、悲痛时，不知该如何继续走下去的时候，不妨读读苏轼的诗词，会发现这其中给我们带来的不一样的感受。

2019 级汉语言文学专业　陈婷

怀　念

冬三九那天，我一路向北，漂洋过海，翻山越岭回到了家。那天，比记忆中更冷，路面微湿，大抵是刚下过雨，空气清冷，小路两旁的棕树大叶被北风吹得“哗啦啦”响。打开阔别已久的家门，我心中五味杂陈。在他的房间，生前所有痕迹，荡然无存，而我能看到的唯一与他相关的东西，也只是那黑白遗像。我知道，他已不在了，他离开我们了。有些人、有些事或许已经很久远了，但一旦通过某个不经意的入口，就像打开了记忆的闸门，回忆汹涌而出。

小时候，和爷爷奶奶感情很淡，尽管我七岁以前都由他们带大，如今回想起来，也只记得我的哭闹和爷爷的大吼，后来六年级又回到老家读书，再次相处了一年，也是疏淡，上中学时，我一直住校，直到大学，我们都是聚少离多。我才发现，我甚至找不到记忆碎片，又该拿什么来怀念你呢？

他走得很突然，谁也不曾想。走的前一天，奶奶还开玩笑说：“老头子，你走的时候给你穿军装咯，这是你的荣耀。”一语成谶，第二天，他再也忍受不了病痛的折磨，送去医院抢救无效，宣告死亡。当妹妹告诉我这一事实时，我不愿相信，那个说还要看我出嫁的人，真的走了吗？我回来的那晚，和母亲促膝长谈。母亲说着从前的点滴，总是叹气，说：“为什么他刚开始学着对这个家好的时候，就走了呢？走的前一段时间还说，要把围墙拦起来，水泥已经买好了，怎么就走了呢？”

回家待了一段时日，我发现奶奶来家里走动的次数比以前更少了，明显的，她更憔悴了，笑容也比以前少。从前那个风风火火、容光焕发的老太太，不见了……我以为我回到家后，她会跟我诉说，但她没有，她不把情感外露，由此我更担心。

直到有一天我和朋友有约，我跟奶奶交代我的行踪，两人才有第一次谈话。她问，是否需要给我零花钱，我直摇头说不要。过了一会儿，她眼眶泛红，声音抽泣起来，要是你爷爷在就好了，也能多给你们一些零花钱……接着，奶奶跟我详细述说爷爷走那天的细节，我心里很是悲戚，忍着不在奶奶面前掉眼泪。奶奶说：她从十多岁的时候就跟着爷爷，突然这个人就没有了，只要走进他那个房间就会不禁流泪，只有别再去了。可是，走了一辈子的路，又怎么能轻易忘掉呢。就像奶奶说的，爷爷从此就是她心中的一个影子，虽然时常看不见，但思念来临的时候，影子就会变得清晰。

我知道，他走得很光荣，他的一生，都在践行一名军人的使命与责任。他生于新中国成立之时，却在中国最繁荣昌盛的时代走了。爷爷曾参加抗美援朝战争，他说，那是一段特殊的经历，让他成长了不少。而我在爷爷身上看到的，确是如此。他是家里的顶梁柱，小时候农忙季节，都靠爷爷的力气完成农活，家里的灯泡、电线等损坏时，爷爷总能修好，我对此感到十分好奇，爷爷一边教我防电，一边说这是他在部队里学到的。那个时代，他们经历过饥荒，也因此更懂得珍惜粮食，节俭过日，我们常把过夜的饭菜倒掉，都会被爷爷阻止然后拿去吃，一个空瓶、宰杀后的一点鸭毛也是要收起来的，从前我只是不接受这样的做法，却没有学会理解。

而他至死，都保留着军人的坚毅。岁月在他的身上留下了太多“勋章”，也伴随着许多病痛。今年，几经住院，终究还是没能留下他。在很长一段时间里，他都饱受肠绞痛，时不时“哎哟、哎哟”地呻吟，母亲一听到就走进房间看望，问是不是很痛，然而一看到母亲进来，爷爷却不再作声，还笑着说没事。母亲也不知该做些什么，只是去倒一杯热水。就这样，在生命的最后一段时间里，还忍受着病痛的折磨，我无法想象。我在得知这一切后只剩心疼，只能安慰自己，他走了，就不用再忍受病痛的折磨，只愿天堂再无苦痛。

我们一直以为爷爷还有很多年可以陪伴我们，包括父亲。可是，天下事，只有生死是以为不来的。

2019 级汉语言文学专业　郭树萍

修伞匠

今年暑假回家，赶上江淮地区梅雨的尾巴，连着几天雨疏疏密密地下个不停。奶奶坐在门口的凳子上一边摇着那把年岁久远的蒲扇，一边絮叨着这雨下了好些日子，还没有停的意思。担心着地里的庄稼，担心那快成熟的花生被雨水冲泡发芽，须子变黄了的玉米被风雨吹打倒在地，还有正当季的蔬菜在菜园子里，等着摘回来烹饪成餐桌上朴实又可口的佳肴。

第三天晌午时，雨稍微下得小点儿。奶奶再也按捺不住，要去看看她的庄稼们是否在雨水里，受到她最不期望发生的损失。庄稼人最宝贝的也就是土地和勤劳耕耘土地的馈赠物，各色的五谷粮食和果蔬了。

奶奶从厨房门后的角落里找来伞，是那把在我小时候撑着上学的红色长柄伞，铁尖头的那把。记忆中它是有些花纹的，不是单纯的红色。具体什么样式的花纹倒也不记得了。现在看起来除了花纹褪去，连我记忆里鲜艳红色的伞面也发黑了，铁质尖头的伞头和握着的伞把、伞骨也积满了经年累月雨水赋予的锈迹。奶奶费力地撑开伞，几根伞骨已经折了，撑起的伞面也不就是圆弧，而是一个多边形。奶奶一边用她稍微变形的手试图把伞骨重新撑起。但几次尝试失败后，只好放弃。一边嘴里说着，似乎是对我说的，也似乎是自言自语："这老式伞质量好啊，打了这么多年了，也没怎么坏，要是搁过去，修伞的到家门口，块把钱也就修好了，比之前还结实，现在可买不到这么好的伞了，你看看你们那花里胡哨的，用不着年把也就坏了。不过也是，现在修伞的好像多年也没来了。之前经常来的那个，现在岁数估计也不小了，不知道现在还在不在。"奶奶一边絮絮叨叨地说，一边最后一次捋了捋伞骨和伞面，出门了。

看着奶奶撑着那把褪色了的红伞在雨中向着田野的方向走成一个小黑点。我的思绪却被奶奶刚刚那几句话勾起了回忆。小时候爸爸妈妈工作忙，我和哥哥就跟着爷爷奶奶。那时候隔个半把月，或者有时候更久一点几个月，修伞匠总会背着它那个也没有上漆的小箱子或者小木匣子到村里来。大多数来的都是那个快五十岁的憨厚中年人，偶尔也有别的修伞匠背着差不多的装束来村里，但总是很少罢了。以至于小时候，很长一段时间里，我都带着一股不知来由的自豪感，认为那个修伞匠是专属我们村的。

每次只要他来，刚在前家落下脚，从他的箱子里摆弄出那些大大小小的钳子、镊子、铁丝、起子，还有一些我到现在都叫不出名字的小工具，开始忙活。后面一家或者旁边一间人家听到伞匠来了，也都开始从各个角落里搜索出有着大小毛病的伞具。等着修伞匠忙完前面一家过来。每次修伞匠来，我都异常兴奋。一是小孩子对平常不变模样的家庭成员，突然多一个人，好奇着，更何况那个人还带了一堆稀奇古怪的玩意，将坏了的雨伞统统变好。我每次都蹲在旁边一边好奇地看，一边想试探着去摸摸那些小工具、小部件们。但每次都被奶奶呵斥住："小孩子，别捣乱，一边玩去!"每当这时修伞匠就憨厚一笑，也不多言语，表示不要紧，我也就更加不怕，继续蹲在旁边，靠那些小工具更近些。

修伞匠总是从一家到另外一家，走得不紧不慢，背着它的小箱子，带着憨厚的笑。每次修完伞具，要是谁家有个什么小东西坏了，找了来，他也顺手给修了，也不多收钱。也不知道是村里规矩还是大家都喜爱这位修伞匠的原因，每次修伞到谁家，刚好晌午，那家人也会多添一副碗筷，留他吃饭，他虽也不推辞，但吃饭间多少有些拘束，村里人忙于农活，也都节俭，不可能常有荤油，若逢哪家那日烧肉，定会多劝匠人多夹。修伞匠看着盯着肉的孩子们，依旧憨憨地笑，意思说：留给孩子们。便匆匆大口大口地闷头扒着饭。饭后，更会多加给修几件小物件。

虽然从没见他说过话，但因为他一直爱憨憨地笑，很久以来，我一直以为，修伞匠只是憨厚，不爱说话罢了。后来稍大一点听奶奶说，那个匠人是个哑巴，倒是手巧，人也很老实，学了门手艺，混口饭吃，家里也没有什么其他人，也是个可怜人。奶奶说这些时语气是慢的。就像奶奶今天去地里前的话，是很慢很慢的，一不小心就会被雨点声冲散似的。

2016级语文教育专业　洪驷立

少年游

南岛四载，常念江淮四季。江淮有连绵梅雨，炽热伏旱，夏常蝉嘶蛙鸣，秋怀大地硕果，冬有雪亮山川，春临长江，更追江淮遍春。

南岛四载，吾成长之盛时，望山之高，曾其坚毅心性，观海之阔，拓吾之胸襟。少年多怀新词，又添新愁，多有伤怀，常陷忧思。南岛求学，跌撞有余，反有新思，拓吾之阅读之面，踏脚步以丈量岛图，初常史哲之妙，明心智，存辩证之思，体包容之意。南岛，烈日常照，天近云舒，或午后风雨狂奏，山雨欲来，满城皆意，风雨若走，片刻晴空，又偶现雨沐骄阳，天光照雨之景，皆有开阔之意，豁达之情。

又幸逢良师挚友，常有深谈，古今之人事，中外之异同，文字之妙，人生探求，遍入深谈，常激昂争辩，或击掌共鸣，知音相伴，或争，或辩，或同，或惜，又增四载之色。

庚子之年，与友归家，重游江淮三省。湘江之上，橘子洲头，缅祖国危难之际，中国少年，胸怀大志，风华正茂，胸襟开阔，修学储能，思想激荡，胆识超凡，少年之志，少年之思，少年之目光。应永立祖国，应常怀人类。湘江西岸，岳麓山下，千年学府，千年以来，教育国之基石。师者，教其知识，更应育其精神。教本之内，书本之外，正其身，明其志，因材施教，立学生之根本。

湘江北去，又入江城三江汇流，江城之色，壮哉！庚子之年，吾国，吾人类，逢大难，江城冲锋，吾国共抗。现将八月之秋，江城初愈，江色依朦。携友串与江城街头巷尾。遇俗世奇人，叹守义城人更守义，巷尾书者书铭心。

江城已游，当归庐州，近乡情更切，乡音绕耳柔，饮得家乡水，一梦到徽州。

2016 级语文教育专业　洪驷立